論創ノベルス

悪夢たちの楽園

Ronso Novels 009

小里 巧

論創社

本書の単行本化にあたり、
第２回「論創ミステリ大賞」の
大賞受賞作『常緑樹の憂鬱』を改題。

目次◎悪夢たちの楽園

プロローグ　悪夢の始まり

夢のない夢ばかり見る。子供の頃からだ。

四十五年。夜は一万六千回以上もあった。実際には夢を見なかった夜もあるだろうし、それなりに良い夢も見てはいるのだろう。けれども吉沢《よしざわ》の感覚としては、毎晩のように悪夢にうなされている。

少なく見積もっても数千回は悪夢を見ているのだから、もはやベテランと言っても過言ではない。大手デベロッパーの大日本地所《だいにっぽんじしょ》に就職し、社運を賭けた商業ビルのプロジェクトに失敗して左遷されるという、悪夢のような現実を味わってからは、むしろ眠っている間に見る悪夢のほうがマシだとさえ思えるようになった。

二度目の左遷で宮古島《みやこじま》に赴任し、二日目の朝に上司からかかってきた電話を受けたときも、まずは悪夢ではないかと疑った。

「大変なことが起こった。同僚が殺されたんだよ」

それは夢ではなく、ややこしい悪夢のような現実だった。

島での開発事業に取り組んでいた同僚が、見つかるはずのない場所で、遺体となって発見された。彼を殺したのが誰で、なぜ、どうやって殺したのか。すべてが謎だった。

厄介なことに、その現実には、吉沢のあずかり知らぬところで別の誰かが見た悪い夢がいくつも紛れ込み、複雑に絡み合っていた。そして、そうした悪夢の呪縛を一つ一つ解いていく以外には、吉沢自身の悪夢から解放されることもできなかった。

これは、吉沢がその悪夢のような現実に翻弄された九日間の物語だ。

1. 建設予定地の洋館

八月二十三日(水)午後

最後に本気で笑ったのは、いつだろう。

吉沢は、笑い声で飽和した宮古空港の到着ロビーに立ち、ため息をついた。記念撮影を始める女子大生グループ、予約客を呼ぶレンタカー店の送迎係、揚げたてのサーターアンダギーの試食を勧める売店の女性。様々な声や音が一つの塊になって鼓膜を圧迫する。客の多くは家族連れやカップルだ。皆、ラフなTシャツやカラフルなシャツを着ている。堅苦しい紺のジャケットを着こんだ吉沢はいかにも場違いだ。

客たちは、とぼとぼ歩く吉沢の背中にぶつかったり、聞こえよがしの舌打ちを浴びせたりしながら、先を争うように出口に向かっていく。吉沢は波に飲み込まれるように、正面の車寄せに押し出された。

薄曇りの羽田からたったの三時間飛んだだけなのに、ひと続きの空とは思えないほどに青が濃い。太陽は強い。ほんの一瞬見上げただけで目の奥がチクチク痛み、頬の皮膚がピリピリしだす。

ロータリーにはヤシの木が植えられ、スピーカーからは三線《さんしん》の島唄。これでもかとリゾート感を出して、都会から来た客たちの気分を高揚させ、財布のひもを緩めようという魂胆か。「みんながみんな、遊びに来てるわけじゃないんだよ」とつぶやいてみた。つぶやく前よりも惨めな気分になった。

ポケットからスマホを引っ張り出す。電源を入れると、すぐにバイブレーションが振動した。貪《むさぼ》るように画面を見る。ＳＮＳの新着メッセージを示す赤い丸が付いている。十五件。誰かが別れを惜しんでくれているのか？ 思わず期待してしまうくせに、あとで失望するのが嫌で、「どうせ企業の宣伝だろ」と心に予防線を張ってから、指先でコツンと画面を弾く。アプリが起動するコンマ何秒がとんでもなく長く感じられる。

案の定、十四件は無料スタンプを得るために「友だち」登録した企業の宣伝だった。「やっぱりな」と強がって鼻で笑ってみたが、正直な鼓動はみるみるうちにしぼんだ。

最後の一件は、空港まで迎えに来てくれることになっている仲宗根《なかそね》からだった。

〈すまん、支度に時間がかかって、二十分くらい遅れる〉

メッセージを閉じる。画面から赤い丸が消えた。今、この瞬間に俺のことを考えているのは、俺以外には誰もいないのかもしれないな、と吉沢は思った。

背後からひときわ賑やかな笑い声が迫ってきた。同じ飛行機でずっと大騒ぎしていた六十代後半ぐらいの女性二人組だ。

「いやだ、案外涼しいね」と、どぎついピンク色のＴシャツを着た女性が言った。

「涼しいは言いすぎ。暑いことは暑いよ」と、短い髪を紫色に染めた女性が言う。

「まあね。でも、東京に比べたら、カラッとしていて気持ちいいよ」

二人は吉沢を追い越して車寄せに出た。しかしホテルの迎えのバスがまだ到着していないようで、引き返し、吉沢の脇にあるベンチにドスンと腰をおろした。

「なんでまだ来てないのよ。旅行支援クーポンの割引客だから、舐められているんじゃない？」と紫髪が唇をへの字に曲げて笑う。

「まあ、いいじゃん。どうせ食べて飲んで寝るだけなんだし」とピンクTシャツがなだめる。

「初日からこんなに快晴なんてラッキーだよ。日頃の行いが良い私が企画した旅行なだけあるね」

「今夜から台風直撃だって。天気予報ぐらい見ようよ。ていうか逆に、日頃の行いが悪すぎるんじゃない？」と紫髪がまた皮肉を言う。

お喋りは止む気配がない。機内販売で飲んだワインの勘定をどちらが立て替えているかで揉めたかと思えば、夕食で宮古牛のステーキを食べるには追加料金がかかるらしいことに紫髪が文句を言いだし、しまいには「宮古島よりもハワイに行きたかった」とゴネだす始末だ。喧嘩のようにヒートアップしたかと思えば、突然ワハハと笑って互いの肉付きの良い背中を叩き合う。しょせん、じゃれ合っているだけなのだろう。

最後にあんなふうに本気で誰かと笑い合ったのはいつのことだったか……。吉沢は、思い出そうとしてやめた。思い出したところで、笑う資格のあった過去への未練と、資格を失うことになるとも知らずに呑気に笑っていた自分への苛立ちで苦しくなるだけだ。

吉沢のため息が聞こえたのかどうか、ピンクTシャツが振り返って「ごめんなさい、うるさいおばさんで、迷惑でしょ」と笑いかけてきた。

「いえいえ、全然」と作り笑顔を返す。

「お兄さんもご旅行？」とピンクが吉沢のくたびれたジャケットを値踏みするように見る。

「いえ、引っ越しで」と正直に答えてしまってから、興味の熱を帯びた二人の視線を見て後悔する。

「へえ、それはそれは」と紫髪が皮肉っぽい目で吉沢の荷物を見る。

「羨ましい」とピンクが首をゆっくりと横に振る。「海も空気もきれい、食べ物も美味しい、冬は暖かいし、夏も案外カラッとしてる。天国みたいじゃない？」

「台風も来るけどね」と紫髪が減らず口をたたき、ピンクに腕をつままれる。

「じつは宮古島に来るのは初めてで」と吉沢は言った。

「なんだ、てっきり、島に惚れこんで脱サラ移住でもするのかと思った。たしかに、サーファーにしては色が白いか」と紫髪がたいして面白くもなさそうに笑う。

「ということは転勤？　どんなお仕事？」とピンクが聞く。

「デベロッパーです」

紫髪が耳慣れない横文字への不快感を露骨に顔に出したのを見て、吉沢は慌てて「不動産とか都市開発とか、そんな感じの仕事です」と補った。それでも紫髪は「ふうん」と興味なさげだ。

「どちらの会社？　わからなかったら申し訳ないけど」とピンクが、紫髪の無礼さを代わりに詫びるように話を引き取る。

どうして初対面の相手に、しかも送迎バスを待つあいだの暇つぶしのために、そこまで説明しなくてはならないのだ。しかし返事を濁したところで図々しく二の矢の質問を継がれる羽目になるのが目に見えている。

「大日本地所です」と教えた。

「もちろん知ってる。大手財閥系ね。じゃあ、エリートさんだ」とピンクは白々しいほどに抑揚をつける。「日本を創《つく》っているって感じでかっこいいね。今までどんな仕事を？」

「本社時代に携わっていたのは、日本橋の商業ビルです」

実際に携わっていたのは三年前までで、まさにそのプロジェクトでの失敗のせいで、順風満帆（だと少なくとも自分では思っていた）コースから外れたのだが、さすがにそこまで正直に言う筋合いもあるまい。

「最近オープンしたタワーでしょ？　よくCMが流れているよね。ほら、あの面白い顔の女優さんの出ているやつ。そんなプロジェクトを任されていたなんて、すごい」とピンクは大はしゃぎで紫髪の肩を叩く。「そんなエースさんが宮古島に来て、これからどんな大仕事を？」とピンクの好奇心は止まらない。

「えっと、ここことは別に、もう一つ新しい空港がオープンしたのはご存知ですか？」

「上地島《かみじしま》だっけ？」とピンクは首を傾げた。「ＬＣＣでそっちに降りたほうが安いみたいで、私たちも迷ったのよ。でも、あっちは空港以外に見どころがないし、食事も遊びも宮古島まで出なくちゃいけなくて、かえってタクシー代がかさむって聞いて」

「その新空港を手掛けたのがうちの会社でして」と吉沢は苦笑するしかない。

「うわ、気まず……」と紫髪がぺろりと舌を出す。

「いいえ、大丈夫です。実際に今のところ、飛行機代が安い以外に、わざわざ新空港を使うメリットはありませんから。まだ羽田からの直行便も少ないし」

「たしかに。現にご自身もこっちの空港を使っちゃってるしね」と紫髪は笑う。

「僕がこっちに来たのも、新空港を使ってくれる皆さんのために、新しいリゾートを作るためなんです。会員制の貸し別荘地を」

「うわ、なんか、バブル時代みたいね」と紫髪が鼻で笑う。

「いいえ、バブル期の乱開発とは違うんです。サステナブルは、今や大日本地所の社是ですから。今度の施設も、利用する電力のほとんどをクリーンエネルギーで……」

そう反論してみたものの、三年近く現場を離れていた吉沢は、都市開発部第一課が主導しているる「エグゼタウン」の中身を理解しきっているわけではない。それどころか、つい先日までは「サステナブルだのＳＤＧｓだのと綺麗ごとを並べても、結局は金持ちの道楽のための自然破壊じゃないか。そんなに環境が大切なら、リゾート開発企画なんか、さっさと引っ込めればいいのだ」と皮肉を言っていた側だ。

「そんな大仕事を任されるなんて、やっぱり期待されている証拠ね。これは間違いなくご栄転ね」とピンクは持ち上げる。

「いえ」と作り笑顔で謙遜したが、頬の筋肉がうまく動かず、顔がぶざまにゆがんだ。自覚している以上に表情がゆがんでいたのか、ピンクは気まずそうに口をつぐみ、紫髪も不吉なものから目をそらすようにスマホをいじりだした。

しばらくして、彼女たちの迎えのバスが到着した。

「遅いじゃない！　宮古牛、おまけしなさいよ」と紫髪が鼻歌でも歌うように乗り込んだ。

「じゃあ、頑張ってね。せっかくのご栄転なんだから」とピンクが羨むような憐れむような微妙な顔で、あとに続いた。

ドアが閉まり、バスは走りだした。吉沢は立ち尽くしたまま見送り、バスが角を右折して見えなくなってから、胸にためていた息を一気に吐き出した。

ヤシの木の中庭をぐるりと回り込んで、白いＲＶ車が入ってきた。仲宗根かと思い、立ち上がって満面の笑みをこしらえる。しかし車は目の前を素通りして走り去った。こわばった作り笑顔だけが取り残された。こんなことなら車種くらい聞いておくのだった。

仲宗根は宮古島支社の平社員だ。吉沢は副支社長の肩書で赴任するので、立場上は、吉沢が上司、仲宗根が部下という関係になる。しかし、かつては仲宗根が先輩、吉沢が後輩として、本社の都市開発部で同じ釜の飯を食った仲だ。

仲宗根は柔和な性格で、誰からも親しまれた。吉沢よりも五歳上だが、先輩風を吹かせることもなく可愛がってくれた。しかしその優しさは、ライバル社を出し抜き、同僚さえ押しのけて企画を通さなければならないデベロッパー社員としては欠点と言うべきだったのかもしれない。献身的な仕事ぶりで「誰かのサポート役」としては重宝されたが、最後まで、彼自身がメインになって社運を賭けた大仕事を任されることはなかった。そして五年前、仲宗根は宮古島の実家でサトウキビ農園を営む父親が作業中に脳溢血を起こして他界し、直後に母親も脳梗塞を患ったためUターンしたのだった。

仲宗根は三十分ほど遅れてやってきた。黒のワンボックスカーだった。車体には「大日本地所」という社名とロゴのステッカーが貼り付けてある。軽快なクラクションを鳴らし、乗降スペースに停め、降りてきた。ずんぐりした体型が目立つダブっとしたオレンジ色のポロシャツに、色あせた紫色の半ズボン。歩くのとたいして変わらない速さの小走りに合わせて、腹と胸の肉がぽよんぽよんと揺れる。

随分ラフな格好だな、と吉沢は思った。普段からこんな姿で仕事をしているのだとすれば、宮古島支社は想像以上に緊張感のない職場なのかもしれない。

「おお、悪い、悪い。お待たせ」と仲宗根は丸っこい右腕を挙げ、頬の肉に押し潰された目をさらに細くした。「はるばる、お疲れさん。飛行機、疲れただろ。昨日まで仕事だったんでしょ。ゆうべは送別会？　二日酔いは？」

「ええ、まあ。でも、大丈夫です」と、ひきつった作り笑顔で曖昧に返事をする。

送別会など開いてもらえなかった。前の職場で唯一気の合った前川という、神奈川生まれのインチキ関西弁上司と、安い焼き鳥屋で、いつもどおり割り勘で飲んだだけだ。

「身軽だね」と仲宗根が、吉沢が肩から提げたスポーツバッグを見た。事情を知らない人が見れば、移住者というよりは一泊旅行程度にしか見えまい。

「そっすね」と陽気を装って笑う。「大きな荷物は引っ越し屋さんに預けちゃったんで。アパートの清掃作業待ちで、入居は一週間も先ですけど、仲宗根さんが紹介してくれたホテルは部屋に洗濯機も付いているし。足りなくなったら何でも買えばいいですしね」

後部座席に荷物を放り込み、助手席に乗り込んだ。仲宗根はエンジンをかけ、きつそうなシートベルトを「ブッシュー」と妙な声を出しながら大儀そうに締めた。

「職場には十分くらいで着くけど、寝てっていいからね」

「大丈夫です。ほとんど寝てきたので」と嘘をつく。本当は三時間のフライト中ずっと、東京への後悔と、宮古島への不安で、目は冴え続けていた。

「仲宗根さん、改めて、僕が日本橋プロでコケたあとも変わらずに接してくださって、ありがとうございました。もう人生、絶望だ、地獄だと思っていたので、仲宗根さんがメールや年賀状で励ましてくれて、ほんとに救われました。またこうやって一緒に働けるのも、ほんとにありがたくて……」

「大げさだわ」と仲宗根は笑う。

「いや、でも」と返した声は自分でもうんざりするほどに暗い。

「昔のことは気にすんな。誰にでも失敗はあるんだから。それにお前の場合、失敗というほどのことでもなく、たんなるアンラッキーなもらい事故みたいなものだし。そんなことでいちいち地獄に堕ちてたら、閻魔《えんま》様が過労死するよ。まあ、ご覧のとおりの田舎の島だけど、地獄じゃないことはたしかだし、お前みたいな優秀な奴はどうせすぐ本社に戻るんだろうから、束の間の休憩時間だと割り切れば、むしろ天国かもしれないよ」

「ありがとうございます。頑張って出直します」

「真面目か。調子が狂って事故りそうだ」と仲宗根は肉厚の手でハンドルを撫でてから、ゆっくりと車を出した。「どうする？　まっすぐ支社に向かってもいいけど、今戻ったところで、みんな昼休みだよ。先にホテルに寄ろうか？　チェックインだけしておけば？」

「いや、荷物、これしかないので……」

「だったらドライブがてら、エグゼの現場でも見ておく？　台風が近づいてきてるけど、今のところ雲もないし。海に突き出た岬だから、見晴らしが良くて気持ちいいよ」

「そうなんですか。じゃあ、よければ、ぜひ」

仲宗根の車は空港の敷地を抜け、メインストリートに出て、北へと走った。島の真ん中を貫く大通りは片側三車線で、想像していたよりも車が多い。沿道にはレンタカー店や大型店舗が連なっている。イオンやドン・キホーテもある。東京から追い出された自分を励ますために、機内では「東京にはうんざりだ。離れられてせいせいする」と心の中で強がってきたくせに、東京で見慣れた看板を見て少しほっとする自分が情けない。

市街地を抜けると道は細くなり、十分ほどでY字路に差し掛かった。標識によると、左に行けば上地大橋《かみじおおはし》、右に行けば、地所がエグゼタウンを建設する予定の西平安名崎《にしへんなざき》らしい。

仲宗根は迷わず右にハンドルを切った。

「上地大橋ってのは、新空港のある上地島につながっているんだよ。なかなか立派で、よく車のCM撮影で使われてるよ」

「へえ。よかったら、ついでに走ってくれませんか?」

「いや、今日はやめておこう」と仲宗根はあっさりと言った。「渡って戻ってくるだけで余計に一時間近くかかるから、支社に顔を出すのが遅くなりすぎる。それに万が一、対岸に渡ったあとに強風でゲートが閉鎖されたら最悪だからな。まだ大丈夫だとは思うけど」

「初日からそれは、たしかにマズいですね」と吉沢は苦笑した。

「だよな。俺、お前を支社に送り届けてから、夕方、仕事であっちに渡るんだけど、戻れなくなったら新空港の仮眠室に泊まらなきゃならないかも。もちろん今のところは、お前の歓迎会には合流するつもりだけどね。もしそうなったら、ごめんな」

仲宗根の口ぶりや用意周到ぶりからすると、台風による橋の封鎖はよくあることなのかもしれない。

分岐から十分ほど走ると、道の右側に白くて高いフェンスが現れた。仲宗根はアクセルから足をはずして減速した。フェンスは端から端が見渡せないほどに長く続いている。

「このフェンスの向こうがエグゼ予定地」と仲宗根は正面を見たまま教えてくれた。

「想像していたよりも広いですね」

「東京ドーム五個ぶん」と仲宗根は何となく誇らしげに言い、ようやく見えたフェンスの切れ目の前でいったん車を停めた。そして、立ち入り禁止のチェーンを外してから、内側の砂利敷の広々としたスペースに乗り入れた。

入口に立ってみると、予定地は想像以上に広大だった。しかしまだ、ここに国内有数の超高級別荘地が出現するとは想像できないほどに殺風景だ。一応、もともとの畑を潰して、いったんは整地した痕跡があるが、そのあとかなりの時間が経っているようで、草がぼうぼうに伸び、隅のほうには錆びついた農機具も転がっている。

敷地全体が大きな丘のような地形になっている。手前から奥に向かって緩やかな上り坂だ。内示を受けてから慌てて読み漁った社内資料によると、別荘地はこの地形を生かして、段々畑のような区割りをし、全室から岬と大海原が一望できるのが売りになるらしい。露天ジャグジー付きの戸建て型別荘が五十棟。毎年二週間の滞在が可能になる会員権は五百万円から、最高で二千万円。外資系ホテルが展開している同様の会員制貸別荘より割高だが、面倒な維持管理はすべて地所の系列ホテルがやってくれるし、世界中にある系列のホテルにも破格の安さで宿泊できる。宮古島という立地やこのところの円安のおかげで、すでにアジアや欧米の富裕層からの問い合わせがかなり来ているらしい。

「うちの親父のサトウキビ畑も、あのへんにあったんだよ」と仲宗根は丘の右側の稜線の中腹あたりを指さした。懐かしさと寂しさを混ぜ合わせたような笑みを浮かべて。

農業の経験がなく、地所に勤めている仲宗根があとを継げない以上、いずれは手放さざるを得ない畑であったことは、彼自身が一番よく理解していたはずだ。しかし心の深いところで納得してあきらめるまでには、もっと長い時間が必要なのかもしれない。代々守ってきた畑であればなおのことだ。せめて、その売り先が地所であったことが、仲宗根にとって救いになってくれていればいいのだが、と吉沢は心の中で願った。

「何としても、成功させなくちゃいけませんね」と吉沢は言った。

「まあね」と仲宗根は畑のあった場所を見たまま、痛々しいほどに軽い返事をした。

丘の頂上には、小さな洋館風の建物があった。白い壁に青い屋根がかわいらしい。

「あれ？　もう建設が始まっているんですか？」

「いや、あれはもともとあそこに建っている。カフェだったんだよ。三年前に潰れたけど」

「素敵な建物だから、エグゼでもそのまま使うということですか？」

「まさか」と仲宗根は首を横に振った。「あそこだけ、まだ買収が済んでいないんだよ」

「でもカフェは閉店したんですよね？」

「用地買収は支社の岩井というやつが抱え込んでいて、俺も事情はよくわからないけど、今の地主はそのカフェ店主とは別みたい。おそらく、うちの会社がエグゼのために買い取ることを知ったうえで、高く売りつけようと投資目的で買ったんだろうね」

「それは厄介ですね」と吉沢は頷いた。

いま洋館が建っている丘の上は、間違いなくエグゼの一等地だ。あそこに建つ別荘の会員権こそが、最高価格の二千万円に設定されているに違いない。仮にあそこだけ放置して、先に周囲の別荘を完成させても、丘のてっぺんだけがじつは別の人の持ち物だとなると、格好もつかない。その岩井という社員もそんなことは百も承知だろう。しかしまだ口説き落とせないということは、岩井がよほど不器用なのか、あるいは相手がよほどの難物なのか。

仲宗根は鍵もかけずに車を置き去りにして、道路に歩み出た。「よし、行こう。岬はこっち」と、道の反対側に小走りで渡る。吉沢も慌ててあとを追った。

道の反対側には白いフェンスがないかわりに、幹なのか根なのかよくわからない、くねくねと曲がった太い木々が茂り、壁のようになっている。その木の壁の下にぽっかりと、大人一人ぶんほどの空間が口を開け、奥に向かって石畳の遊歩道が伸びていた。

吉沢は仲宗根に続いて、木のトンネルに入った。一列になって、身をかがめて進む。木々が覆いかぶさった遊歩道は薄暗い。気をつけないと、石畳の凹凸でつまずきそうになる。前方からかすかに海の匂いがするような気もしたが、仲宗根のポロシャツの汗臭さが勝った。

三十メートルほどでトンネルを抜けた。一気に視界が開けた。水平線まで遮るもののない海原が広がっていた。

「すごい。絶景ですね」と吉沢は腰に手を当て、背中を伸ばした。

「だろ」と仲宗根は突き出たビール腹をさすり、満足げに頷いた。

遊歩道はさらに、徐々に細くなっていく岬の先端に向かって伸びていた。

「先っぽまで行こうと思えば行けるけど、行ったところで見える海は同じだし、今日は時間もないから、ここでいいよな」

仲宗根はそう言うと、遊歩道から外れて、生い茂った雑草を踏みつぶしながら、崖のようになったところまで進んで、こちらを振り返った。「それに、先端まで行くよりも、ここのほうがスリルがあるぜ。ガキの頃、よく度胸だめしで身を乗り出して遊んだよ。でもお前、絶対落ちるなよ」

吉沢は仲宗根が踏みつぶした草のあとを慎重になぞりながら近づいた。じりじりとふちまで進んで、恐る恐る下をのぞいてみる。ほぼ垂直に切り立った崖。高さは十メートル以上あるだろうか。はるか真下には、尖った黒い岩が剣山のように突き出し、そこに打ちつけた波が、腹に響く破裂音をたてている。

「うわ、スリル満点」と、高いところが苦手な吉沢は、後ずさりしながら言った。声が震えている。「宮古島って、どこに行っても白いビーチなのかと思っていました」

「あはは、みんなそう言うよ。なにこれ、サスペンスドラマかよって。ビーチのほうが良かった？　でもおっさん二人でビーチってのも気持ち悪いだろ」と仲宗根は笑った。

地の果てのような絶壁の上でしばらく並んで海を眺めたあと、遊歩道まで戻った。道の脇には、コンクリート製の東屋《あずまや》と、古いジュースの自販機があった。自販機は雨風でかなりくたびれている。果たして稼働しているのか怪しいが、仲宗根がコインを入れるとボタンが点灯した。

仲宗根は缶コーヒーを二本買った。買ったあとで、ブラックがいいか微糖がいいかと聞かれた。本当は微糖がよかったが、東京時代の仲宗根が甘党だったことを思い出し、吉沢は「ブラックで」と答えた。

ベンチに積もった埃を手で払い、並んで腰を下ろした。

「いろいろ、大変だったたな」と仲宗根は水平線あたりを眺めながらコーヒーをひと口飲み、独り言でもつぶやくように言った。

「いえ」と吉沢は缶のふちを前歯で噛んだ。

「俺から見れば、あんなのはたんなる不運としか言いようがないけどな。でも上の連中、かばってくれなかったんだろ」

「仕方ないです。大丈夫、もう忘れましたから。新天地で心機一転、頑張ります」

仲宗根は何か言いたげに息を吸い込んだが、小刻みに何度か頷いただけで、何も言わずに缶コーヒーを飲んだ。

東屋の脇にある観光看板によると、岬はサンセットと星空の名所だということだが、太陽はまだ空の高いところにあり、海面は、数秒間見ているだけで目がおかしくなるほどに眩しい。天気予報のない時代なら、まさか台風が近づいているなどとは想像もできないだろう。

新しい門出にぴったりの、文句なしの絶景だ。しかし、心は酔えない。岩場で砕ける波の音にまぎれて、鼓膜の奥のほうから声がする。「俺はこんなところで何をやっているんだ。ここは新天地なんかじゃない。追い出され、流れ着いただけじゃないか、こんな地の果てまで」と。缶を握る掌が汗でぬめる。

「近いうちに、うちにも遊びに来いよ」と仲宗根が憐れむような声で言った。

「ご実家に入られたんですか？」

「いや。実家は弟家族と母さんが住んでるから」と仲宗根はどことなく気まずそうな顔で言ったが、すぐに元の明るい表情に切り替えた。「俺は買っちゃいましたよ、夢の一戸建て。死ぬまでローンだけどな」

「すごいですよ、おめでとうございます」

「狭い家だし、たいしたおもてなしはできないけど、うちの奴も久しぶりに会いたがっているよ。

ガキがうるさいかもしれないけど」

「ああ、お子さん、懐かしい」と作り笑顔で言う。「おいくつになったんですか」

「上の息子が九歳、下の娘が七歳だよ」

「もうそんなに？　あの頃はまだ赤ちゃんだったのに」

東京時代、仕事終わりによく仲宗根の賃貸マンションにお邪魔して、奥さんの手料理をご馳走になった。仲宗根は島に引っ込んでからも毎年、家族写真がプリントされた年賀状を、元日に着くように律儀に送ってくれた。日本橋プロジェクトを仕切っていた頃の吉沢は、数日遅れで「今年こそ遊びに行きます」と調子の良い返事を書いたが、結局、忙しさを言い訳にして行かなかった。このまま疎遠になっていくのだろうと薄々思っていた。あるいは心のどこかで、仲宗根を「終わった人」として片づけていたのかもしれない。プロジェクトでつまずいて左遷された後は、自分が「終わった人」になったとたんに、仲宗根が差し伸べてくれる手に調子よくすがりつくようで情けなく、返事すら出せなくなった。

「また改めて御挨拶に伺います。奥様によろしくお伝えください」

「そうか。そうだね」と仲宗根は言い、何度か小刻みに頷いた。

水平線の向こうから、真黒な雲の切れ端が現れ、風に乗って猛スピードでこちらに流れてきて、東屋の上を通過し、エグゼの丘のほうに飛んでいった。それが台風の先走りの雲だったのかもしれない。それまで海と空の境界線がわからないほどに眩しかったあたりに、真黒な雲の塊がせり上がってきた。さきほどの欠片とは比べものにならない巨大な雨雲だ。強い風が吹き、足もとの岩場から海鳥の群れが軋むような羽音をたてて飛び立った。

「そろそろ行こうか。案外早く荒れるかも」と仲宗根は言い、吉沢の返事を待たずに、遊歩道を引き返した。

支社に向かう車内ではほとんど口をきかず、ぼんやりと窓の外を眺め続けた。雲の広がりは早く、あっという間に空の大半を覆った。住宅やサトウキビ畑の切れ間から見える海もみるみるうちにどす黒く染まっていった。

仲宗根は特に沈黙を苦にした感じもなく、真っ直ぐに前を見続けていた。その横顔をちらちら見ているうちに、今さらながら、彼についていろんなことが気になりだした。脳梗塞になった母親はどうしているのか。なぜ一緒に暮らさないのか。亡くなった父親の畑も弟が継いだということなのか。エグゼ用地として売るときには特に揉めたりしなかったのか。そのエグゼの用地買収について、岩井という男が抱え込んでろくに情報共有すらしてくれないのであれば、曲がりなりにもかつて本社の花形部署にいた仲宗根にとって、この数年はかなりフラストレーションの溜まる日々だったのではないか。支社に向かう前にこんなドライブに誘い、近いうちに自宅に飲みにこいと誘ってきたのは、じつはそんな愚痴をこぼしたかったからではないか。

結局、喉までこみ上げたどの質問も、実際の声にはならなかった。「俺の心配をしている場合か」と失笑されたら惨めだからか、支社や仲宗根のことを見下しているように受け取られ、いきなり居づらい雰囲気になるのを恐れたからか。

支社に着いた。仲宗根も一緒に戻るものだと思っていたが、彼は「じゃあ、俺はこのまま上地島に向かうわ。橋が封鎖される前に。悪いけど、社用車の鍵だけ返しておいてくれる？　俺、バスで行くから」と、車のキーを放り投げるように吉沢に渡し、そのままバス停に向かって歩み去ってしまった。

支社は繁華街の端の雑居ビルに入っていた。薄汚れたコンクリート五階建てで、壁のひび割れから得体のしれない黄色の液体が染み出ている。

吉沢はビルの前に立ち、大きく深呼吸した。新天地の初日だ。気合いを入れなければと。しかし吸い込んだ空気には、繁華街特有の酒や焼き肉の匂いがべったりと染み込んでいて、少しも新鮮な気分にはならなかった。

エントランスは薄暗く、空気は黴臭い。集合ポストで確認すると、支社は二階のワンフロアを借りきっているようだ。三階はタイ式マッサージ店、四階は怪しげな消費者金融の事務所、五階は空き部屋だ。

エレベーターのボタンに指を伸ばしかけたが、最初くらいは謙虚に見えすぎるぐらいでちょうどいいから階段にしようと思いなおし、指を引っ込めた。バッグを肩にかけ、切れかけた蛍光灯がパシパシと明滅している階段を上り、二階のエレベーターホールに出た。

年季の入った木のドアに「大日本地所　宮古島臨時支社」というアクリルのプレートが貼りつ

けられていた。プレートは真っ白で、薄汚れたドアとちぐはぐな印象を受ける。ドアの上半分は曇りガラスになっている。

中から数人の話し声が聞こえた。もしかしたら皆が俺の噂でもしているのではないかと臆病に耳を澄ます。しかし話の内容まではわからない。

丸いアルミのドアノブを握る。生温かい。扉の向こうにいるのは敵か、味方か。味方のような顔をした敵か。それとも同僚と名乗られるのも不快なほどの腑抜けか。だったらむしろやりやすいのに……。短い間に忙しく想像をめぐらしたあと、決意じみた息をふっと吐き出してからドアを押し開けた。

百平方メートルほどの居室では、十五人ほどのスタッフがそれぞれPCの画面と睨みあってキーボードを叩いたり、電話をかけたり、紙の資料に目を落としたりしていた。皆が手を止め、一斉に顔をこちらに向けた。そして数秒間の沈黙のあとで、全員が同じようににっこりと笑って会釈した。

シンプルなグレーの事務机が、左右二つの島にわかれて並んでいる。二つの島に挟まれた通路の突き当りに、他のものよりひと回り大きなデスクが三つ並んでいる。真ん中には「支社長」、右には「支社長代理」、左には「副支社長」と書かれたネームプレートが置かれている。PCで刷り出した紙をプラスチックのネーム立てに差し込んだだけの簡単なものだ。いかにも安っぽい。少なくとも、大手財閥系デベロッパーが、社運を賭けたプロジェクトのために開設した前線拠点の舵取り役にふさわしいものには見えない。副支社長用のデスクには、吉沢が本社から宅配便で送っておいた段ボール箱が置かれている。

「おお、吉沢君。ようこそ、ようこそ」

真ん中の席に座っていた、毛玉だらけのベージュのカーディガンを着た背の高い男が、柔らかな声で言い、立ち上がって近づいてきた。支社長の水田《みずた》か。事前に仲宗根に聞いた話によれば、水田は万年地方回りのまま、来月末に迫った定年退職を無事に迎えることだけを目標に、カレンダーにバツ印をつけるような日々を送っているらしい。「お前を力づくで本社に戻すほどの力はないけど、佐川《さがわ》さんや七ツ森《ななつもり》さんとは同期で仲も悪くないみたいだし、何より穏やかな人だから、やりやすいと思うよ」とのことだった。佐川と七ツ森はどちらも本社の役員で、次期社長の椅子を争っている。

「わざわざこっちにも顔を出してくれたの？」と水田は力の抜けた微笑みで言った。「てっきり、今日はホテルでゆっくりして、夜の歓迎会に直接来るのかと思ってたよ。無理しなくてもよかったのに」

「いやいや、そういうわけには」と微笑み返す。「でも、お気遣い、痛み入ります」

背後のドアが開き「あら、もしかして吉沢さん？」と白々しいほどに甲高い女性の声がなだれ込んできた。「初めまして。支社長代理の綾野《あやの》でございます。どうぞよろしくお願いしますね」

しっかりした骨格の上に分厚い脂肪をまとった体を、どことなくバブル臭のするベージュのパンツスーツで包んでいる。肩までの茶色い髪は強めのパーマでくるりと内側に巻かれ、かなり昔に流行ったフランスものの香水の匂いが少々きつい。

「楽しみにお待ちしていたんですよお」と綾野は目以外の顔全体で、これぞ作り笑いという感じの笑みをこしらえた。

仲宗根の事前情報によれば、綾野は若い頃から長い間、本社の環境事業部に所属していた。部長だった七ツ森に、秘蔵っ子として可愛がられてきたが、彼が危機管理担当役員に就任して部を離れると、後任の部長とソリが合わず、何かにつけて七ツ森の存在をちらつかせる態度が煙たがられて、最後は部下への当たりの強さをパワハラ問題にされ、今から一年前に、宮古島に追い出されたというのがもっぱらの噂らしい。

「本社のほうのお片づけは無事に済んだの？　ギリギリまでお仕事で大変だったでしょう？　総合情報室ではいろいろと積極的に頑張っていらっしゃったそうだから」と綾野は言った。

慇懃無礼に聞こえるのは、丁寧すぎる言葉遣いのせいか、あるいはいっこうに笑わないその目のせいか。油断ならない感じがする。この偽物くさい厚化粧の下には、パワハラ的な傲岸さが隠されているのか、それとも、二度とパワハラ問題ごときで足もとをすくわれまいという用心が、このぎこちない丁寧さの根底にあるのか。

「いえ。たいして仕事もなかったですし」と吉沢は謙遜と自虐の中間くらいの笑みで答え、水田と綾野の反応を観察した。果たして俺のことをどこまで知り、どんな先入観を持っているのか、と。

綾野は「またまた、そんな冗談を」と白々しく笑った。

水田の顔には反応と呼べるほどの変化がなかった。そもそもこちらの話を聞いているのか疑いたくなるような軽さで「そう、よかった、よかった」と頷いている。

「仲宗根君から聞いたけど、しばらくはホテルから通うことになるんだよね?」と水田は言った。「アパートに入れるのはいつだっけ? 引っ越しだけでも大変なのに、不便でかわいそうだね。無理せず、うまく有給休暇を取って、アパートへの荷入れが済んで落ち着いてから出てきてくれればいいからね」

「ありがとうございます。でも大丈夫です。独り身なので、荷物も少ないですし」

「まあ、そうおっしゃるけど」と綾野は言う。「休むのも大事なお仕事ですし、これからは副支社長として、率先して、若い人の無理ない働き方のお手本になっていただかないと」

「とにかく」と水田が、綾野の理屈っぽさを少し面倒がるように割って入った。「吉沢君みたいなエースを迎えられて嬉しいよ。よろしく、よろしく。じゃあ、今日は特に急ぎでお願いする仕事もないから、自分のペースでゆっくり荷物の整理でもしてよ。わからないことがあればいつでも聞いてね。そうそう、歓迎会は六時からね。お酒、いけるクチでしょ? 楽しみにしてるからね」

本社時代に佐川とひと悶着あった吉沢は、その佐川と親しいらしい水田からどんな迎え方をされるのか、もしかしたら露骨に冷淡な態度を取られるのではないかと恐れていたが、予想と正反対の朗らかな様子にひとまずホッとした。

自席につき、スポーツバッグを机に置いた。それを見計らったように数人の支社員が続々と挨拶に来た。おそらく皆、三年前に会社に大損害を与えた日本橋プロジェクトでの失敗とその後の左遷の経緯を知っているのだろうと思い、吉沢は「その節はご迷惑をおかけしてすみませんでした。心機一転、頑張りますので、いろいろ教えてください」と頭を下げた。隣で聞いていた水田はそのたびに「迷惑だなんて、何言ってるんだよ。なあ、なあ」と落ち着きなく左右の社員に目くばせした。皆は顔を見合わせながら、何となく気まずそうに作り笑顔で頷いた。

挨拶の波が一段落したところで、ようやく段ボール箱のテープを剥がし、荷物を取り出した。頬のあたりにいろんな方向からの視線を感じながら本をラックに並べ、筆記用具をひきだしにしまった。一つ片付くごとに壁の時計を見上げる。電池が切れているのではないかと疑いたくなるほどに、針はゆっくりとしか進んでいない。

しばらくして入口のドアがガタガタと騒々しく開き、大柄の男が「おつかれっす」と、鷹揚というよりは横柄な感じの挨拶をして、真ん中の通路を大股でこちらに進んできた。

「ああ、吉沢さん、お久しぶり。岩井です」と男は敬語とタメ語の中間ぐらいの微妙な言葉遣いで声をかけてきた。「俺、今ここでエグゼ企画の主任をしてて。よろしくね」

「ああ、どもども！」と作り笑顔で応えながら、吉沢は慌てて記憶を手繰った。この真四角の大きな顔に見覚えはない。前にどこかで会ったことを思い出せないだけか。お久しぶりと言ったのは彼の勘違いだと思いたいが、再会を喜ぶ戦友のような押しつけがましい表情には、たしかな記憶に裏付けられた自信がにじみ出ているようにも見える。

「もしかして、覚えてないとか?」と岩井は見透かしたように笑った。「しょうがないか。戦略本部のエースからしたら、俺なんて眼中になかっただろうし」

「いや、そんなことは……」と言葉に詰まる。

吉沢の困り顔を見て一応の満足を得たのか、岩井は「冗談ですよ、冗談」と笑った。「覚えていないのは無理もないです。日本橋企画のコンペで一度お会いしただけですから。大勢いる会だったしね」

そんなことをいちいち覚えていられるか、と心で舌打ちしながら、顔では恐縮したふうに「いや、失礼しました」と詫びた。

「日本橋はあんなことになって、大変だったね」と岩井は躊躇するそぶりすら見せずに言った。聞き耳を立てていた周囲のメンバーが、キーボードを打つ手をピタリと止め、怯えるような視線をこちらに集中させる。岩井はよほど鈍感な男なのか、それともこの凍てついた雰囲気を楽しもうという猟奇的な男なのか。

「でも、あの企画、俺は良かったと思いますよ。佐川さんも、『岩井の企画も良かったけど、相手が吉沢というのが不運だったな』って」と岩井は言った。

「佐川さんとそんな話を?」と吉沢は思わず聞く。

「まあね」と岩井はなんとなく挑戦的に頷いた。

吉沢は、きっと岩井はあの日本橋プロジェクトの企画募集に、どこかの地方支社から応募し、たまたま選考で良いところまで残り、それを成功体験のように思い込んでいるだけだろうと思っていた。しかしその程度の勘違い男に、佐川がわざわざ親しく声をかけるとは思えない。もしかしたら、戦略本部に抜擢されるほどではなかったものの、都市開発部の他の課にいたことぐらいはあるのかもしれない。

岩井はフランクな雰囲気になって「俺ら、同い年だよ。四十五でしょ?」と言った。

「そう、四十五。うわ、嬉しいな」とはしゃいで見せつつ、内心では驚く。紺地に金ボタンの時代遅れのダブルのスーツのせいか、昭和の体育教師のような角刈り頭のせいか、てっきり年上だと思っていた。

「同期なのに副支社長なんて、すごいね。俺は名ばかり主任。差がついちゃったもんだなあ」と岩井は出っ張った頬骨の奥の細い目で、吉沢の机のネームプレートを見た。額面どおりの褒めなのか、嫉妬や対抗心のたぐいなのか読み取りづらい。

吉沢は「いやいや」と苦笑してごまかした。

岩井は真四角の顔を突き出し、吉沢の荷物を無遠慮にのぞき込んだ。

「へえ、さすが、すごい資料だね」

「そんなことないよ。ほとんど捨ててきたし」と、一応彼に合わせて敬語をやめる。

嘘だ。最初の左遷でも、今回の引っ越しでも、自棄になって過去の資料をすべて捨てようとしたが、結局捨てられなかった。新人時代から書き溜めた企画書もマーケティング資料も、百冊分にも膨れ上がった名刺ファイルも全部段ボールに詰め込んできた。いつ戦略本部に戻れと言われるかわからないから、と自分には言い訳したが、実際には、情けなく過去の栄光にしがみついているだけだ。

「それにしても、今までずっと社内報でご活躍を拝見していた吉沢さんがいきなり目の前にいるんだから、私たちも緊張しますよ」と、しばらく黙っていた綾野が、相変わらず粘り気の強い声で言った。

水田も「そうそう、みんなにとっては憧れのエースだからね。俺も、社内報で見たり、佐川から聞いたりして、なんて優秀な人がいるんだろうって感心していたからね。短い間、形ばかりとはいえ、そんなエースを部下として預かるなんて、老いぼれた身が引き締まるよ」と言った。

「勘弁してください。そんなのはもう大昔の話で」と笑ってごまかすしかない。「こちらこそ緊張しているんです。辞令を受けるときにも、総合情報室の上司から、宮古島は社運を賭けたエグゼ企画の最前線基地だけあって精鋭ぞろいだから、足を引っ張るなよと言われて」

これも嘘だ。前の上司の前川は好物の手羽先にしゃぶりつきながら「エグゼだかグンゼだかわからんけど、まあ、お前さんなら片手間でちょちょいのちょいやろ。支社長も、うだつの上がらんおっさんらしいし。余った時間で南国ビーチのビキニのねえちゃんでも追いかけとったらよろし」とインチキ関西弁でまくし立てていた。

「おお、精鋭ぞろいなんて言われているの？」と水田はおそらく部下たちに聞かせるためにわざと大きな声で言った。「そうなんだよ。ほんとに優秀な頑張り屋ばかりで。ねえ、綾野さん」

「ええ」と綾野は巻いた髪を揺らして大げさに頷く。「非常にやる気と馬力のある皆さんが揃っていますから。もちろん、吉沢さんから見たら物足りない点もあるかもしれませんけど、そこはどうかひとつ長い目で、いろいろとアドバイスしてあげてくださいね」

「そうそう、僕が退職したあとは綾野さんがそのまま支社長になるから、二人三脚で支えてあげてね」と水田が言う。

「本当に、心から頼りにしております」と綾野は最敬礼する。

どうかこのわざとらしい持ち上げ合いは初日かぎりにしてほしいものだ、と吉沢は胸の中だけでうんざりとため息をついた。

しばらくして、岩井は先に上地島に渡っている仲宗根に合流すべく、慌ただしく身支度をして席を立った。今夜は地元のバス会社主催の懇親会が前々から予定されていたようだ。エグゼタウン完成後に、橋の対岸にある上地島の新空港と別荘地を結ぶシャトルバスを運行したいと売り込みがあったらしい。「ちょっと話くらいは聞いてやろうと思って」と岩井は言うが、早い話が接待を受けるのだろう。

「バス会社の担当者が仲宗根さんの幼馴染らしくてさ」と岩井は問わず語りに言った。「ほんとは俺一人で十分なんだけど、まあ、もしかしたら知り合いのよしみで安く契約できるかもしれないし」

「くれぐれも、コンプラ的に問題のあるような無理強いはしないでくださいね」と綾野がたしなめるように言った。

「大丈夫っすよ」と岩井は舌打ちでもしそうな乱暴さで返した。

「今夜、吉沢君の歓迎会だぞ」と水田が言った。「あんまり飲み過ぎて、戻ってこられないなんてことはないようにね」

「大丈夫ですよ。じゃあ、吉沢、あとで合流するから」と岩井は言い、ドアを開けて振り返った。

「でも万が一、橋が通行禁止になっちゃったらごめんね。その場合はまた改めて。あ、ちなみに今日の店、結構美味いよ。俺、常連なの」

「へえ。沖縄料理?」と吉沢は聞いた。

「いや、洋食。沖縄料理のほうがよかったなら、ごめん。俺、子供の頃に食ったゴーヤーチャンプルーがダメで。それ以来、苦手でさ。料理の名前もカタカナばっかりで意味がわかんないし。興味ゼロ。自慢じゃないけど、こっちに来て何年も経つけど、一度も食ってない」と岩井はおどけた感じで舌を出した。「じゃあ、そういうわけで、できるだけ急いで戻ってくるから、思い出話はそのとき改めてゆっくり」

「うん。無理せずに。気をつけて」と吉沢はにっこり笑って送り出した。
これが岩井と交わした最後の会話になった。

2. 二度目の左遷

八月二十三日(水)夜

台風の接近で、歓迎会の始まる夕方六時には、十メートル先も見通せないひどい暴風雨になった。上地大橋は通行止めになって、岩井と仲宗根は対岸に渡ったまま戻ってこられなくなった。

歓迎会は、支社のすぐ裏のビルの地下にある洋風居酒屋を貸しきって開かれた。岩井と仲宗根を除く全メンバーが参加してくれた。一応、人数分の椅子はあるが、オードブル中心の料理を、フロアの真ん中に置かれた大きな円卓からビュッフェ形式で取り、酒はホールを歩きまわっているスタッフに声をかけて注文するシステムなので、事実上、立食パーティーだった。岩井が絶賛していたわりには、ローストビーフとガーリックシュリンプの味はいまひとつだが、酒の種類は驚くほどに豊富だった。

水田の発声で乾杯をしたあと、挨拶を求められた。一段高くなったステージに上がり「エグゼの最前線で仕事ができて嬉しいです。皆さんとの和を大切に頑張ります」と教科書どおりのつまらない挨拶をした。その間、目ではずっと水田の様子を注意深く観察した。もしも内心、厄介者を押しつけられて迷惑しているのなら、表情に皮肉っぽさがにじみ出るのではないかと思ったからだ。しかし彼はにこやかな表情を崩さず、誰よりも大きな拍手をしていた。

何人かが代わる代わる酒を注ぎに来て自己紹介し、吉沢への憧れと期待を口にした。そのたびに吉沢は感じのいい（と少なくとも自分では思っている）笑顔で謙遜した。辞令を受けて以来ずっと、宮古島で歓迎してもらえるわけはないだろうなと覚悟していたが、拍子抜けするほどに真逆の光景だった。

水田がジョッキを片手にやって来て「吉沢君、うちに来てくれて、ほんとによかったよ。心強い」と猫なで声で言った。それほど酒に強くないのか、細長い顔はすでに赤い。

「とんでもない。戦力になれるかどうか……」と頭を下げる。

「そういう堅苦しいのはいいよ。フランクにいこう、フランクに。それにしても、こんなエースを送り込んでくれるなんて、佐川もたまには粋なことをするもんだね」

突然出た佐川の名に、吉沢は顔をこわばらせた。水田の唇は少し皮肉な感じに曲がったように見えた。

水田は佐川と同期入社だ。出世レースから早々に脱落した水田は、地方支社を転々としている。次期社長の筆頭候補と目される佐川への負け惜しみが、つい嫌味となって表出したのだろうか。だとすれば水田は、今までずっと佐川の犬のように駆けまわっていた吉沢のことを内心、面白からず感じているのではないか。あるいは逆に、その佐川に切り捨てられて恨みを持っているであろう吉沢を、悪口仲間に引き込もうとでもいうのか。

いずれにしても、水田の言いぶりからすると、今回の異動にはやはり佐川が関わっていたらしい。だとすれば、わざわざ自分の統括しているエグゼ企画の現場に送り込んだのは、やはり見捨てていない証拠ではないか。いや、あるいは自分の目の届く左遷先に閉じ込めて、妙な動きをしないよう、同期の水田に監視させるつもりか。頭の中でプラスとマイナスの想像が目まぐるしく交錯する。

「いえ。エースどころか、本社時代には佐川さんをはじめ皆さんに迷惑をかけたので」

水田の表情をうかがう。右の口角が痙攣するように持ち上がったように見える。

「そうなの？　俺、あんまりよく事情を知らないんだけど」

本当に何も知らないのか、それとも知ったうえで、言葉に詰まる吉沢を眺めて楽しんでいるのか。白々しいほどに笑み崩れている顔からは本心が読み取れない。水田の本心を探るつもりが、逆にこちらが探られているような気さえしてくる。

「それにしても、この支社、すごく雰囲気がいいですね」と吉沢は当たり障りのない常套的な褒め言葉で話をすり替えた。

「ああ？　ああ」と水田は話を替えられたことに若干不満そうな顔をしたが、すぐに笑顔を取り戻した。「みんな、頑張ってるよ。特に君の同期の岩井君はよくやってる。単身赴任で、たまには東京の家族のもとにも帰りたいだろうけど、我慢して、寝る間も惜しんでエグゼのために頑張ってくれてる。でも、どうも不器用なところがあって、これまで本社の評価は冷ややかでね。

同期とはいえ、エース街道をひた走ってきた君とは対照的な日陰の存在だよ。俺はああいう、地味だけど地道に頑張る男も評価してやりたいと思っているんだけどね。彼をエグゼ企画のメイン担当に据えたのも、その成果を引っ提げて、ぜひ一度、本社のエース部署での勤務を経験してほしくてさ」

「本社での勤務経験はないんですか」と吉沢は聞いた。

「ああ、ないない」と水田は答えた。

まるで旧知の仲のような岩井の振る舞いで、もしやどこかで？　と勘繰ったが、やはり、たんに馴れ馴れしい男だったのか。

「子供を私立の小学校に入れて以来、ずっと単身赴任。かわいそうでしょ？　だから早く家族のもとに行かせてあげたいんだよ。吉沢ちゃんもぜひ、いろいろアドバイスしてあげてよ」と言う水田の口調は熱っぽい。もしかしたら今の岩井の姿に、佐川の陰でくすぶり続けた若き日の自分を重ねているのかもしれない。

「アドバイスなんておこがましいですが、僕に出来ることなら、もちろん喜んで」

「ありがとう」と水田は微笑んだ。「正直、吉沢ちゃんがこっちに来てくれるとわかったときには、一瞬、エグゼ企画のメイン担当をお願いしようかとも思ったんだよ」

「そうなんですか？」と聞き返す。だったらそうしてくれよと胸で舌打ちしながら。

「あ、いや」と水田は苦笑した。「でもやっぱり、岩井君のサポートをしてもらったほうがいいと考え直したんだよ。佐川も、岩井君の頑張りは評価してくれているみたいだし。彼にとっては最初で最後のチャンスかもしれないからさ」

「そうですか」という返事は、みじめなほどにしぼむ。

「誰がどう考えても、吉沢君が仕切ってくれたほうがうまく進むのは間違いないよ」と水田は意気消沈の吉沢を励ますような声になる。「俺も、エグゼの用地買収が定年前の最後の仕事になるから、絶対に完遂したいし、そのためには吉沢君に任せたいなと、ギリギリまで迷ったよ。でも吉沢君の将来を考えたら、そうしないほうがいいんじゃないかとね」

「僕の将来？」と聞き返す声が、少し刺々しくなる。

「吉沢君は今回たまたまうちの支社に異動になった。どういう経緯があったのか詳しく聞かされているわけではないし、先入観を持ちたくないから、詳しく聞きたいとも思わない。俺はこの支社での上司として、純粋に、この支社での君の仕事だけを見て、是々非々でフェアに評価したいと思ってるからね。でもね、過去に何があったとしても、君はいずれまた本社に戻ってエースとしてバリバリやることになるし、ゆくゆくは会社全体を背負って立つ人材であることは間違いない。そういうふうに長い目で見たとき、この支社にいる間に何をやってもらうのが、本当に君のためになるんだろうって、俺なりに考えてみたんだよ。正直、エグゼ程度のプロジェクトを仕切る機会は、君ならこれまでも、これからも、嫌というほどある。でも、本社に上がったこともなく、不器用で、君の目から見ればかなり物足りないであろう支社の連中を陰で支え、励まして、彼らに成功の美酒を味わわせてやるような経験は、優秀な子たちを集めた戦略本部では、望んでもできないんじゃないかな。教えることで君自身も成長するだろうし、君を見る周囲の目にも変化が出ると思うよ。岩井君の手柄の裏に君の献身があったとなれば、佐川だって、褒めるしかないしね」

「そこまで考えていただいて、ありがとうございます」と吉沢は礼を言った。

実際にありがたい。定年間際で、退職金と定年後の生活のことぐらいしか考えてなさそうな水田が、短期間しか関わることのない部下のことをここまで真剣に考えてくれていたとは。嬉しい意味で、意外だ。

しかし退職間際だからこそ、無責任な理想論を垂れ流しているだけだという可能性はないだろうか。本当のところは、岩井を企画から引き剥がして彼から文句を言われたり、吉沢に社運を賭けた大企画を任せることで、文字どおりの島流しで冷や飯を食わせようとした本社上層部の不興を買ったりすることを恐れているだけなのではないか。

「でも、僕はもう本社に戻してもらえないんじゃないでしょうか」と吉沢は、水田の真意をたしかめるために、あえて情けないことを言ってみた。

「誰がそんなこと言ったの？」と水田は眉間にしわを寄せた。

「いえ、言われたというわけではないですが」

「じゃあ、君自身がそんなネガティブな思考に縛られることはないよ。万が一、なんてことをいちいち考えていたら、何もできなくなっちゃうからね」と水田は割り切るように笑った。「ここだけの話、佐川も、君がエグゼでしっかりと縁の下の力持ちの役割をつとめあげて、プロジェクトが無事に成功したら、本社に呼び戻したいと思っているみたいだよ。俺も短いながらも上司だった男として、どうだ、吉沢君は島で成長しただろうって、あいつに自慢してやりたいからさ」

「ありがとうございます」

吉沢は思わずニヤけそうになる口もとを隠すために頭を下げた。どんな仕事をするかよりも、その仕事によって他人からどう評価されるかを気にして生きてきた癖が抜けていないのか。恨み抜いていたはずの佐川のことでさえ、いまの水田のひと言で、許すどころか、すがりつきたい気持ちになっている。

水田がトイレに行った隙に、綾野がやって来た。肉付きの良い体を、大儀そうに吉沢の隣のスツールに載せ、座るだけで大仕事だとでも言わんばかりの深いため息をついた。昼間はパンツスーツだったのに、いつのまにか、黒いカーテンを体に巻き付けたようなワンピースに着替えている。その服からは、昼間よりもキツい香水の匂いが放たれている。

「吉沢さん、今日は遠路はるばる、本当にお疲れ様でございました」と丁寧すぎる口調は昼間のままだ。「どうですか？　今日一日働いてみて。ちょっとは慣れそう？」

たった半日で、慣れるもクソもあるか、と心の中で毒づきながらも「支社の皆さんはいい人ですし、おかげさまで楽しくなりそうです。でもまあ、まだまだわからないことばかりなので、これからいろいろ教えてください」と微笑む。

「本社の第一線でやってらっしゃったのだから、そんな謙遜は要らないわよ」と綾野はやや嫌味な感じで笑った。「もちろん、この島や支社のことはこれから勉強していただくんでしょうけど、そんなふうにざっくり、いろいろと言われても、こちらもあなたが何がわからないのかがわからないんだから、きちんと整理して聞いてくださいね」

なんだ、この嫌味なマウンティングは。面喰らいつつも、いきなり心証を悪くするのは避けたいので、「そうですね、すみません」と反論せずに頷く。

「このところ、ずっと吉沢さんの噂で持ちきりだったんですよ」と綾野はべったりとした口調と視線を投げかけてきた。

悪い予感に身構える。自分でもわかるくらいに頬の筋肉がひきつる。

綾野はそれを楽しむようにまた鼻で笑い、「すごくお仕事ができる人だって」と言った。

「そうなんですか」と苦笑したが、顔はまだこわばっている。

綾野はいたずらっぽい目になった。「なにそれ。悪い評判に心当たりでも？」

「そういうわけじゃないですけど」と返事を濁す。

「ほんとに？」と綾野は馴れ馴れしい口調になる。「でもいいじゃない。水田さんは少なくとも表面上は、吉沢さんを歓迎して、期待してくれているんだから」

少なくとも表面上は、というのが気になって意味を問い返したくなったが、聞いたところで良い話が聞けるわけでもなさそうなのでやめておいた。

「あんまり深く考えないほうがいいわよ」と綾野は、自分の妙な物言いで吉沢の心にさざ波を立てたくせに、無責任な楽観で片づけようとした。「環境が変わるときはネガティブな気分になりがちだけど、あとになってみたら無駄な心配だったたってこともあるし」

それから綾野は問わず語りに自身について話した。彼女は長年、本社で環境関連のプロジェクトを担当し、サステナブルを標榜するエグゼ構想にも、都市開発部と合同で関わってきた。

「もっと現場に近いところで仕事がしたくて、自分から宮古島行きを志願したの」と綾野は自らの美談に半ば酔いしれるように言った。「本社の仲間にはさんざん引き留められましたけどね。プロジェクトなんて、どうせどれも本社主導なんだから、留まったほうがいいって。でもやっぱり、現場にこだわりたくて」

昼間に仲宗根から聞かされた話とはだいぶ違う。七ツ森にすり寄り、虎の威を借る狐のように振舞ったせいで、パワハラ問題にされて、お払い箱になったのではなかったのか。果たしてどちらが真実なのだろう。

「へえ、それはすごい。やる気満々ですね」と吉沢は、懐疑的な気持ちを大げさな感嘆で包んで言った。

綾野は満足げに微笑み、グラスを揺すって、底に残ったビールをかきまぜた。吉沢はウェイターに合図して、彼女のビールと自分のモスコミュールのおかわりを頼んだ。

「私、吉沢さんがこちらにいらっしゃると聞いて、すごくホッとしたんですよ。次の支社長として、吉沢さんが副支社長でいてくれるのは本当に心強いの」

「お上手ですね」と吉沢は受け流したが、綾野は意外にも真剣な表情を崩さなかった。

「べつに、あなたが花形のエースでやっていたことには興味がないのよ」

「え?」と吉沢は思わず聞き返した。

「むしろ私は、あなたがこの三年で総合情報室で進めてくれたさまざまなガバナンス強化策こそ、もっと評価されるべきだと思ってるの」

「あんな日陰の作業を見てくれていた人がいるなんて、感動です」と吉沢は頭を下げた。冗談でも何でもなく、本当に少なからず感動した。三年前までの吉沢を褒めてくれる人は多かったが、三年前以降の吉沢のほうを評価したいなどと言われたのは、間違いなくこれが初めてだ。

吉沢は今から二十年以上前に、都内の私大を卒業して入社した。振り出しは名古屋支社だった。当時の名古屋は万博開催や自動車産業の好調さでとにかく景気が良く、土地売買や商業ビル建設も盛んだった。吉沢は学生時代に野球で鍛えた体力と人懐こさを武器に、次々と大きな契約を取りつけた。

好成績が上層部の目にとまって、二十代のうちに東京・大手町の本社に引っ張られた。三十歳で、花形部署とされる都市開発部に配属され、以降、数々の「社運を賭けた」プロジェクトに携わった。これまでにもらった社長特賞の盾は史上最多タイの五つにのぼる。

三十代後半からは若手教育も担わされた。自己肯定意識と承認欲求ばかりが肥大化し、「僕、褒められて伸びるタイプなんです」などと平気で主張する勘違い人間が多くてうんざりさせられたし、自分なら半日で済む企画書作りに二日も三日も費やす愚鈍さにもどかしさも覚えたが、短気を起こして横取りすることなく、丁寧に教えてあげた。仕事のあとには彼らのおねだりに応えて、美味しい食事と酒をおごって労う気遣いも怠らなかった。

プライベートでは、自身が企画したラグビーワールドカップがらみのイベントで一つ年上の広告会社の女性と出会い、付き合い始めた。誰もが振り返る美人というわけではないが、明るくて気遣いのできる素敵な人だった。四十代になり、結婚も意識していた。たぶん相手もそうだったと思う。しかし、こちらは乗りに乗っていた仕事にプライベートでブレーキをかけるのが惜しい気がしていたし、相手はバツイチの後ろめたさがあるようで、互いに切り出せず、時間ばかりが過ぎていった。

それどころか、独身の後輩連中や遊び好きのクライアントの男たちから、つまらない仕事人間だと思われたくなくて、誘われるままに合コンに出かけ、誰もが振り返るような美人を軽薄なゲーム感覚で口説き続けた。

彼女への罪悪感がないわけではなかったので、たまの休日には、自分が手掛けた銀座の商業ビルの、一流といわれるレストランでご馳走した。店員にコートを預けるときにこっそりタグを盗み見られても「さすがに良いものを着ている」と思われる程度のブランドを身に着けていたし、気の利いたオーナーはわざわざテーブルにやって来て「吉沢さんのおかげで繁盛させてもらっています」と彼女にも聞こえるように、高額なテーブルチャージ代相応のリップサービスをしてくれた。店内でたまたま出くわしたときに「どうも」と右手を挙げれば「どうも」と右手を挙げ返してくれる知り合いの有名人も増えた。

つまりは順風満帆だと、当時の吉沢は満足していた。五年前、日本橋再開発プロジェクトのリーダーを任された瞬間が、いま振り返れば絶頂期だった。

日本橋エリアでは二〇〇〇年代初頭から二〇四〇年に向けて段階的に首都高の地下化が進められており、それによって地上に生まれる土地を舞台に、デベロッパー各社が再開発競争を繰り広げている。地所でも、吉沢がまだ名古屋にいた頃すでに本社内にプロジェクトチームが発足した。それが戦略本部だ。抜擢され、しかもリーダーを任されるとなれば、将来の役員の椅子を約束されたようなものだとも言われた。

初代リーダーが佐川だった。彼は他社に追随を許さぬ勢いで用地買収を推し進め、三ヘクタールという広大な土地を確保した。その功績で、最年少で都市開発部長に昇進し、現在はさらに出世して、国内外の開発部門の統括役員となって、次期社長の筆頭候補と目されている。

その後、四代のリーダーによってバトンが引き継がれる間に、地上四十階、地下四階、高さ約二百三十メートルの巨大タワー型商業施設を建設する方針が決まった。

地盤強化のための土地改良が完了した二〇一八年。いよいよ、タワーの中身について、社内で大々的な企画コンペが開催された。事前に与えられた条件は「オリンピックイヤーであり、創業百三十周年の節目にあたる二〇二〇年に開業すること」だけで、プロジェクトチーム外からの応募も歓迎された。若手・中堅社員にとっては、自身の発想力を武器に一躍名を馳せるチャンスだった。当時、すでに本社勤務ではあったものの、まだ戦略本部には入っていなかった吉沢ももちろん応募した。

全国の様々な部署から百人近くが名乗りをあげた。おそらくそのうちの一人が岩井だったのだろう。五次にわたる選考の結果、吉沢の企画が採用された。

地上四十階のうち、最上部の二フロアは国内外の有名店を誘致した展望レストラン、三十八階から二十五階はホテル、二十四階から十階は大手企業向けテナント・オフィス。……そこまでは、吉沢も他の提案者も似たり寄ったりの案だった。

吉沢企画の特徴は、地上九階から地下四階を巨大なアウトレットモールにするという点だ。アウトレットモール自体は、各社が首都圏郊外に競い合うように造っているので取り立てて珍しいものではない。しかし、どれも郊外で、都内から一時間以上も車を飛ばさなければたどり着けないという欠点もある。そこに目をつけ、東京のど真ん中に、国内最大級のモールを出現させようと企んだのだ。

最終選考会は当初「キズ物を安売りする印象のあるアウトレットでは、社運を賭けた新タワーのブランド・イメージが下がる」と反対意見が相次ぎ、否決に傾きかけた。しかし、この事業の統括役員であり、プロジェクト成功を社長就任への決定打にしようと目論む佐川のひと声でひっくり返った。

会議後、佐川はわざわざ役員室に吉沢を呼び出し、「成功の暁には、都市開発部長に引き上げてやる。俺の最年少記録を、誰よりも目をかけてきたお前が更新してくれるのは嬉しいよ。応援するから頑張れ。お前には特に期待しているんだから」と激励してくれた。

アウトレットタワーは、広報発表するやいなや世間の注目を浴びた。好意的な報道や世論を追い風に、吉沢はテナント誘致を加速させた。これまでお高くとまってアウトレット展開を拒み続けてきた有名ブランドは、賃料の破格の値下げで口説き落とした。三年先まで予約が取れない三ツ星フレンチや老舗寿司店からも出店の約束を取り付けた。交渉はどれもハードで、さんざん自腹を切って先方の担当者をもてなしてご機嫌を取らなければならなかったが、有名店の参加が決まるたびにテレビやネットのニュースが大々的に取り上げてくれるのだから苦労の甲斐もあった。

最も苦戦したのはホテル誘致だ。吉沢は、半ば前提と思われていた同じ資本グループのホテルではなく、まだ日本に進出していないフランスの超高級ホテルの誘致を決意した。世間のさらなる注目を求めて賭けに出たのである。先方は当初、経済成長の鈍い日本よりも中国に関心を持ち、取り付く島もなかったが、佐川のアドバイスを受けて一か八かで提示した「地所側で、常時満室水準の収益を全面保証する」という条件で、にわかに色気を見せた。

この前代未聞の条件は、前例踏襲と大日本グループの「血の結束」を重んじるお偉方の猛反発を受けた。しかしこのときも佐川が、紛糾気味の役員会を強引に取りまとめてくれた。

何があっても、佐川が全面的に応援してくれる。やはり俺は佐川に愛されているのだ。吉沢は、感謝とも安心とも依存とも慢心とも言えそうな生温かい感情に浸りきった。

もちろん、佐川には佐川なりの事情と狙いがあったのだろう。その頃、佐川と同期のライバルで、新エネルギー関連事業を仕切っていた七ツ森が、伊豆下田を舞台にクリーンエネルギーの実証実験都市建設を進め、社内の輿望《よぼう》を高めていた。アウトレットタワーに比べれば収益見込みもマスコミの注目度も劣るが、守旧派は「これこそ、我が国の発展を牽引してきた地所がなすべき仕事だ」と持ち上げた。建設用地として、グループの弟分で慢性的赤字に苦しむ大日本重工の製鉄所跡地を買い取って助けてやるというストーリーも、「血の結束」信者たちを熱狂させた。七ツ森こそ次期社長にふさわしいと推す声が高まる中、佐川は意地でも吉沢への援護射撃を続けるしかなかったのだろう。

タワー開業が迫った二〇二〇年一月、新型コロナウイルスが国内に持ち込まれた。その後、感染が急拡大し、テナントは軒並み開店を見合わせた。吉沢は佐川と相談のうえ、やむなく、開店可能な店から順次オープンさせる決断をした。開業の三月二十日に間に合ったのは五百店舗中わずか十店舗で、コロナ報道一色のマスコミにも取り上げてもらえず、集客数は目を覆わんばかりだった。

慌てて有名女優を起用したテレビCMを連打したが、自粛ムードの高まりの前には焼け石に水だった。それどころか、SNSは「こんな時期に開業するなんて不謹慎だ」と炎上した。

ホテルはほぼ空室状態だった。地所は契約時の取り決めどおり、その赤字を補塡しなければならなくなった。結局、店も客も寄りつかない「死の塔」のために、地所はたった一か月で数十億単位の損失を出す羽目になったのだった。

最初のうちは社内に同情的な声もあった。しかし役員会で佐川が「ホテルの収益保証やテナントの五月雨式開店について、自分は反対したのに、吉沢が独断で進めた」と発言した瞬間、風向きが変わった。そんなものは幼稚な言い逃れに過ぎないと誰もが知っていたはずだが、皆、口をつぐんだ。

吉沢はたびたび危機管理部や人事部に呼び出され、犯罪者のように吊し上げられた。自分から「辞める」と言わせたい彼らの意図は明らかで、窓もない部屋で、録音やメモも禁止され、ひたすら人格否定の罵詈《ばり》を浴びせられた。

チーム内からも吉沢を見限る者が出た。「収益保証はやめたほうがいいと止めたのに、聞く耳を持たずに逆ギレした」「ホテルの担当者から接待され、利益供与を受けていた」と、事情聴取のたびに事実無根の馬鹿げた罪状が増え、「皆が証言しているんだ。いいかげん正直に白状したらどうだ」と詰められた。収益保証については、誰かから制止されたことは一度もないどころか、よくぞ思いついたと絶賛されただけだったし、利益供与を受けたどころか、さんざん自腹を切ってきたのだが、そんな言い訳は聞いてもらえなかった。挙句には、ねだられるたびにご馳走してやった後輩の一人が「無理やり付き合わされ、パワハラに悩んでいた」と訴えた。

半月の謹慎ののち、吉沢は「総合情報室」に左遷された。名前は立派だが、実際には苦情処理係だ。派遣社員のオペレーターが受けた苦情電話や、各部署から転送されてきた苦情のメールや手紙の記録書類を、せっせとファイリングするだけの閑職だ。同僚は前の職場で喧嘩沙汰やハラスメントを起こしたり、心身を病んで第一線での仕事が難しくなったりした人たちばかりで、社内では「墓場」と揶揄される部署だった。

それでも吉沢は、ここで腐ってしまえば、返り咲きの可能性を自ら放棄するようなものだと踏みとどまり、一から出直しのつもりで頑張った。あとからやって来た上司の前川という男の前向きさにも救われた。生まれも育ちも神奈川県なのに、なぜか関西弁で話す彼は、吉沢の提案を一つ一つ「おもろいやん、やろ、やろ」と褒め、一緒になって楽しんでくれた。

吉沢は今までの社員人生で感じていた不満や不便さを、一つずつクリアしていこうと考えた。たとえば苦情対応についても、それまでは部署ごとに受け付けていたせいで、社内での共有が遅れたり、隠蔽されたりし、その結果、かえって苦情を激化させ、手に負えなくなった各部署の対応がずさんになっていくという悪循環があった。もちろん「墓場」に来れば、広辞苑のような厚さの苦情記録ファイルが何百冊も積まれているが、誰もそれを読み返して、その後の業務改善に繋げようなどとは考えもしなかった。

そこで吉沢は前川と相談し、すべてのクレームを危機管理部に共有する仕組みにしたうえで、苦情のデータベース化も進め、現場からのＳＯＳにいち早く気づき、過去の事例から最善の対応策を誰もがひねり出せるようなシステムを構築したのだ。

さらに、各支社のサーバーだけで管理していたメール送受信を、本社の大サーバーでも二重に保存することにした。そこにはＡＩ機能を搭載し、契約に関する重要なメールの開封し忘れにアラートを送ったり、コンプライアンス上注意が必要な反社会組織と取引してしまうことがないよう、過去事案をＡＩに学習させ、危険なアドレスからの連絡や特定の危険ワードを自動的に遮断する仕組みを整備した。

社内の裏掲示板では「さんざん迷惑をかけた分際で、社内警察ヅラかよ」と口汚く罵られた。しかし少しずつではあるが「よい仕組みを作ってくれて、ありがとう」と礼を言ってくれる人も増えた。地味な職場でもコツコツ頑張っていればきっと誰かが見てくれている。これを積み重ねればきっといつかは……とかすかな希望も持てるようになってきた。

けれども、先月受け取った辞令は、戦略本部への返り咲きではなく、宮古島行きを命じるものだった。宮古島臨時支社は、隣の上地島新空港開業と、その後のエグゼタウン建設のために設けられた期間限定の前線基地だ。ただし、開業後の空港運営は子会社に委ねられたし、エグゼ企画の頭脳は本社の都市開発部第一課である。支社は用地買収のために農家を口説いたり、地元の役場や下請け会社との連絡のために駆けまわったりする手足に過ぎない。これは、さらなる左遷か、と吉沢は落胆した。

そんな気持ちでここにやってきた吉沢なのだから、まさか初日の歓迎会で、総合情報室時代の仕事を褒められるとは予想すらしていなかった。

「エグゼは大事業だから、脇を締めていかないといけないと私は思っているの」と綾野は言った。「その点、危機管理の意識が高くて、自らいろんな仕組みを構築してきた吉沢さんがここに加わってくれるのは、本当に心強いと思うんですよ」

「そうおっしゃっていただけるのは光栄ですけど」と吉沢は恐縮する。

「ちなみに、エグゼに関しては何か苦情が来ていたとか、怪しいメールの送受信があったとか、そんな情報はない？」

「いや、どうでしょう。まさか自分が宮古島に来るとは想像すらしていませんでしたから、意識して見ていなかったので。苦情は細かいものまで含めれば一日に何百件も来ることもありますし、メールに至っては何万、何十万通の世界ですから。だからこそＡＩも導入したわけですが」

「そうなんだ」と綾野は一気に興味をしぼませたような顔でため息をついた。「それで、吉沢さん、岩井さんのサポート役になるんですって？」

「そうみたいですね」と頷く。「いま水田さんから言い渡されたばかりですけど」

「そう。それで、納得？」と綾野は長い髪を耳にかけ、首を傾げた。

「納得も何も」と吉沢は可能なかぎりすっきりした顔と声を装って言った。「もちろん、この支社に来たからには、少しでも役に立ちたいと思っています。と言っても、具体的にどんな動きが求められているのかわからないので、明日以降、岩井君ともじっくり話し合ってみたいと思います」

「予定地はもう見たの？」と綾野は、吉沢の具体性のない話を遮るように言った。

「ええ。今日、支社に顔を出す前に。ちらっと見た程度ですが」

「さすが、仕事が早い」と綾野は、口で褒めるほどには特に感心も何もしていないような顔で言った。「どう思った？」

「岬の崖にはびっくりしましたけど」と吉沢は言った。「たしかに絶景でした。あの景色を独り占めできるエグゼの丘は、きっと人気の別荘リゾートになるだろうなと」

「そうね」と綾野はつまらなそうに頷いた。「でも、肝心の丘のてっぺんは、まだ買収が済んでいないのよ」

「仲宗根さんから聞きました。たしかに、洋館風の建物が残ったままでしたね」

「カフェレストラン。コロナ禍で潰れたんですって。私が来る前の話だから詳しくはわからないけど、クラスターが発生して客が寄り付かなくなって、ご近所ともトラブルになって潰れたという話。移住してきたオーナーさんが数年前に始めたばかりだったそうよ。味も雰囲気も良くて、早々に常連さんまで付いて繁盛していたようだけど。かわいそうにね」

「さすがですね。自ら志願してこっちにいらっしゃっただけあって、たった一年なのに、地元のことをよく勉強していますね」

「それ、嫌味？」と綾野は冷たい目でこちらを睨んだ。自分はさんざん嫌味を吐き散らかしておいて、他人の発言にケチをつけるとは、なんと面倒な人間か。

「いや、ほんとに感心しているんですよ」と弁解するのもアホらしい。

「ねえ、おかしいと思わなかった？」と綾野は言った。

「おかしい？」と目だけで聞き返す。

「だって、誰がどう見ても、丘のてっぺんは一等地でしょ。なのに、よりにもよって、あの部分だけ買収が終わっていないなんて」

「地主が交渉に応じないということですか？」と吉沢は聞いた。

「そのとおり」と綾野は頷く。「店が潰れたあと、地所としてはもちろん買い取る意欲満々で、岩井君が、あの土地を管理していた地元の不動産業者に打診したの。でもひと足先に他人の手に渡ってしまった」

「どんな人なんですか？　居抜きで新たに店でも始めようとしているとか？」

「そういうわけでもないらしい」と綾野は毛量の多いパーマの髪を振り回すように、首を左右に振った。

「じゃあ、完全に投資目的で、粘るだけ粘って高額で買い取らせようということですかね」

「さあ。私にもわからないけど。あるいは地所に使わせないために、あの土地を買って維持しているとか?」と綾野は言った。

吉沢の頭に思い浮かんだのは、ライバルの中央不動産だ。新空港事業を地所に持っていかれて、宮古島の開発事業で大幅な遅れを取り、最近、躍起になってリゾート開発を進めている。

しかし綾野は、吉沢の頭の中を透かし見たように「中央不動産じゃないよ」と、あっさりと否定した。「企業じゃなくて、個人。しかも有名人。誰だと思う?」

「もったいぶりますね」と、特に笑いたい気分でもないが笑う。「誰なんですか?」

「神谷遼《かみやりょう》」と綾野は分厚く塗りたくられたマスカラの下の小さな両目で、吉沢の目を真っ直ぐに見据えた。

「神谷? ほんとに? あの神谷?」と返す声が裏返る。

「そう」と綾野は形のいい鼻をつんと得意げに上向けた。「知ってるでしょ? ネットの寵児《ちょうじ》、悪魔の子」

たしかに知っている。吉沢がどうというよりも、日本全国のほとんどの人が彼の顔と名前と、かつての栄華と凋落ぶりを知っている。ただし吉沢は「日本全国のほとんどの人」とは比べものにならないほどに、彼のことを知っている。しかし今ここで綾野にすべてを話すのが得か損かわからない。つなぎ役だけさせられて、美味しい手柄を横取りされないとも限らない。

「なんで神谷さんが」と吉沢は念のため、さん付けで言った。「地所に土地を売り渋るんですか? 自然保護活動にでも目覚めて、リゾート開発に反対しているとか?」

言ってはみたものの、自分の知っている神谷は、そんなイメージとは程遠い。それに、仮にそんな意図があるのなら、丘の上の土地に居座るような原始的な手法ではなく、彼の得意のネット世界で、派手に反対運動を展開しそうなものだ。

「さあ」と綾野は首を傾げた。「ああいう天才肌っぽい人って、頭の中がどういう造りになっているのか。まして、こう言っちゃなんだけど、凡人を絵に描いたような岩井君じゃあ、彼の意図を聞き出すことも、口説き落とすことも、難しいでしょうね」

綾野は皮肉っぽい顔になった。エグゼで手柄を立てようと思って支社にやってきたのに、岩井に抱え込まれて手が出せずにいる状況への不満が、つい表情と言葉に出たのか。

「岩井君が凡人だとは思わないけど」と吉沢は言った。「ちょっと厄介そうな気がしますね。岩井君はすでに交渉しているんでしょうか」

「それも謎。この件、岩井君は、他の人にはいっさい共有しようとしないから」

「でも、現実問題として、早くしないと、着工や開業の予定に間に合わなくなりますよね。水田さんや綾野さんが一緒に行くとか、仲宗根さんのツテを使って、地元の不動産屋さんから援護射撃してもらうとか、支社として、別の手を考えたほうがいいんじゃないかと」

「もちろん、私もそのくらいの提言はしましたよ」と綾野は、自身の無策ぶりを詰《なじ》られた不快さを露骨に表情に出した。「でも、この件を岩井君に任せようというのは水田さんの方針だから。それに、前に仲宗根さんと岩井君が、この件で喧嘩みたいになってね。二人で別室にこもって、何時間も言い合いをしていたみたい。話の中身はわからないけど、あの穏やかな仲宗根さんが顔を真っ赤にして出てきて、私、すごく、びっくりしたのよ」

「あの仲宗根さんが。想像つかないですけど」

綾野は頷く。「みんなが言うには、どうも岩井君がやったエグゼのための土地買収の件で、仲宗根さんが噛みついたみたい。あのあたりにご実家の土地もあったらしいから、もしかしたら、そのことで揉めていたのかもしれないけど」

「でも、このまま膠着状態になれば本社も困ると思うし、綾野さんが関わったほうがいいですよね。本社もそれを期待して綾野さんを前線に送り込んだような気がしますし」

「まあね。私がこっちに来たのは、そういうテコ入れの意味合いもある。それは水田さんも知っていると思う。でも、だからこそ水田さんは、私のことを、ちっとも交渉が進まないことに業を煮やした本社が遣わしたスパイか何かと勘違いしていて、支社の恥を探られまいと遠ざけているのかもしれないね」

「さすがに、それはないでしょう」と吉沢は苦笑した。「水田さんはたしかに、この件が岩井君の手柄になるようにしてあげたいと考えているようですけど、彼一人に抱え込ませようという頭はないと思いますよ。もしコケたら、手柄どころか、責任の全部を岩井君に背負わせることになるし。実際に、さっき僕には、岩井君のサポートを頼んできましたし」

「じゃあ、助けてあげたらいいんじゃない?」と綾野は突き放した言い方をした。「まあ、こちらの担当者が一人増えたところで、神谷という人が急に乗り気になるかどうかはわからないけど」

この人はどうしてこんなふうに嫌味な物言いしかできないのだろうと辟易しながらも、吉沢は、にっこりと笑った。

「ありがとうございます。じゃあまずは神谷さんと連絡を試みてみようかな。彼がどういう意図であの潰れた店を買い取ったのかわかりませんけど、いつまでも空っぽのまま抱えておくとも思えないし」

「そ。じゃあ、まあせいぜい、頑張ってみて」と綾野は嫌味の極みのような息を鼻から漏らした。

その後もいろんな人が入れかわり立ちかわりやって来て、酒とお世辞を捧げていった。誰もが同じような笑顔で、同じような褒め言葉しか言わないので次第にうんざりしてきた。もしかしたら彼らは歓迎も期待もしていないから、同じような作り笑いとお世辞しか繰り出せないのではないかと疑いたくなった。それでも吉沢は辛抱強く、すべての人に同じような作り笑顔で、同じような挨拶を返した。

新しい環境に順応するのは昔から得意だ。

中高生の頃は学校のクラス替えが好きだった。誰とでもすぐに打ち解けて適当な人間関係を育むことに関してはかなりの自信があった。担任の教師は、従順で快活な吉沢が自分の受け持ちのクラスにいる幸運に機嫌を良くして、真っ先に一学期の学級委員長に指名した。女の子たちは、ひょうきんなうえに気遣いと褒め言葉を惜しみなく降り注いでくれる吉沢との時間を楽しんでいたし、彼女たちと交流したいのに気恥しさが邪魔をしてもどかしい思いをしていた男子たちは、橋渡し役を買って出てくれる吉沢を重宝した。吉沢は周囲の人々をじっと観察し、彼らが欠乏感を抱いていそうな部分を見つけ出し、満たしてやった。といっても、献身の精神とは程遠く、あくまで誰かに好かれたい、あるいは嫌われたくないという吉沢自身の独善的な欲求を、恩着せがましく押し付けていたに過ぎない。にもかかわらず、周囲は吉沢のことをまるで特殊能力に恵まれたヒーローのようにありがたがった。

しかし二学期になる頃には、先生は、従順に尻尾を振っているように見えた吉沢が、じつはただ評価を求める空腹の犬に過ぎず、他の生徒と盛り上がるためなら教師の陰口を平気で言ってのける小ずるい裏切り者であることに気づいた。女の子たちは心のこもらない甘い言葉を濫用する吉沢よりも、口下手でも誠実なボーイフレンドを求めて離れていき、自力で女の子たちと話せるようになった男子たちも吉沢というバイパスを必要としなくなった。

皆、気まずそうに少しずつ吉沢から離れていった。吉沢は寂しさと安堵の中間ぐらいの気分を感じながら、最初から一人でいたかったのだという顔をして、ウォークマンのイヤホンを耳栓代わりにはめ、窓の外を眺めて過ごした。

就職してからも同じことの繰り返しだ。上司には重宝され、先輩には頼りにされ、後輩には尊敬されるように努めた。本社に引っ張られてからは、佐川にすり寄り、彼の求めを裏切らぬように、重要な企画を次々と成功させた。その甲斐あって、異例の早さで戦略本部に抜擢され、より大きなプロジェクトを任された。

しかし結局、手もとに残ったのは左遷の辞令一枚だった。うわべだけを取り繕うような生き方には懲りたはずだった。それなのにまたこうして、島での新たな「一学期」を始めようとしている。

宴会は十時にお開きになった。ひっきりなしに作り笑いをしていたせいで、店を出る頃には頬の筋肉が痙攣し始めていた。もう一軒行こう、カラオケでもどうだ、と張り切る若手たちをどう振り切ればいいものかと思案しながら店を出たが、ドアを開けたとたんに吹き込んだ風雨があまりに激しく、皆が悲鳴を上げて大騒ぎになった。その隙に「じゃあ、これで」と誰にも聞こえないような小声で告げて、ホテルに向かって早足で歩きだした。

ホテルは仲宗根が紹介してくれた。「リゾート気分とは対極にある、ボロくて古いホテルだぜ」と言うのはきっと地元民ゆえの謙遜や自虐のたぐいだろうと思っていたが、実際、古くて地味で、リゾート感はゼロだった。しかし贅沢は言うまい。支社のすぐそばで、観光シーズン真っ盛りだというのに一泊四千円で、一週間、雨風をしのげるのだ。

薄暗いフロントのベルを鳴らすと、奥から派手なピンクのアロハシャツの男が出てきた。大柄ではないが小太りで、シャツにプリントされたハイビスカスの模様が苦しげに引き伸ばされている。眉が濃く、肌には短期間の日焼けでは出ないつやがある。

「ああ、吉沢様。お待ちしていましたよお。雨は大丈夫でしたかあ？　ひどかったでしょう。あらあ、ずぶ濡れで、かわいそうさあ」

男は慌ただしく奥の部屋に戻り、かなり使い込まれた感じの薄いバスタオルを持ってきて、「これ、よかったら、使ってよお」と放り投げて寄こした。

吉沢が髪やバッグをひととおり拭き終わるのを待って、男は人懐こい笑顔で、ホテルについて簡単な説明をしてくれた。部屋には洗濯機が備え付けになっているので、いつでも自由に使っていい。小分けの粉末洗剤はフロントで一回分五十円で売っている。最上階の大浴場は朝六時から九時と、夕方五時から夜十一時まで入れる。タオルは部屋のものを持って行ってほしい。今夜もまだ入ってくれて構わないが、雨風が強いのでくれぐれも窓は開けないでくれ。朝食はフロント脇のレストランのバイキング。安い宿泊代相応なので、そんなに期待されても困るが、地元の海女さんが獲ってくる魚は新鮮で美味しいと好評だ。そのほか不明な点があれば、いつでも内線9番まで。

タオルと説明の礼を言い、古くさい金属製のルームキーを受けとり、粉末洗剤の小袋を三つとオリオンビールの缶二本を買って、エレベーターで四階に上がった。

部屋はシングルタイプだ。フロントの薄暗さからすると、部屋もかなりみすぼらしいのだろうと覚悟したが、入ってみると、たしかに狭くはあるが水回りもシーツもきちんと清潔でホッとした。ベッド脇の床に、雨で湿ったバッグを放り投げ、ジャケットをクローゼットのハンガーにつるし、脱いだYシャツと靴下とチノパンを洗濯機に放り込んで、一回分の洗剤をふりかけて回した。

熱めのシャワーで雨と汗と飲み会の嫌な臭いを洗い流すと、いろんな酒をめちゃくちゃに飲んだせいでぼんやりしていた頭も少しすっきりした。おもちゃのようなドライヤーでさっと髪を乾かし、ベッドに腰かけて、テレビをつけた。ちょうどニュース番組が始まった。たいした話題もないくせに、たいした話題であるかのように大騒ぎするキャスターのせいで、実際以上にたいした話題がないように見えた。

部屋の外は雨風が激しいままで、大粒の雨がバチバチと音を立てて、鉄線入りの小窓に叩き付けていた。しかし、まだ台風自体が東京から遠いせいか、ニュースとしてはいっこうに取り上げられなかった。

どぎつい黄緑色のスタジオを見ているうちに目の奥がチクチク痛みだした。テレビを消し、雨脚が少し弱まったのを見計らって、窓を薄く開けてみた。たっぷりと湿気を含んだ生ぬるい風と一緒に、すぐ裏の繁華街の酔っ払いの叫び声も流れ込んできた。今ごろ若手たちはカラオケで盛り上がっているのだろうか。やはり付き合うべきだったのだろうか。俺の話は出ているのだろうか。出ているとすれば、きっと良い話ではないだろう。いや、俺のことなんか誰も考えていないのかもしれない……。

サイドテーブルに転がしておいたスマホが振動した。慌てて手に取る。やはりカラオケに付き合ってほしいと若手の誰かが電話を寄こしたか。あるいは本社の誰かが惜別のメッセージでもくれたのかもしれない。この期に及んで慰めや励ましを求めている自分が情けないが、情けなくてもいいから、慰めて励ましてほしい気分になる。

しかし画面には、新着メッセージを告げるマークはついていなかった。画面に指をスライドさせて送受信を繰り返してみたが、何の変化も起きなかった。

ふてくされたようにベッドに寝ころび、天井を見上げる。低い。世界の果ての狭い洞穴の奥に一人で閉じ込められているような情けない気分だ。

顔の上にスマホを持ち上げて、ネットの無料掲示板を開いた。見たところで心弾む書き込みなどあるわけがないと頭ではわかっている。しかし指が勝手に動き、地所の社員が匿名で愚痴や悪口を書き込むスレッドを叩く。

〈ついに二度目の左遷か。宮古島支社の皆さん、お気をつけて〉

〈今度はエグゼ計画に関わろうとしているらしいよ。懲りないね〉

〈マジ？　頼むからこれ以上迷惑かけないでくれよな〉

〈どうせまたクライアントに乱痴気《らんちき》合コンを開かせて、暴れまくるんでしょ〉

下唇を噛み、瞑目する。まぶたの裏側の闇の中に、数年前の自分の姿が浮かぶ。地所どころか、日本の未来を一身に背負っているような誇らしさと多忙さを謳歌していた。こんなことになるとわかっていれば、俺は何か違うことができたのだろうか。今さら悔いても始まらない無益な想像ばかりが胸を苦しくさせる。

ふたたび勢いを盛り返した雨が、窓を激しく叩く。洞穴の奥で身をすくめて震えている臆病者を嘲笑《あざわら》うように。掲示板に悪口を書き込んだ連中は、今ごろ、台風の予感すらしない東京の華やかな夜空の下で、俺を嘲笑っているのだろうか。俺がこうして悔しがっていると知ったら、きっと意地の悪い笑みを浮かべて喜ぶことだろう。まぶたが熱い。洗濯機のモーター音に混じって、誰かの笑い声が聞こえた気がして目を開ける。笑っていたのは、窓に映った自分の顔だった。

「こんなところで、くたばってたまるか」とつぶやき、腹筋に力を入れて起き上がった。床に放り出したバッグからPCを引っ張り出し、電源を入れる。ホテルのWi-FiのIDとパスワードを入力して接続し、検索サイトを立ち上げ、焦りでもつれそうになる指でキーボードを叩く。

短く決意じみた息を吐き、祈るように検索ボタンをクリックする。Wi-Fiの電波が弱いのか、結果がなかなか表示されない。苛立って貧乏ゆすりをする。

【神谷遼　宮古島】

神谷。かつてITの寵児と呼ばれた男。大学在学中に友人と起業し、ゲームを入口にしたコミュニティ・サイトをヒットさせた。サイト内で利用する仮想通貨システムはよくできたもので、ネット通販や現実世界の電子決済にも採用され、新時代の金融ツールとして爆発的に普及した。会員数は三百万人に達した。快進撃は卒業後も続き、神谷はベンチャー企業を次々に買収した。当時まだ希少だったIT分野のコメンテーターとして、マスコミにも引っ張りだこになった。

しかし栄華は永遠には続かなかった。仮想通貨が暴力団による麻薬取引やマネーロンダリングに利用されている疑いが浮上し、会社は家宅捜索を受けた。彼の会社の株価は暴落し、仮想通貨の換金と退会の希望者が押しかけて暴動のような騒ぎになった。さんざん彼を持ち上げていたマスコミは掌を返し、無垢な消費者を騙した「悪魔の子」と糾弾し、高級輸入車や高級マンションでの贅沢三昧を叩き、売り出し中の女優との不倫まですっぱ抜いた。

結局、神谷は紙きれ同然になった株のすべてをアメリカのファンドに売り渡し、離婚もし、表舞台から忽然と消えた。その後、暴力団と繋がっていたのが神谷本人ではなく、共同経営者であったことが明らかになったが、彼を叩きまくった週刊誌やネット民は知らんぷりで、名誉が回復されることはなかった。

その彼が、宮古島で土地を所有している。しかもエグゼの成否の鍵を握る大事な土地を。なぜだ。吉沢は必死に記憶を掘り起こすが、彼と宮古島を結びつける話は思い当たらない。やはり投資目的だろう。綾野の口ぶりでは、あの土地に関して、すでに岩井から神谷に売買交渉をもちかけたが、相手にしてもらえなかったようだ。神谷はいったいどの程度の金額を求めているのだろうか。あの土地がなければエグゼが成り立たない地所からは、すでに相応の金額を提示しているはずだ。それでも折り合えないほどに、彼の求めは常軌を逸しているのか。だとすれば厄介だ。

一方で、この話が厄介で、これまで岩井が交渉を結実させられなかったことは、自分にとっての幸運のようにも思える。もしも吉沢がその交渉を成就させ、エグゼを成功に導けたら、社長就任のためにも何としてもエグゼを失敗させるわけにはいかない佐川に感謝され、本社に呼び戻してもらえるかもしれない。

そしてこの件に関して吉沢には、岩井にはない強味がある。

神谷のことを「世の中の多くの人」以上に知っているのだ。彼とは同い年で、同じ私大の国文科に通い、同じ講義もいくつか受けた。特別仲良く、四六時中つるんでいたわけではないが、クラスメイトとしてそれなりに会話をしたり、放課後に皆でマクドナルドに行ったり、人数合わせで駆り出された合コンで一緒になったこともある。あちらがどの程度覚えてくれているかはわからないが、少なくとも、味もそっけもない名刺を差し出し、見え透いた営業スマイルで「初めまして」と挨拶するしかなかったであろう岩井に対してよりは、はじめから心のハードルを下げてくれるのではないか。

検索結果はまだ表示されない。画面上でくるくる回るばかりの検索マークを凝視しているうちに、今度はネガティブな想像が頭をもたげる。むしろ、大学時代の記憶のせいで、逆に彼が拒絶反応を起こすのではないかと。

彼とクラスメイト的な関わりがあったのは、大学時代の中でも、最初の二年ほどに過ぎない。良くも悪くも有名人になった後の神谷しか知らない世の人々は信じないだろうが、彼はあの頃、クラスの中でも特に目立たない存在だった。むしろ、「一学期の学級委員長」的にあっという間に友人を増やしていつも賑やかさの中心にいた吉沢のほうがよほど目立っていた。神谷はくすんだ色の毛玉だらけのカーディガンを着て、教室の隅で静かに本を読んでいた印象しかない。人数合わせで呼ばれた合コンでも居心地が悪そうで、こんな苦痛な時間が早く終わってくれないものかと、腕時計ばかりを気にしているように見えた。

三年生になり、彼は学生起業家になり、メディアにも露出し始めた。たまにキャンパスで見かけるときにも、高級ブランドのジャケットを着こなし、毎回、別の美人と腕を組み、子分のような連中を引き連れ、羨望と嫉妬の目で見られることに慣れた余裕の顔で闊歩するようになっていた。

クラスの女子たちは「やっぱり、前からひと味違ったよね」と熱っぽい目で言い、吉沢は他の男たちと一緒に「インチキくさいＩＴ野郎が、そもそもなんで国文科にいるんだよ」と舌打ちを繰り返したものだった。聞こえよがしの負け惜しみはきっと彼の耳にも届いていただろう。いま彼の頭に残っているのがそんな不快な記憶だとすれば、むしろ態度をさらに硬化されかねない。

ようやく検索結果が表示された。吉沢は食い入るように、ずらりと並んだ記事タイトルを上から順に読んだ。上位にあるのは、相変わらず「悪魔の子」事件のまとめ記事を装った、ほとんど誹謗中傷に近いサイトばかりだった。しばらくスクロールすると、最近アップされたらしいものも、ちらほらと出てきた。そのいくつかを開いて読んでみた。

どうやら神谷は、たんに宮古島に土地を、投資目的で所有しているだけではなさそうだ。一年ほど前に自ら移住し、ＩＴ関連の新会社を立ち上げたらしい。〈悪魔の子、南の島で細々と再起か〉という嫌味たっぷりのタイトルのついたフリーライターの記事には、神谷が立ち上げた事務所のホームページへのリンクが貼りつけられていた。吉沢は迷わずにクリックした。今度はすぐに、白をベースにしたシンプルなサイトが画面に現れた。

〈デビルズ・チャイルド〉

爽やかな明るい青の文字。これが社名か。吉沢は「悪魔の子か」と画面に向かってつぶやいた。

そして〈御挨拶〉というバナーを開いた。

〈宮古島を拠点に活動しています。ネット初心者のホームページ作成から、コミュニティ・サイト運営、ＩＴを使った高齢者の見守りサービスまで、何でもご相談ください〉

かつての華々しい成功ぶりに比べると、悲しいほどのスケールダウンだ。

トップ画面の最下段にある〈お問い合わせ〉をクリックすると、メールフォームが出てきた。

吉沢はすぐにメッセージを書き込んだ。

〈大日本地所宮古島臨時支社の吉沢と申します。神谷様の所有されている西平安名崎の土地の件に関して、ぜひご相談させていただきたいと思っております。ご都合のよろしいときに、一度、お会いできませんでしょうか〉

大学のクラスメイトだった吉沢です、と書くべきか否か迷ったが、やめておいた。返信先として、メールアドレスと携帯番号を登録した後、息を止め、祈りを込めるような手つきで送信ボタンを押した。

ふっと息を吐き出してから立ち上がり、冷蔵庫から缶ビールを取り出して、本社返り咲きへの糸口をつかんだことへのささやかな祝いのような気分でプルタブを開けた。泡が吹き出し、手とズボンが濡れた。「これじゃ、かえって縁起が悪いな」と舌打ちしたが、ついでに笑う余裕まではなかった。

こぼれたビールをティッシュで拭き取っていると、PCから電子音がした。今度はさきほどのような錯覚ではなく、たしかにメールの着信だった。送信者は神谷だ。

〈吉沢様、初めまして。ご連絡をいただき、ありがとうございます。この案件に関して、よいお返事ができるかどうかは、そちら次第だとは思いますが、明日の朝八時頃であれば、三十分ほどお会いできます。お返事は不要ですので、ご都合がよいようなら、直接事務所までお越しください。では。神谷遼〉

「初めましてか」と吉沢は画面に向かって苦笑した。こちらがクラスメイトであることを伏せていたのだから仕方がないが、何となく寂しい。親しい同級生であれば、「地所の吉沢」と聞けばピンとくるはずだ。就職氷河期だったあの頃、吉沢が運よく大手デベロッパーに拾ってもらったことは教室内でかなりの評判になったたし、皆、本心はどうあれ、大騒ぎで祝ってくれたのだから。けれども神谷の記憶には残っていないらしい。やはり馴れ馴れしくクラスメイトの名乗りをしなくてよかった。

それにしても「そちら次第」とはどういうことだろう。売る気がないとは言わないが、かなりの高額を提示しなければ頷かないぞという先制パンチのつもりか。あるいは過去に交渉を試みた岩井が、神谷の心証を悪くする失態でも犯したのか。

まあいいや、と吉沢は暗い想像に蓋をした。とにかく会ってみるしかない。本社に返り咲くためには、彼を口説き落とすほかに道はないのだから。

吉沢はすぐに神谷宛てに、お礼とアポイントメントの返信を打った。彼は不要と言うが、見せられる誠意は見せておいたほうがいいだろう。

そして少し迷ってから、別の人に宛てて、新たなメールを打ち始めた。宛先は佐川だ。宮古島着任早々にエグゼ企画に関わることになり、早速、懸案の用地確保のキーパーソンに会いに行くことになったと説明して、助言を求める。しかし本当の目的は助言を得ることではない。ただただ、見捨てられていないことをたしかめて安心したいだけだ。

送信ボタンを押した。どうせ佐川が読むのは明日だ、いや、読んですらくれないかもしれないと心に予防線を張る。そのくせPCを閉じず、画面を睨み続ける。

十五分後、返事が届いた。画面に目玉がくっつくほどに顔を近づけ、息を止めて読んだ。

佐川は期待以上に褒め、応援してくれていた。

「早速頑張っている様子、吉沢君らしくて嬉しくなりました。水田は僕と同期で良い奴ですので、いろいろ相談しながら進めてください。ただ、彼は本社で大きなプロジェクトを仕切った経験がないぶん、頼りにならないところもあるかもしれません。吉沢君なら一人でも乗り切れるとは思いますが、相談したいことがあれば、いつでも遠慮なく連絡をください。君にはいろいろと悔しい思いをさせてしまったけれど、言うまでもなく、僕は今でも君には特に期待をしているのです。エグゼ企画は我が社の命運を賭けた大事業です。その最前線を君に託した僕の思いを汲み取って、どうか君らしく頑張ってみてほしい。いずれまた会える日を楽しみにしています」

画面からひときわ眩しい光が溢れ出てくるようだった。俺は見捨てられたわけじゃないんだ。乾いた粘土のように凝り固まっていた胸がひび割れ、そこから熱いものがこみ上げ、視界を曇らせた。何としても企画を成功させなければ。吉沢は歯を食いしばり、誓うように思った。

3. 島に潜む悪魔の子

八月二十四日(木)朝

翌朝、スマホの目覚ましアラームが鳴る前に起きた。六時半だ。神谷との約束に寝坊するわけにはいかないという緊張感のせいか、窓から差し込む、朝日と呼ぶには強烈すぎる台風一過の島の陽射しのせいか。

身支度を済ませてから、フロント脇のレストランに入った。店内は思ったよりも広々としている。手前のフローリング部分には四人掛けのテーブルが十卓以上、奥には掘りごたつの座敷もある。朝食はバイキング形式で、湯せん式の保温機に、たくさんの料理が並んでいる。目玉焼き、ソーセージ、焼き魚、煮魚、味付け海苔、温泉卵、納豆、白米、みそ汁、クロワッサン。全国どこの格安ホテルでも提供されそうな定番朝食メニューばかりだが、ソーミンチャンプルーと海ブドウだけが、かろうじて島らしさを感じさせる。

白身魚の煮付けと白米とみそ汁と納豆と海ブドウをトレーに載せ、窓際のテーブル席に座った。大きな窓には白いロールカーテンが下ろされているが、陽光を吸い込んで、むしろそんなものは下ろさないほうがマシなのではないかと思うほどに眩しい。

白身魚と海ブドウはさすがの鮮度で、東京で食べるものよりも格段に美味しかった。半分ぐらい食べたところで「旅行？　どこから？」と、隣のテーブルでコーヒーを飲んでいたおばあさんが話しかけてきた。背中まである長い髪は八割方が白くなり、大きな鷲鼻。絵本に出てくる魔女のようだ。

「東京からです。旅行じゃなくて、仕事ですけど」

「何の？」と尖った顎を突き出し、無遠慮に聞いてくる。

「大日本地所の者です。宮古島の支社に異動になりまして」

「ああ、地上げ屋か」と老婆は吐き捨てるように言った。

「あ、いや」と面喰らう。地所はこの島の人たちにそんな認識を持たれているのか、それともたんに口の悪い老婆なのか。たしかに、代々受け継いできた農地や豊かな自然を圧倒的な資金力で巻き上げられたようで面白くない人もいるだろうが。とにかくここはしっかり否定しておこうと、吉沢は口を開きかけた。しかし老婆が先に話しだした。

「家は？」

「ああ、アパートは決まっているんですけど」と、拍子抜けの苦笑をしながら答える。「業者の清掃がまだ済んでいなくて。一週間ほど、このホテルに」

「それは不便だ」と老婆は首を横に振る。「隣の上地島に空港ができて以来、開発、開発でバブルみたいになって、全国から作業員が押し寄せてきているから。アパートも空きがないのさあ。

こんな古くて小さいホテルじゃ落ち着かないし、面白くもないだろうけど、まあしょうがないさあ」

「大丈夫、遊びに来たわけじゃないので」と作り笑顔で言う。「ここも結構快適ですよ。部屋で洗濯もできますし」

「独り身か？」とズケズケ質問は止まらない。

「まあ」と愛想笑いをしてテーブルの上のスマホを手に取り、話を切り上げたいオーラを放ってみる。

しかし老婆はおかまいなしに「オバアはねえ」と長い人差し指で自分の鷲鼻を指さし、問わず語りを始めた。「近所に住んでるんだわ」

「それでたまにこうやってホテルで朝ご飯を？　いいですね」

「たまじゃないさ。毎日だよお」と老婆は驚くほどの大声で笑った。

「毎日？」と不本意ながら食いつかざるを得ない。非宿泊者がいくらで朝食バイキングを利用できるのかはわからないが、毎日となればそれなりの出費だろう。老婆は失礼ながらそこまで裕福には見えないどころか、乾いてひび割れた土のような肌や、脂の抜けきったパサパサの白髪は、正直、みすぼらしい感じすらするというのに。

「そう」と老婆は誇らしげに頷いた。「毎日、海に潜って銛《もり》で魚を突いてるんだよお。獲れたのをここに持ってきて、かわりにタダで食べさせてもらってる。その魚も、台風の前にオバアが突いてきたのさあ」と骨ばった人差し指で吉沢の皿の上の白身魚をさす。

老婆はひょいと立ち上がり、壁際の本棚から薄汚れた写真のアルバムを引っ張り出してきた。そして断りもせずに吉沢のテーブルの向かいの椅子に座り、トレーを押しのけ、アルバムを広げた。そこには何枚もの写真が挟んであった。どうやら大物が獲れたときに記念撮影したものらしい。小柄な老婆がウエットスーツを着込み、自分の上半身よりも大きな魚を抱えて、隙間だらけの歯で笑っている。

「すごい。こんなに大きな魚を?」

「急所をやっちまえば、たいしたことないさあ」と得意満面だ。

レストランの若い女性スタッフが水を注ぎに来て「オバア、また自慢してる。困らせちゃ、だめだよお」と言い、吉沢に「どうも、すみませんね、ご迷惑でしょ?」的なウインクをした。

吉沢は「大丈夫ですよ」的な苦笑を返した。おそらく、こうやって客をつかまえては漁の腕前を自慢するのが老婆の日課なのだろう。

吉沢はてっきり、女性スタッフが話を切り上げさせてくれるのだろうと期待したが、彼女は逆に「でもほんと、オバアの腕は島で一番さあ」と焚き付けて、さっさと奥の厨房に引きあげてしまった。

おいおい人が悪いよと、遠ざかるスタッフのまん丸の尻を恨みながら、吉沢は「すごいんですね、おばあさん」と言った。

「銛自体はそんなにうまくないよ。若い者のほうが力もある」とオバアはまんざらでもなさそうに鷲鼻の下を手の甲でこすった。「でもまあ、潮読《しおよ》みなら、まだまだ若い者には負けんね」

「潮読み?」と聞き返さざるを得ない。

「島の周りは、潮の流れがコロコロ変わる。魚もそれに乗って動くから、潜る場所を考えるのが難しいさあ。昨日獲れた場所で待っていても、今日は空振りなんてのはザラだよ」

「面白いですね。完璧に読めるようになるには、相当な年季が必要なんでしょう?」

「まあねえ」とオバアは得意げだ。「一朝一夕に身につくもんじゃないさあ。学校のお勉強とは違って、教科書もなけりゃ、虎の巻もないから」

「いつも、だいたいどのへんで潜るんですか」

「どのへんと言われても」とオバアは鼻で笑う。「潮次第でどこでも行くよ。南はシギラ、西は前浜《まえはま》、北は西平安名崎まで」

「西平安名崎?」とかぶせるように聞き返す。

「なんだ、知っとるの?」

「昨日、見てきたばかりです。ちょうどあの岬に、うちの会社が新しく別荘地を作ることになっていまして」

「あんまり汚さんでよ」とオバアは今にも舌打ちしそうな顔で言った。「あのへんは良い漁場なんだよ。対岸の上地島から潮に乗って魚が泳いでくるから」

「そうなんですか。じゃあ、この魚も？」と目の前の皿を指さす。

「それは違う」とオバアはつまらなそうに言った。「台風が近づいていたせいで潮が変わって、しばらくはあそこに潜ったところで何も獲れないさあ。三日も経てば元に戻るけど」

「そんなに変わるもんなんですね。じゃあ、おばあさんの潮読みの賜物として、この魚もありがたくいただかないといけませんね」

そのあとも三十分近くオバアにつかまって、沖縄訪問歴から、好きな食べ物、タイプの女性まで脈絡のない質問攻撃に遭ったが、結局オバアは、新しく入ってきた客を見つけると、また自慢話をすべく、アルバムを抱えて去っていった。

いったん部屋に戻って歯を磨き、神谷と会ったあとそのまま出社できるように仕事用の鞄を持ってホテルを出た。手土産に、モーニング営業している近くのカフェでカップジェラートの詰め合わせを買い、タクシーに乗り込んだ。

神谷の自宅兼事務所は、島の西部の前浜というビーチの近くにあった。コンクリート打ちっぱなしの二階建ての四角い建物だ。一階が事務所、二階が住居のようだ。

約束の五分前に事務所のインターフォンを鳴らした。早すぎて迷惑がられないか心配だったが、神谷はまるでドアノブを握りしめて待ち構えていたかのように素早くドアを押し開け「吉沢さん？　ようこそ。早かったね」と笑顔で招き入れてくれた。迷惑がられていないらしいのはよかったが、こんなに気持ちよく歓迎されるとも予想していなかったので、とっさにうまく微笑み返すことができなかった。

予想外だったのは表情だけではない。神谷は高価なブランドのジャケットではなく、首のあたりがヨレヨレになった白いTシャツを着て、下は色あせた紺色のジャージを履いていた。シンプルを通り越して、みすぼらしいと言ってもいい。そして痩せていた。色白でふっくらとした童顔の印象があったが、今はよく日に焼け、顎は尖り、頬はこけ、口もとにはひげまで生やしている。まるで別人だ。かろうじて昔のままなのは声だけだ。

「こんな気遣い、いらないのに」と神谷はたいして嬉しそうではなく、かといって迷惑そうでもない曖昧な笑みで手土産を受け取り、奥へといざなってくれた。

事務所は外観同様、飾り気がない。コンクリートむきだしの壁には、絵や写真どころか、カレンダーすら貼られていない。小学校の教室のようなシンプルな丸時計が掛けられているだけだ。

「殺風景でしょ」と神谷は吉沢の視線を追いながら言った。

「いえ、すっきりしていて気持ちいいです。天井も高いし、開放感が素晴らしい」

「物は言いよう」と神谷は笑った。「顔に書いてありますよ。『これがあの神谷の事務所なのか』って」

「そんなことないです」と取り繕う。「ほんと、シンプルで心地いいです」

開け放たれた大きな窓から風が吹き込み、白いレースのカーテンがめくれあがった。ウッドデッキのテラスの向こうに明るい海が見える。手すりを乗り越えてジャンプすればそのまま飛び込めそうだ。海に突き出すように木の桟橋があり、白いクルーザーが係留されている。

「海は好き？」と神谷は聞いた。

「泳ぎが苦手だから、特別好きってわけでもないですが。せっかく宮古島に来たから、そのうち、何かマリンスポーツでもやってみようかなとは思っています」

「島の人じゃないの？」

「はい。昨日、転勤でこっちに来たばかりで」

「そうなの？」と神谷は大げさに目を丸くした。「じゃあ、こっちに来て、初日にあんなメールを寄こしたってことか。それはそれは仕事熱心だこと」

ソファを勧めてくれた。革張りのソファは表面がひんやりして気持ちよかった。

名刺を交換した。神谷の名刺は会社のロゴも英語表記もなく、市販の厚紙に自分で白黒印刷したような味気ないものだった。

〈デビルズ・チャイルド　神谷遼〉

吉沢はひと文字ずつ画数を数えるように読んでから、視線を上げた。

神谷はこちらの反応を楽しむような顔で「なかなかいいでしょ、社名」と言った。

「そうですね」と気分を害さないように用心深く頷く。

「じゃあ、お話を伺いましょうか。このあと用事があるから、長い時間はとれないけど」

「ありがとうございます。メールに書いたとおり、弊社のエグゼタウンの用地の件で」

「ああ」と神谷は苦笑した。「なかなか売ってくれないから、担当の部下に泣きつかれて、副支社長さんが直々に口説き落としに来たわけ？」

「いや、泣きつかれたというわけでは」と吉沢は否定しながら、岩井の顔を思い浮かべた。そういえば彼には、こうして神谷にアプローチすることを話していない。手柄を横取りされたと恨まれるだろうか。

「べつにあの土地がなくたって、別荘は何棟でも建つでしょ」と神谷は言った。「東京ドーム何個分だっけ？　そんなにムキになって買い漁ることもないんじゃない？　ずいぶん節操のない買収をやっているという噂も聞くし」

「節操がないとおっしゃいますと？」と即座に聞く。さてはそれが、昨日彼がメールに書いていた「そちら次第」という言葉に関係しているのかと疑いながら。

「俺に聞くより、泣きついてきた部下に聞いたほうが早いんじゃない？」

口もとは微笑みの形を維持していたが、痩せたぶん鋭さを増した目は少しも笑っていない。その目がちらりと壁の丸時計を見た。早く切り上げたがっているのかもしれない。

「もしご不快にさせるようなことがあったのなら」と食い下がる。「お詫びしますし、担当者にもきつく言って聞かせます。なので、もしそんなことがあったなら、お教えいただけませんか」

「本当に吉沢さんが解決してくれるの？」と抑揚のない声で早口に聞かれた。「ポーズだけで言ってるなら、かえってムカつくからやめてね」

「ポーズのつもりはないです」

「おたくの会社の嫌な話を、自分の手でほじくり返すことになるけど？　そんなことせずに、今ある土地でおとなしく別荘を建てたらいいじゃない。無理することないよ」

「いや。どうしてもあの土地がなければならないんです。あそこは間違いなくエグゼタウンの一等地ですから。あるのとないのとでは、価値が全然違う」

「まあ、そうだろうね。せっかくのきらびやかな別荘地に、わけのわからない潰れたカフェがお化け屋敷のように建ってたんじゃ、格好がつかないもんね。気持ちはわかる。でも僕は売る気がないんだから、あきらめてもらうしかない」

「あきらめるわけにはいかないんですよ」と反射的に言った声は鋭くなった。

神谷は黙って首を傾げた。「なんでそんなにムキになってんの？　そもそも、べつに吉沢さんがメイン担当者なわけじゃないんでしょ？　たかだかって言ったら失礼かもしれないけど、部下の尻拭い程度の話でしょ」

「すみません」と吉沢はうつむいた。「うまく言えないし、言ったところで恥ずかしい話ですが、これは部下の尻拭いなんかじゃなく、僕自身が何としても成し遂げたいんです」

「なにそれ」と神谷は吹き出すように笑った。「ちょっと面白いんだけど。どういうこと？」

吉沢は高い天井を見上げ、ふっと短くため息をついた。そして一か八か、自分の話を持ち出した。

「僕は東京でヘマをして、しばらく冷や飯を食わされていました。そして昨日、この島に異動になりました。これが二度目の左遷なのか、復活のチャンスなのかは、自分でもよくわかりません。でも、できればこの仕事で挽回したいんです」

「ヘマって？」と、神谷は初めて少しだけ熱のこもった声を出した。

「日本橋に建設した商業タワーのプロジェクトリーダーをしていたんです。都心の一等地に巨大なアウトレットモールを作る計画の。でも開業寸前でコロナ禍になって。結果は惨憺たるものでした。その責任を負わされて、最初は社内で墓場とも呼ばれている苦情処理の部署に。で、三年経って、昨日、こっちに」

「へえ、大変だね」と神谷は関心も同情も感じさせない涼しい声で言った。そして立ち上がり、窓際の棚まで行って、ポットからコーヒーを二つの紙コップに注いで戻ってきた。

「安物だから、味は期待しないでね」

「ありがとうございます」と受け取る。手がジンジンするほどに熱い。表面をふうふうと吹いてから、少しだけすすった。熱すぎて味がよくわからないが、苦手な酸味系ではないし、パンチのない安物というわけでもなさそうだ。

「事務所、お一人でなさっているんですか？」と吉沢は広々とした室内を見回した。

「今のところね。一人で処理しきれないほどの仕事なんてないから。二階の自宅には一人、お手伝いさんに来てもらってる。今まで家事は全部、元妻に任せっきりだったから、何もできなくて」

　神谷は平気な顔で熱いコーヒーを飲んだ。そして意外にも、吉沢の話の続きを始めた。

「それ、なんとなく覚えてるよ。大日本地所の大赤字。たいして可愛くもないのに美人ぶってる女優さんを使ってCMを打ったけど、それも『不謹慎狩り』でさんざんネットで叩かれてたね。そっか、その戦犯が吉沢さんだったわけか」

「みっともないかぎりです」

「大変だったね。ネット民の粘着ぶりに関しては、俺は被害者界のちょっとした権威みたいなもんだから、気持ちはよくわかるよ」

　ももの上で握りしめたこぶしを見つめる。過去のことだと割り切ろうと思っていた感情が胸の中でのたうちまわる。

　風が吹き込み、カーテンが大きくめくれあがった。海は陽射しを吸い込んで眩しい。まだ台風の名残があるらしく、白波が立っている。

「でも、一人で責任を取らされるような話なの？　プロジェクトというからには他のメンバーだっていたんでしょうに。アイデアを出したのは吉沢さんかもしれないけど、それにハンコをついた上司だっていたんじゃないの？」

　目を閉じる。まぶたの裏に、佐川の小ずるい猿のような顔が浮かぶ。

「納得はしてるの？」と神谷は傷口に塩を塗り込むように言う。

どうだろう。心に問いかける。きっと納得していない。少なくともまだ、過去のことだと割り切れてはいない。けれども、蒸し返したところで苦しいだけだということもわかっている。だからこの三年、納得したふりをし、割り切って出直したような顔を演じてきた。

「どうでしょう。自分の気持ちもよくわからなくなっちゃって。いろんなことが起きすぎて、脳みそが麻痺してしまったのかもしれません。でも、ちょっと時間が経って、こうやって東京から離れてみると、恥ずかしながら、やっぱり僕はうぬぼれていたんだと思います。知らないうちにいろんな人を踏み台にしたり、傷つけたりしただろうし、だからこそ、最後はみんなに見捨てられて。かっこ悪い話です。今までこれが天職だと思ってきましたけど、結局、何もかも失って。つまりは、くだらないし、悪い人間だったんだと思います」

「あんまり卑下しないほうがいいよ」と神谷は鼻から苦笑を漏らした。「完全に悪い人間も、完全に良い人間も、いないと思うし」

「励ましてもらえるのはありがたいですけど、やっぱりダメな人間だったんですよ」

「ねえ、バカなの?」と神谷は驚くほど冷たい声で言った。

吉沢は口を半開きにして神谷を見た。

「しおらしく自虐史観に染まっても意味ないって。後悔して葛藤すべきことと、そもそも理不尽なことが混在しているのに、全部ひっくるめて小さな葛藤に押し込めて、感傷に酔っているだけじゃん。ハッキリ言って嘘くさい。そんなにウジウジの葛藤の洞穴にうずくまっていたいなら、なんで辞めないの？　不完全燃焼だし、見返してやろうと思ってるんでしょ？　だから今もこうやって乗り込んできたんでしょ？」

「すみません」ともはや何度目かわからなくなった詫びを言う。「たしかにそうですね。あきらめきれていないし、自分に失望もしきれないんだと思います。ただ、あのときには本当にそこまで考えていなかったんです。辞めなかったというよりは、辞められなかったと言ったほうが正しいです。恥ずかしながら蓄えはすっからかんで。クライアントの懐に入り込むためにいつも自腹を切って高い飯を食わせたり、良い先輩ぶって後輩に酒をおごってやったりしてばかりで。その後輩に、最後は裏切られたんですけどね」

「収入さえあれば、他の職種でも良かったわけ？」と神谷は右手で顎のひげをさすりながら挑むように言った。

「どうですかね。何のスキルもないですから。歳も四十過ぎだし、同じ収入を維持できる転職先もなかなかなくて。他のデベロッパーへの転職も模索しましたけど、全部、門前払い。当たり前ですよね。業界では悪い意味で有名人になっちゃいましたし」

「なるほどね」と神谷はため息をつき、今にもテーブル越しに腕を伸ばして吉沢の肩をポンポンと叩きそうな声で言った。「四十過ぎって、いま何歳？」

「四十五です。昭和五十二年生まれ」

「なんだ、タメじゃん」と神谷は親しみをにじませた笑みを見せた。

「そうですよ」と吉沢は飲みやすい温度になったコーヒーをひと口飲んだ。「タメどころか、大学も学部も学科も同じです。いくつか講義もかぶってたし」

「マジ？　先に言ってよ。なんだ、そうなの。大学かあ、懐かしいなあ。あ、待てよ、吉沢って、なんとなく覚えてるなあ」

「そんな気遣い、ご無用で」と吉沢は苦笑した。もう二十年以上も昔の話だ。その後、華やかな世界で生きてきた彼が、それほど親しくもなかったクラスメイトの名前をいちいち覚えているわけがない。

「神谷さんはあの頃から目立ってましたよね。天才学生起業家。ＩＴ時代の寵児。テレビにも引っ張りだこ。いつも取り巻きが大勢いて、毎回違う美人が隣にいた」

「嫌な奴だと思ってたんだろ」と神谷はいたずらっぽい目で言った。

「そんなことないですよ」と嘘をついた。

「そういう嘘、いらないから」と神谷は取り合わず、またちらりと壁の時計を見た。話し始めてからあっという間に十五分も経っていた。

「神谷さん、なんで宮古島に？」と慌てて話を土地の件に戻そうと試みる。

「タメなんだから、呼び捨てでいいよ」

「そういうわけには」

「そういうの気にしないで。島に来た理由か。これといってないけどね。まあ、ゼロからの再出発だから、まっさらな感じのする南の島で出直してみるのもいいかなって」

「島だったら他にもあるでしょ。沖縄本島じゃダメなんですか？」

「ガチャガチャしすぎてるからね」

「石垣島は？」

「気取りすぎてる」

「いっそ、ハワイは？」

「陽気すぎる」と神谷は微笑んだ。「その点、宮古島はぴったりな気がしない？」

「まだ来たばかりだから、よくわからないけど。でも神谷さんはずっと六本木で会社をやってたんだから、何かと不便なんじゃないですか」

「慣れちゃえばどうってことない。あえて不満を言うなら、近所にスタバがないのと、夜道が暗すぎることとくらいかな。でも、そもそも俺の仕事は、ＰＣとサーバー系の多少の設備さえあれば世界中どこでも、いや、月でも火星でもできるから。ここは家賃も安いから、そのぶん格安でサービスが提供できるし。スタバがなくてもコーヒーくらい自分で淹れればいいし、外が暗くなったら寝ちゃえばいい。お手伝いのおばさんが地元の食材でチャチャっと作ってくれる料理のほうが、六本木あたりで食う紙幣の味のする料理よりも百倍美味しい。そうだ、今度、よかったら、おばちゃん特製のジーマーミー豆腐揚げのせ宮古そば、食べて行きなよ。ほんと、泣けるほど美味いから」

ジーマーミー豆腐って何だろうと思ったが、壁の時計がまた五分進んだのを横目で見て、次の質問に移った。

「新しいお仕事、お客さんは集まっているんですか」

「ぼちぼちかな。みんな最初は俺の名前を聞いて二の足を踏むけど、結局、価格に飛びつく。典型的な薄利多売ってやつ。みんな、ネットセキュリティの必要性はわかってはいるけど、掛け捨ての保険くらいの認識しかないから、できることなら安く済ませたいんだよ」

「高齢者の見守りサービスというのは？」と吉沢は聞いた。

「ああ、あれね。島の若い人が仕事で島外に出ちゃって、独り暮らしのお年寄りが増えていると聞いて思いついたんだよ。高齢者には毎日決まった時間に、顔認証で、ＰＣかスマホにログインしてもらう。一定の時間を過ぎてもログインしないと、そのＰＣやスマホから、離れて暮らす家族にメッセージが自動送信される。ログイン時間のスパンやメールの文面はユーザーが自由に設定できる」

「なるほど。それは良い仕組みですね」と吉沢は、東京時代によく島の両親の心配をしていた仲宗根のことを思い浮かべながら頷いた。

神谷はコーヒーを飲んだ。紙コップを持つ左手の薬指には指輪がはめられていた。指まで痩せたのか、緩そうだ。吉沢の視線に気づき、神谷は「離婚したはずなのに、なんで指輪してるんだろう。もう新しい相手ができたのかなって、思ってる？」と、吉沢の頭の中の疑問を音読するように平板な声で言った。

「すみません。じろじろ見て」

「大丈夫」と神谷は、コンと、だいぶ軽くなった音を立てて紙コップを置いた。そして、右手の親指と中指で、左の指輪に触れた。「一時期、外してたんだけどね。どうも落ち着かない。つけてるのが当たり前になってたからかな。パンツを履かずにズボンを履いたような居心地の悪さで」

「そっか。いろいろ、つらかったですね」

「まあね。でも、ほんとにつらかったのは彼女のほうだから」

たしかにそうかもしれない。神谷への世間の攻撃は、吉沢の受けたものの比ではなかった。「悪魔の子」呼ばわりされ、会社を失い、離婚にまで追い詰められた。ネットや一部の夕刊紙では、何の罪もない奥さんまで、贅沢三昧の悪妻のように書かれていた。

神谷は紙コップの底に残ったコーヒーを飲み干し、壁際のごみ箱に向かって投げたが、箱のふちにあたって床に転がった。神谷はコップを拾いに立った。

「丘の上の土地。どうして所有しているんですか」と吉沢は、かがんだ神谷の背中に向かって聞いた。

「ああ、ようやく本題ね」と言い、神谷はコップをゴミ箱に放り込み、ゆっくりとした足取りでソファに戻った。「東京で前の会社を売って、まとまった金が手もとにあった。それで、おたくの会社が新しくリゾート開発するという話を知って、あの土地を買ったんだよ。ちょうどカフェが潰れたあとで、まだおたくの手に渡っていないと聞いてね」

「さすがの嗅覚ですね」と吉沢は頷いた。社交辞令ではなく本当にそう思った。「じゃあ、最終的には売るつもりなんですよね。神谷さんのことだから、売却したお金で何をするかまで考えているんでしょ?」

「ずいぶん買いかぶってくれてるね」と神谷は笑った。「考えていなくもないよ。まだ初期の構想レベルだけど。自動車メーカーの子会社が作った初の国産小型ジェット機が販売開始になるの知ってる? あれを購入して新しいビジネスをやる。空飛ぶタクシー。宮古島を起点にプライベート・ジェットを飛ばす。小型機は航続距離が短いから、東京起点だと、東はハワイ、西もソウルか北京が限界だから、東京の大企業もアジアのセレブも買ってくれない。その点、この島を起点にすれば、西は香港、上海、南はフィリピンのセブ、東は東京はもちろん、グアムあたりまで行ける。時間を金で買いたいアジアの富裕層にとっては、乗りかえ不要で発着時間の制限もないプライベート・ジェットは喉から手が出るほど欲しいんだよ。でも個人で毎日乗るものでもないし莫大な維持費がかかるから買わない。そこで俺が所有して、空のタクシーみたいにして、そいつらを客にしちゃうの」

「それはすごい。よく思いつきましたね」と舌を巻く。もし自分にもこの半分でも商才があれば、あの時、思いきって会社を辞めて、第二の人生に踏み出したかもしれないなと、軽い嫉妬を覚えながら。

「お世辞を言ったところで、簡単には売らないよ」と神谷は苦笑した。

「お世辞なんかじゃないです。あんな目に遭っても、こうやってまた新しい目標に向かって走りだそうと思えること自体が立派だと思いますし」

「自分を重ねているだけなんじゃないの？」と言う神谷の目はぞっとするほどに鋭い。

「そうかもしれませんね。図々しい感傷かもしれないし、たんなる嫉妬かもしれない」と吉沢は正直に頷いた。そして真っ直ぐに神谷を見据えた。「でも僕は僕で、ここで腐って終わるつもりはないんです。だから何としても神谷さんからあの土地を買いたい。今までうちの岩井がお願いしても売ってもらえなかったのはなぜですか？　もともと投資目的だったのなら、やっぱり金額の折り合いがつかなかったんですよね。岩井からはどんな額を提示されたんですか？　いや、いくらだったら売ってもらえるんでしょうか」

　神谷は目を閉じた。眉間に深いしわが寄った。あまりに生々しい金の話に、機嫌を損ねたのかもしれない、と吉沢は覚悟した。

　しかし神谷は目を開け「べつに、売ってやってもいいよ」と真剣な顔で言った。

「ほんとですか」と返した声は裏返った。

「でも、一つだけ条件がある。お宅の会社の用地買収のやり方に何か問題がなかったか、君の手で調べて、ありのままを教えてほしい」

「問題？」と吉沢は聞き返した。「そんな事実があるんでしょうか？」

「真実はわからない。でもそういう噂はある。こう見えて俺はネットの専門家だからね。いろんな情報が目につく」

「たとえば？」

「高く買い取るような話で騙しておいて、実際には半額近い価格で買い叩いたとか、交渉に乗ってこなかった飲食店を、風評で追い詰めて潰したとか」

「まさか」と言いながら、ホテルのバイキングで潮読みのオバアに言われた「地上げ屋」のひと言が耳によみがえる。

「嘘かどうか、君がちゃんと調べてほしい。良い結果であろうがそうではなかろうが、俺に正直に教えること。それが条件だよ」

「そこまでおっしゃるということは、何か神谷さんのほうでも、すでに証拠を握っているということですか？」

それはそれで厄介だ。神谷は落ちぶれたとはいえＩＴの寵児だった男だ。地所の悪評を世界中に広め、エグゼ企画どころか、会社全体を窮地に立たせることもできるだろう。

「あるよ。少しはね。でも疑惑の多さからすれば、まだほんの一部に過ぎない。だからこんな条件を出している」と神谷は笑った。

「わかりました。必ずしっかり調べます。でも、いったいなぜ、そこまで噂の真偽にこだわるんですか？」と吉沢は聞いた。

「そんなのは単純だよ。百パーセント、イノセントだとわからないかぎりは、あの土地は売れないということだ。こっちだって、超零細ながら企業だからね。コンプライアンスは順守する。ヤクザまがいの地上げ屋である可能性がある会社と取引はしたくない」

「なるほど」と吉沢は頷いた。ごもっともだ。「必ず、調べます。そして報告します。少し時間をください」

「いや、そんなに時間は与えられない」と神谷はぴしゃりと言った。「飛行機の購入期限が迫っているからね。それまでに売れなければ意味がない。おたくがダメなら、どこか他のデベロッパーに話を持ち込むまでだよ。中央不動産とかね」

「そんなことにならないように急ぎます」と吉沢はつばを飲み込んだ。

「さあ、今日は時間切れだ。ごめんね」と神谷は言った。「元同級生として、せいぜい健闘してくれるように祈ってるよ」

「ありがとうございます」と、それほどありがたい気持ちではなかったが礼を言った。

「仕事の話はそこまでとして、ここからは二十年ぶりに再会した元クラスメイトとしての誘いだけど、今度の土曜日、よかったら、ドライブがてら海水浴にでも行かない？」

「いいんですか？　せっかくの休日に」

「今日、あまり時間が取れなくて申し訳なかったし、そちらさえ大丈夫なら。俺は曜日なんて、あってなきようなものだからさ。せっかくだから、俺の車で島を案内するよ。本当はクルーザーにでも乗せてあげたいけど、台風で波をかぶったせいか、モーターがぶっ壊れちゃってね。まあ、男二人でドライブなんて御免だというのなら無理強いはしないけど」

「とんでもない。でもなんていうか、申し訳なくて」

「俺も久しぶりにパーッと楽しみたい気分だし。付き合ってくれると嬉しい。海パン持ってきなよ。きれいなビーチにでも行こう」と神谷は微笑んだ。

その笑みを見ながら、吉沢の胸は、それをきっかけに売買交渉がうまくいきそうだという予感で高鳴った。

土曜の待ち合わせ時間を確認して、神谷の事務所をあとにした。市街地方面に戻るタクシーの車内で、吉沢の心は久しぶりに弾んだ。知らぬ間に鼻歌まで漏れて、運転手が不審そうに振り返るほどだった。

そんな調子なので、しばらくはスマホを見ることすら忘れていた。鞄から引っ張り出したスマホには、待ち受け画面を埋め尽くすほどの着信履歴が残っていた。すべて水田支社長からの着信だった。

4. 台風の海に落ちた男

八月二十四日(木)午前

水田からの着信は八件も溜まっていた。すぐにかけ直そうとスマホの画面に指を伸ばしたが、発信ボタンを押す直前でその指を止めた。いったい何の電話なのだろう。始業時間は十時だ。今はまだ九時にもなっていない。遅刻したわけではない。

嫌な予感で胸がざわつく。さては佐川が、昨夜吉沢がこっそりメールを送ったことをポロリと水田に話してしまったのではないか。佐川としては気をきかせて「吉沢をサポートしてやってくれよ」と口添えしたつもりかもしれないが、水田としてはいきなり頭越しに勝手なことをされたと不快になるだろう。エグゼ企画で岩井のサポートをしろというのは水田の意向だが、神谷にアプローチしろとまでは言われていない。岩井にすら伝えずに、独断で突っ走ったのだ。それを知れば水田は、吉沢が岩井の手柄を横取りしようと企み、それを正当化させるために佐川にすがったのだと受け止めるかもしれない。

もし水田が苦情を言うつもりで電話をかけてきているのなら、どう弁明すべきなのだろう。何の話かわからないととぼけたほうがいいか。それとも、勝手なことをして申し訳ないと詫びてしまったほうがいいか。

結論を導き出せないまま、着信履歴の画面を凝視していると、また新たな電話がかかってきた。

吉沢はごくりとつばを飲み込んでから、応答ボタンを押した。

「やっと繋がった。寝てたの?」と水田は言った。苛立たしそうだ。

「すみません。起きたんですが、スマホを持たずに……」と曖昧に返事をする。

水田はそれを遮り「悪いんだけど、今から出られる?」と言った。

スマホを耳から離し、改めて画面で時刻を確認する。やはり、まだ九時前だ。

「えっと、出られますけど……、どのような……」

「とんでもない事が起こった」と水田は言った。「警察から電話があって、うちの社員が亡くなったって。けさ六時前に、西平安名崎の崖下で倒れているのを近所の人が見つけたらしい」

何か言うべきだと思ったが、何を言えばいいのかわからず、口をぱくぱくさせることしかできなかった。

薄雲が切れ、車窓越しに、太陽そのものを突き付けられたような強烈な陽射しが差し込む。視界が白く飛ぶ。こらえきれずに目を閉じる。陽光の残像で真っ赤に染まったまぶたの裏に、険しい崖の景色が、黒々とした影絵のように浮かぶ。

「亡くなったのは」と聞く声は喉に絡まり、ほとんど音にならない。

「岩井君」と水田は答えた。

全身の血が逆流し、頭にのぼる。首の血管が膨張し、触らなくてもわかるほどに大きく脈打つ。顔が熱い。首を絞められているように苦しい。悲しみのような罪悪感のような、得体のしれない衝動が嘔吐感のようにこみ上げる。

「発見されたときには息がなかったらしい」と水田は悔しげにため息をついた。

陽光の真っ赤な残像が収まったまぶたの裏に、今度は岩井の顔が浮かぶ。走馬灯のように思い浮かぶほどの思い出はないが、それでも、時代遅れのダブルのスーツや、少し嫌味な感じのする笑顔や、負けん気の強そうな四角い顔が次々に浮かんでくる。

「まさか自殺ですか？」と吉沢は、運転手に聞こえないように小声で尋ねた。

「そんなの、わからないよ」と水田は苛立ちを隠そうともせずに言った。

スマホを握る右手に鳥肌が立っている。たしかに岩井は相当に追い詰められていたのかもしれない。水田からは過分な期待をかけられ、離れて暮らす家族のもとに帰る時間すら惜しんで精一杯頑張ってきたのだろうが、その姿は周囲から「エグゼを一人で抱え込んでいる」とネガティブに受け取られていた。

肝心の用地買収でも、神谷との交渉が難航していた。神谷は、これまでの岩井のやり方に疑念を抱いている。おそらく、悪事を白状しないかぎりは交渉に応じないと、取り付く島もなかったのだろう。

もし本当に用地買収の際に詐欺まがいのことをしていたのだとすれば、岩井はどうしようもないところまで追いつめられていたに違いない。悪事を認めれば会社には留まれず、世間からも袋叩きにあう。認めなければ、神谷から土地を売ってもらえず、社内で躍進する最初で最後のチャンスを台無しにする。八方ふさがりだ。それで、ついに思い詰めて……。

「でも」と吉沢は独り歩きしようとする暗い妄想に自らブレーキをかけ、新たな質問を繰り出した。「なんで西平安名崎なんでしょうか。岩井君も仲宗根さんも、ゆうべは上地大橋の向こう側に渡ったきり、戻ってこられなかったはずじゃないですか。どうして橋のこちら側の岬に？」

「だから、俺もさっき警察から電話がきたばかりで、全然わけがわからないんだって」と水田はついに舌打ちをした。「とにかく、俺はいま警察署に向かっている。綾野さんは病院に行ってくれてる」

「病院？　じゃあ助かったんですか？」と聞き返す。頭が混乱する。死んだというのは早とちりだったか？

「いや」と水田は失笑気味に否定する。「死因を調べるためだって」

「調べるということは、何か不審な点があるんですかね？」

「わからない。でもまあ、あんなひどい台風のさなかに海に近づいて落ちる時点で、十分に不審だからね。とにかく、急いで職場に出てもらえる？　ここは田舎で、住民の口コミが早いから、聞きつけた人たちから問い合わせの電話がくるかもしれないし、もしかしたら警察が職場を見せろと言いだすかもしれないから。俺も綾野さんもしばらく戻れないから、頼むね。支社のみんなも動揺していると思うから」

「それはかまいませんが……。水田さんもいったん出社するわけにはいかないんですか？　どうして警察署に？　呼び出されたということですか？」

「それがさあ」と水田がため息まじりに言った。「仲宗根君が事情を聞かれているらしい」

「は？」と聞き返す声は完全に裏返った。「どうして？」

「だから、本当に何もわからないんだって」と水田は怒りを通り越し、泣き出しそうな声を出した。「とにかく、頼むよ。じゃあね」

電話は一方的に切られた。

「なんか、良くないことでも起きましたか」と運転手がバックミラーごしに話しかけてきた。

「まあ、そうですね」と曖昧に返事をし、助手席前のドライバー・カードを見る。〈レインボー交通〉の赤嶺有三《あかみねゆうぞう》。そういえば車体は社名どおりにカラフルだった。こんな派手な車で、同僚の変死で動揺している支社に乗り付けるのは不謹慎な気もするが、いまさらどうしようもない。

市街地に向かうメインストリートは空いていた。しかし信号が多く、しかも赤嶺ドライバーはそのほとんどに引っかかった。停車するごとに陽射しは強くなり、最初は薄い水色だった空も、みるみるうちに南国らしい濃い青に変わっていく。不安と焦燥が貧乏ゆすりを激しくさせる。

赤嶺はミラー越しに吉沢の表情をうかがい、ブレーキを踏むたびに「すみません」と詫びた。最初のうちは「運転手さんのせいじゃないですから」と答えたが、しだいに声が刺々しくなっていくのが自分でもわかって、四回目からは返事をやめた。

スマホで検索サイトを開き〈西平安名崎　死亡〉〈宮古島　殺人〉とキーワードを入れ換えながら、ＳＮＳのトレンドを探る。それらしい情報はない。やはり何かの間違いで、岩井は今も元気に生きているのではないかと、根拠のない楽観が芽生える。そう思うのなら岩井の携帯を鳴らしてみればいいと頭ではわかっているが、発信ボタンを押す勇気が出ないのは、報せが本物だと思っている証拠だ。

「お客さん、出張か何か？」と運転手が五回目の信号待ちの気まずさをごまかすように呑気な声で聞いてきた。

「どうしてですか？」と精一杯冷静な声で聞き返す。

「訛りがないからさあ。東京の人？　ゆうべは風がひどくてびっくりしたでしょう？」

「まあ、そうですね」と相づちを打ち、車窓の外を見る。引きちぎられた木の枝や葉が、道のあちこちに散らばっている。

「僕は上地島に家があるんだけどねえ、帰れなくなって困ったさあ。あんなに早く橋が封鎖されるんだもんねえ。仲間内じゃあ、通行止めは夜中だけだろうと言われていたのに、夕方の六時には閉じちゃったから。そりゃもうびっくりさあ。しょうがないからこっちに泊まろうったって、ホテルはどこも満室でしょう。それで結局、パイナガマのコンビニの駐車場で車中泊さあ。腰が痛くて参ったよお」

「すみません、地名を言われてもわからなくて」とスマホから顔も上げず、ぶっきらぼうに答える。赤嶺ドライバーはそれきり何も語らなかった。

職場に着いた。料金は二千五百円だった。気まずくさせた詫びに「おつりは結構です」と三千円を渡した。

赤嶺は、やはりこの客はべつに怒っていたわけではなかったのだと安心したのか、満面の笑みで「じゃあ、出張頑張って。できれば、ついでにちょっとでも観光していってよ。迎えが必要になったら遠慮なく呼んでよお。飛んでくるから」と名刺を渡してきた。

〈スピーディ&セーフティ　レインボー交通　赤嶺有三〉

押し返すのも面倒で、スマホカバーのカードポケットに突っ込んで、車を降りた。

上の階で停まっているエレベーターを呼び戻すのももどかしく、薄暗い雑居ビルの階段を駆け上がり、支社のドアを勢いよく開けた。十時の始業までまだ一時間近くあるというのに、すでにほとんどのメンバーが揃っていた。皆が一斉に立ち上がり、通路を埋めるように駆け寄ってくる。

「どうしたらいいんでしょうか」と、飲み会で終始威勢の良かった山本という若い男の社員が、まるで別人のような悲痛な声で言う。

「なんで岩井さんがこんなことに」とアルバイトの女性が泣き出す。

「大丈夫」と吉沢は、いったい何が大丈夫なのかと自分でも呆れるようなことしか言えない。

「いま水田さんが警察に行ってくれているから。まずはみんな、落ち着こう」

誰かの机の電話が鳴った。「ずっとこんな感じなんですよ」と山本が道端に落ちた犬の糞でも見るような目つきで電話機を睨んだ。「もう島の人たちには噂が広まっているようです。さっきはマスコミからもかかってきたし」

「そうか。ごめん、もっと早く来るべきだった」

吉沢は詫びながら、不安な顔の群れで埋まった通路の奥に目をやる。水田も綾野もいない。綾野は病院で検視結果を待っているのだろう。そのまま岩井の遺族が来るまで離れられないかもしれない。水田は警察だ。仲宗根はどのくらい前から事情を聞かれているのだろう。たしかに直前まで一緒に飲み会に参加していたのだから、警察としては最も慎重に話を聞くべき相手だろう。しかし、わざわざ出頭させるものなのだろうか。もしかすると容疑者として……。いや、と吉沢は暗い想像に自ら蓋をする。あの温厚な仲宗根がそんなことをするはずがない。もしかしたらすでに警察から解放されて自宅に戻り、仮眠でもとっているのではないか。

吉沢は皆を動揺させない程度の早歩きで居室を出て、エレベーターホールで仲宗根のスマホを鳴らしてみた。しかしコール音すら鳴らず、留守番電話サービスに接続された。

切れたままのスマホを握って呆然としていると、ドアが開き、山本が「副支社長、ちょっとよろしいでしょうか」と近寄ってきた。吉沢は得体のしれない寒気を覚えながら、顔では精一杯冷静を装って「もちろん、どうした？」と聞き返した。

「あの、もしかしたら、仲宗根さんが岩井さんを……」

「いやいや」と続きを封じる。「動揺するのはわかるけど、そんなふうに考えるのはよくないよ。みんな、仲間なんだから」

「それはそうですけど」と山本は不満そうに口を尖らす。「仲宗根さんは、岩井さんのことを恨んでいたんだと思うんです」

「なんでだよ」と、つい荒っぽく聞き返してしまう。

山本は身をすくめ「すみません」と詫びたが、話をやめようとはしなかった。

「仲宗根さんの実家の畑も、エグゼ用地になったんです。岩井さんが仲宗根さんのお母さんと弟さんと交渉して。でも、どうも、高く買うような話をして、その気になった弟さんが畑を潰して整地まで済ませた後で、実際には、はるかに安い金額で買い取ったみたいで」

「そんな馬鹿な」と吉沢は笑ったが、頭の中には神谷から聞かされた話がよみがえり、落ち着かない気分になる。

「僕だってそう思うんですよ。そんなの、もはや詐欺ですからね」

「弟さんだって、契約前に仲宗根さんにも相談しただろうし」

「それはどうなんでしょう」と山本は謎かけを楽しむような顔になる。「もしかしたら、弟さんとは仲が悪くて、あまり連絡を取り合っていないのかもしれません。前に酔っ払って、そんな話をしていたこともあるんです。実際、ご実家には入らずに、わざわざ新しく家を買われましたし」

たしかに実家の話をしたとき、仲宗根はきまりの悪そうな雰囲気だった。もし本当に弟との関係が悪く、しかも土地の売買で騙し討ちのようなことが起きたのだとすれば、仲宗根は弟から詰られたのかもしれない。その恨みが岩井に向けられたのだろうか。

けれども、そもそも本当に岩井はそんな詐欺まがいの交渉をしていたのか。用地買収の件を岩井が一人で抱え込んでいたのは事実らしい。水田が黙認どころか応援しているのだから、周りは文句の一つも言えなかったのだろう。だからといって独断でそんな交渉をするだろうか。

「岩井がやっていた仕事の資料は、どこにあるのかな」と吉沢は聞いた。

「土地売買に関する契約書の原本は本社に送っているはずです。コピーのファイルは、サーバールームの奥にあるキャビネットに、施錠保管されているはずです」

「山本君は見たことがあるの？」

「いえ」と山本は首を横に振った。「少しでも手や口を出すと、岩井さんが怒るので。サーバールームの鍵は水田さんと綾野さんと岩井さんしか持っていないですし」

「そうか」と吉沢はため息をついた。「ありがとう。これからも気になることを思い出したら教えてね。ただ、みんなも動揺しているから、こういう話はここだけにしてもらえると助かる。山本君は優秀な若手だと聞いているから、これから、頼りにさせてもらうよ」

まるで佐川のような歯の浮くセリフを吐いた自分が苦々しいが、山本は「ありがとうございます」と目を輝かしているから、妙な噂の蔓延を食い止める程度の効果はあるのかもしれない。しかし、こういう話が広まるのは時間の問題だろう。とにかく早く書類を確認したほうがいい。けれども鍵を持っている三人のうちの一人が死に、二人が戻ってこないのだから、どうしようもない。

結局、午前中は水田も綾野も戻ってこなかった。事件を聞きつけたマスコミや、本社の危機管理部からの問い合わせ対応に追われた。受話器を置くとすぐに呼び出し音が鳴る。何を聞かれても答えようがなく、不快なため息や舌打ちを浴び続けるしかない。いっそコードを引き抜きたいくらいだった。

昼になって、ようやく水田が帰ってきた。整髪料のついていない髪は襟足が跳ね、あご全体が青っぽく見える無精ひげ。身支度もままならぬまま家を飛び出したのだろう。気丈を装って、皆に「びっくりさせちゃって、ごめんね。あとは警察のほうで粛々とやってくれるから、みんなもつらいだろうけど、今日の仕事に集中して」と呼びかけた。しかしその顔のこわばり方のせいで、空気はかえって沈んだ。

吉沢は水田から目で合図され、エレベーターホールに呼び出された。水田は後ろ手にドアを閉めたとたんに、疲れきったように背を丸め「なんで、こんなことが起きるのかねえ」と深いため息をついた。

「死因はわかったんですか?」と吉沢は聞いた。

「正確には解剖結果を待つことになるけど、警察は、自殺や事故じゃなく、事件だと考えているね。岩井のジャケットとかシャツのボタンが引きちぎられていたみたいで。争った形跡ということになるらしい」

「仲宗根さんが疑われているんですか？」

「そうだろうね」と水田は首をゆっくりと横に振った。「どうも、昨日の居酒屋で二人が口論していたと、店主が証言したみたいで」

「口論？　ほんとに？　どんな内容で？」と矢継ぎ早に聞く。頭の中には午前中に神谷や山本から聞かされた話が思い浮かんでいる。

「さあね」と水田は吐き捨てるように言った。「でも、居酒屋店主がわざわざ嘘をつくはずもないから、喧嘩があったのは事実なんだろうね」

「仲宗根さんは何と？　水田さん、会えたんですか？」

「いや、会わせてもらえなかった。警察にも何もしゃべらないらしい」

頭の中で嫌な想像が膨らむ。岩井の詐欺まがいの用地買収の件で実家から詰られ、追いつめられた末の犯行だとすれば、それを聞いた実家の母親や弟に責任を感じさせてしまうことになる。だから黙秘するしかないのかもしれない。そもそも潔白であれば、淡々と事実を語ればいいはずだ。そうしないということは、やはり……。

「でも、居酒屋は上地島ですよね。店で喧嘩したあと、二人でこっちに戻ってから、わざわざあの岬に行って突き落したということですか？」

「それはないよ。ゆうべ、橋は通行止めだったんだから。それに、岩井の携帯の電波も上地島側の橋のたもとで切れていたらしい。警察は、上地島で海に突き落とされて、今朝、こっちの岬に流れ着いたんだろうって。過去にもそういう事件があって、場所的にも、流れ着くまでの時間的にも、矛盾はないと」

ドアの向こうで、さっと衣擦れのような音がした。誰かがこっそり聞き耳でも立てていたのかもしれない。そう言えば、厚くもないドアの向こうからは、当然聞こえるはずの皆の話し声も物音もほとんど聞こえない。

「みんなの様子は?」と聞いた水田も、同じことを感じていたのだろう。

「ショックを受けています。当たり前ですけど」と吉沢は言った。

「妙な噂をしている人はいない?」

「それは……」と吉沢は短く逡巡したあとで、やはり山本から聞いた話をしておこうと思った。

「仲宗根さんの実家の畑を、岩井君が買収したことはご存知ですよね?」

水田は、まるで初耳だと言わんばかりに目を見開いた。

「そうなの? ごめん、エグゼのことは岩井君に任せていたから。もちろん用地買収全体の進捗《しんちょく》具合は報告してもらっていたし、俺から本社にも報告しているよ。でも、何十軒にもなる地主一人一人の名前までは、さすがに全部記憶していないし、そこに仲宗根君の実家が含まれていたなんてことはわからなかったよ。仲宗根という苗字も、この辺では特に珍しくないしね。で? その件でいさかいでもあったと？」

「噂レベルなので、真偽のほどは定かではありませんが」と前置きをしてから、吉沢は山本から聞かされた話を伝えた。「とり急ぎ、キャビネットに保管されている書類を確認したほうがいいと思います。水田さん、サーバールームの鍵、お持ちですよね」

「うん」と水田は即答し、居室のドアノブに手をかけたが、何かを思い出したように、手を離した。「いや、でも、契約書類には特に怪しい点はなかったよ」

「でも、いちいち覚えていらっしゃらないと……」

「そりゃ、すべて諳んじるほどには記憶してないよ」と水田は不快そうに言った。「でも、毎回、きちんと目は通している。そこまで丸投げしていたわけじゃない。まあ、吉沢君自身の目でたしかめなくちゃ信じられないというなら、どうぞご自由にと言うしかないけど、見たところで同じだと思うよ。そもそも紙で保存されているのは本契約書類だけなんだから、その過程で、口頭だけで交わした約束に問題があったかどうかなんて、突き止めようがないよ」

水田の据わった目には、それでもお前は、俺への無礼にあたることを承知のうえで、書類をたしかめさせろと言うのか、と脅すような力があった。

どうしてそこまで拒むのだと、吉沢は不審に感じた。たんなるプライドの問題か。しかし今はそんなことを言っている場合ではなかろうに。それとも、キャビネットの中には、本社に送っている本契約書以外に、何か怪しいものも入っていて、水田はそれを隠そうとしているのか。しかし、そうだとすれば「どうぞご自由に」などと言うはずもない。

もしかしたら水田は、吉沢がファイルを見ること自体ではなく、その行為を見た支社のメンバーが、「やはり岩井の契約交渉に何らかの問題があったのだ」と考え、そうした噂を広めてしまうことを恐れているのではないか、と吉沢は思った。

面白半分の噂でも、何人もの口を経るうちに、事実のような力を持つようになる。支社のメンバーには、それぞれ本社にも知り合いがいる。人事関係者の耳に入れば、水田はまもなく訪れる定年退職の日を穏やかに迎えることが難しくなる。曲がりなりにも支社長まで務めた水田には、定年後、子会社やグループ企業への天下りが約束されている可能性もあるが、部下の不正を見過ごし、よりにもよって殺人事件にまで発展させたとなれば、そんな約束は一瞬にして吹き飛ぶことだろう。

「わかりました」と吉沢は、できるだけ声に不信感がにじみ出ないように気をつけて返事をした。

吉沢と水田以外のメンバーは定時で退社した。皆、ぐったりと疲れ果てた顔をしていた。皆がいなくなったら水田から「サーバールームを見ようか」と声がかかるのではないかと期待したが、そんな声はいっこうにかけられなかった。それどころか水田はちらちらと横目で、吉沢が妙な動きをしないように見張っているようだった。それを見て吉沢は、やはりキャビネットの中に何か怪しい情報が隠されているのではないかと、疑念を強くした。

水田がトイレに立った隙に、吉沢は岩井の机のひきだしを開け、中を探った。エグゼ関連の書類は入っていなかった。やはり、何かがあるとすれば、サーバールームの中なのだろう。

そのかわりに、ひきだしにはクリアファイルに入った紙があった。社名入りの便箋で、手紙の主は佐川だった。力みすぎた癖字には、吉沢も見覚えがある。佐川はエグゼを担当することになった岩井を励ましていた。

〈僕は君には特に期待をしているのだから、頑張ってほしい。用地確保が完遂できたら、必ず本社に迎え入れる。奥さんやお子さんと早く一緒に暮らせるように頑張ってほしい。水田は頼りにならないだろうから、いつでも直接相談してきなさい〉

吉沢はため息をつき、クリアファイルを元の位置に戻し、ひきだしを閉じた。机の上には、木のフレームに入った家族写真が飾られていた。岩井は奥さんと息子の肩に手をまわし、幸せそうに笑っていた。

水田が戻ってきた。「なんだ、まだいたの？」と不快げに言われた。

「すみません、もう引きあげます」と言い、吉沢は身支度をして、職場をあとにした。

5. 本社役員たちの追及

八月二十五日(金)午前

木曜の夜、ＳＮＳ上に、エグゼ用地買収における詐欺的行為を告発する書き込みがされた。行為の首謀者が岩井であり、今朝遺体で発見されたことも暴露されていた。

匿名のアカウントで行われた書き込みは瞬く間に拡散された。拡散者たちはそれぞれ好き勝手な憶測を書き加えた。ほとんどは馬鹿らしい陰謀論めいたものだったが、中には、支社内で岩井と他の社員との間に確執があったとか、その社員がいま容疑者として警察に事情を聴かれているといった内容も紛れ込んでいた。

吉沢はそれを、シャワーから出たところにかかってきた水田からの電話で知らされた。

「最悪だ」と水田は無表情な声で言った。驚きや怒りといったレベルを超え、呆然としているのかもしれない。

吉沢は会社に戻ろうかと申し出たが、水田は「大丈夫。とりあえず綾野さんのほうで、本社の危機管理部や広報と対応を協議してもらうから。どうせ対応策が決まるのは夜遅くだから、吉沢君は明日の朝、申し訳ないけど、ちょっと早めに来てくれる?」と言い、返事も待たずに電話を切った。

　夜が更けても、とても眠る気になれなかった。ベッドのふちに腰かけ、スマホでSNSの画面を睨み続けた。拡散は止まらず、地所批判や事件推理の書き込みが山のように積み上がっていった。

〈大日本地所の宮古島支社が、住民騙し討ちの用地詐取《さしゅ》！〉

〈公式コメント、まだ？　さっさと謝罪しろよ〉

〈実際に騙されたんだが。損害賠償、がっつり請求する〉

〈詐欺って、どんなことやったの？〉

〈高く買い取ると口約束して、畑を潰させておいて、実際には半額以下で契約〉

〈土地を売らなかったカフェは風評で追い詰められて廃業〉

〈完全に地上げ屋じゃん。その担当者が死んだのなら、天罰だな〉

〈殺したのは同僚らしい。悪事をやめさせようとして、逆ギレされたか〉

　一睡もせずに朝を迎えた。テレビでは各局の朝のニュース番組が始まった。派手なワンピースを着た女性キャスターが、何がそんなに嬉しいのかと尋ねたくなるような顔で「お目覚めになった方も、これからおやすみになる方も、おはようございます！」と挨拶をした。俺はそのどちらでもないんだよと画面に向かって文句を言ってみたが、女性は、もちろんそんなごく少数派の意見には聞く耳を持たずに番組を進めた。

岩井のニュースが報じられるのではないかと画面を凝視した。本州上陸を免れた台風は四国の沖合で温帯低気圧に変わった。東京は記録的な酷暑が続いている。物価は高騰しているが、政府はこれといった手を打たず、コロナ感染者はまた増えているというのに、各地で花火大会が復活し、大リーグでは相変わらず大谷翔平がホームランを打ち続けていた。

いろいろなニュースが分刻みで紹介され、女性はそのたびに笑ってみたり悲しんでみたり怒ってみたりはしゃいでみたりと表情をころころと作り替えた。岩井のニュースについてはどんな顔をするつもりなのだろうと思ったが、いくら待ってもその話は出てこなかった。

どうでもいい占いコーナーが始まったのでテレビを消し、身支度をした。寝不足で足もとがふわふわしていたが、冷たい水で顔を洗うと、気分はいくぶんすっきりした。

朝食バイキングは今日も同じようなメニューばかりだった。そもそも食欲もないので、特に文句はない。小ぶりなバターロールを薄いコーヒーで流し込んだだけで、腹も胸もいっぱいだった。幸い、潮読みのオバアの姿はなく、長話に付き合わされずに済んだ。

八時半に出社した。始業時間の一時間半前だが、水田はすでに自席にいた。「ごめんね、早くから」と労う顔は、青白いというより、どす黒い。目の下にはくまができている。

他のメンバーたちも、SNSを見て、居ても立ってもいられなかったのか、九時にはほとんどが揃った。皆、挨拶以外は口をきかず、かといってPCを立ち上げる気も起こらないようで、暗い目を合わせては、ため息の深さを競い合っていた。

綾野だけはなかなか姿を現さなかった。ゆうべの本社との対応協議が長引き、疲れを案じた水田が「ゆっくり出てくればいい」とでも勧めたのだろうか。何か聞いていないかと水田に確認すれば早いのだが、二人でこそこそ内緒話をすれば、そのぶん他のメンバーの不安を増幅させてしまうだろうと我慢した。

結局、綾野は十時すぎにやって来た。ドアを開けた彼女に向かって挨拶の声をかけようと思った吉沢の口は、彼女の背後に立っている別の大きな人影を見て、驚きのあまり、開いたままになった。そこには地所本社の危機管理担当役員である七ツ森が立っていた。

口を閉じ、粘り気のあるつばを飲みこんだ吉沢は、そこでようやく、綾野がこんな時間まで現れなかった理由を察した。おそらく、今回の件を重く見た七ツ森が現地で直接指揮を執るとでも言いだし、綾野は空港まで出迎えにいっていたのだろう。

水田は、見ているこちらが恥ずかしくなるほどに狼狽した。その様子からすると、彼も、七ツ森が乗り込んでくるとは想像すらしなかったようだ。足をもつれさせながら駆け寄り、「こ、こ、このたびは、ど、ど、どうも」と詫びともいえないような詫びでぺこぺこと頭を下げた。

七ツ森は「ああ」と返事ともいえないような返事をした。黒いナマズのような顔で、頰の肉は垂れ下がり、重そうなまぶたの奥の三白眼は冷たい。

二人のあいだには、久しぶりに顔を合わせた同期同士らしい温かみは感じられず、問題を起こした支社長と、迷惑を被った役員という冷ややかな構図でしかなかった。

それにしても奇妙な話だ、と吉沢は思った。綾野がこうして同伴してきたということは、当然、事前に七ツ森から「そっちに行くぞ」と報せを受けていたのだろう。それなのに彼女は、水田にはいっさい伝えなかったということか。

元力士のような七ツ森の巨体の陰に隠れるように、もう一人、細身の男が立っていた。パリッとした白のYシャツに光沢のある紺のネクタイ。手足はすらりと長く、あごの尖ったシュッとした顔だ。嫌な奴が来たものだ、と吉沢は胸の中で舌打ちした。かつて日本橋プロジェクトが窮地に陥った際、責任の一切を吉沢に負わせるべく、不利な証言をせっせと集めてきた危機管理部員の島津だ。

島津は、水田と吉沢に向かって「これから支社員に一人ずつ話を聞きたいが、構わないですね」と決定事項を押し付けるように言った。

水田は岩のような顔で小刻みに頷き、二人を応接室に案内するようにと吉沢に指示した。

ヒアリングは全員に対して行われた。聞き手は七ツ森と島津、水田と綾野の四人で、まずは正社員が呼ばれ、次に派遣社員やアルバイトのスタッフが一人ずつ召喚された。所要時間はまちまちで、五分ほどで終わる人もいれば、その倍以上かかる人もいた。

尋問の待合室と化した居室の空気は張り詰め、皆、キーボードを打つ音を控えめにし、薄い壁の向こうから漏れ聞こえるかすかな物音に耳を澄ましていた。一人終わるごとに島津が出てきて、名簿を見ながら次の対象者を指名した。呼ばれた人は顔と身を硬直させて入室し、出てくるときにはぐったりしていた。

昼頃までにほぼ全員のヒアリングが終わり、吉沢は最後に呼び込まれた。

応接室は十畳ほどの広さで、真ん中に横長の低いテーブルがある。本来はテーブルの真ん中に置かれている豪勢な花瓶が、今は隅の電話台に追いやられている。テーブルの向こう側のソファには、正面に島津、左に七ツ森、右に水田と綾野が横並びに座っていた。

島津は目も合わさずに「どうぞ」と事務的な口調で言い、テーブルのこちら側の一人がけソファに座るよう、吉沢に促した。

「このたびは、お騒がせしてしまい……」と吉沢は、一応、副支社長的な詫びを伝えたが、島津はそれを無視し、つり上がった目で素早く名簿と吉沢の顔を見比べてから、大学ノートを荒っぽい手つきでめくり、新しいページの上部に〈副支社長〉と汚い字で書きなぐった。そして戦闘態勢が整ったとでも言いたげに尖った顎を上げた。

「昨夜八時頃、今回の件に関する情報がＳＮＳにアップされました。支社の人間しか知り得ないような話も散見されます。単刀直入に伺いますが、その時間、あなたは何を？」

まるでサスペンスドラマに出てくる刑事の取り調べのような口調だ。

すかさず水田が割って入って「……と、全員に質問しているんだけど、吉沢君には聞く必要がないよね。その時間にはまだ僕と一緒に職場にいたし、夜中に僕が電話で報せるまで知らなかったんだものね。そもそもこちらに来たばかりで、支社の情報は何も知らないんだから」と助け船を出してくれた。

「だからといって無罪放免というわけにはいきませんよ」と島津は吉沢の表情のわずかな弛緩を咎めるように言った。「在任期間が一年だろうが半日だろうが、副支社長は、支社における危機管理の責任者なんですから」

「形の上ではそうですが、現実問題としては……」と水田はしぼみかけた声で言う。

「吉沢さん」と島津はたたみかける。「あなた、本当に何も知らなかったんですか？　じつは仲宗根さんから、岩井さんに対する不満を打ち明けられていたんじゃないですか？」

「は？」と裏返りかけた声で聞き返す。

「念のため、社用車のナビの記録を確認させてもらいました。吉沢さん、こちらに着いてすぐに、仲宗根さんと二人で西平安名崎に行っていますね。そこで一時間近くお話しになったはずです。どんな話を？」

吉沢は胸の中で首を傾げた。島津は今日、空港から真っ直ぐにここへ来たはずだ。それなのに、いつの間にそんなものを調べたのだろう。もしかすると、ここまでのヒアリングで、支社内の誰かが、本社の点数稼ぎでもするつもりで密告をしたのか。

「たんなる世間話です。仲宗根さんには都市開発部時代にお世話になりましたが、その後、ほとんど連絡を取り合っていなかったので。お互いの近況を」

「はあ、なるほど」と島津は嫌味な相づちを打った。「でも、いまや曲がりなりにも上司と部下の関係なんですから、特定の部下とこそこそ出かけて密談するのは、上司の資質としてどうかと思いますよ。そういう脇の甘さが、思わぬところで部下の不満の蓄積を生むわけですから」

「すみません。気をつけます」と詫びるほかない。

「もう一度確認します」と島津は喉元に刃物を突きつけるような鋭さで言う。「あなたは、着任初日に、仲宗根さんの運転で西平安名崎に行き、二人きりで一時間近く会話をした。言うまでもなく、そこはエグゼタウンの予定地で、車を停めたのも用地の一画です。客観的に考えて、仲宗根さんは、エグゼについての話もなさったんじゃないですか?」

「それはまあ、ここが予定地だ、くらいの話は聞きましたが」

「本当にそれだけなの?」と綾野が横から割り込んできた。

「逆に、どんな話が出たと疑われているんですか」と吉沢は綾野に聞き返した。お前はいったいどういう立場のつもりなのだと、腹立たしくなりながら。

「たとえば」と綾野が言った。「あの予定地の中に、仲宗根さんのご実家の土地が含まれているというような話は?」

「少しは出たかもしれませんが、べつに詳しくは何とも」と吉沢は答えた。

「本当に?」と綾野はしつこい。「仲宗根さんは何か言ってたんじゃない? 岩井君に騙されたとか、どこかにその証拠があるとか」

「いやいや」と吉沢は苦笑した。「というか、証拠って……。そもそも本当に岩井君は、そんな危ない交渉をしていたんですか？」

「それは逆にこっちが聞きたい」と島津が刺すように言った。「水田さん、そこのところ、どうなんですか」

「いや」と水田は笑っているのか泣いているのかわからないような顔だ。「僕はきちんと契約書類を確認していますが、何の問題もなかったと記憶しています」

「間違いないですね？」と島津は念を押す。「そもそも社運を賭けたこんな大事業を、岩井さんのようなイチ社員に丸投げ状態だったこと自体が、トラブルの元凶にあるという声も、本社内にはあるんです。水田さん、それはおわかりですよね」

「丸投げなどということは」と水田は目を見開いた。顔が真っ赤だ。十歳以上も下の島津からの失礼な態度と物言いで、はらわたが煮えくり返っているのだろう。「契約についてお疑いのようでしたら、原本は本社に提出していますので、そちらをご確認いただきたい。そうすれば、くだらない噂を前提にしたこんな質問自体、なさらなくて済むと思いますが」

「まあまあ」と、険悪なムードをほぐしにかかったのは、それまで目を閉じ、腕組みしたまま鼻息だけを響かせていたナマズ顔の七ツ森だ。本人は穏やかに微笑んでいるつもりだろうが、厚いまぶたの奥の三白眼が笑っていない。

「水田ちゃん、怒らないでやってよ。こっちはやりたくもない尋問を、役目としてやらされているだけだからさ。正直、水田ちゃんも支社のみなさんも、こんなことに巻き込まれてかわいそうだなと、同情してるんだよ。島津、お前ももうちょっとソフトに聞きなよ。水田ちゃんは大先輩なんだからさ」

「すみません」と島津は不満そうに下唇を噛んだ。

「じつはさ」と七ツ森は馴れ馴れしい言葉遣いのまま、今度は吉沢を見据えた。「エグゼの用地買収に問題があるという情報は、以前からこっちに聞こえてきていたんだよ」

「三年ほど前からです」と島津がすかさず補足する。「実際にクレームも来ています」

「そんな……」と水田がかすれた声で言う。「支社にはそんな話は……」

「クレーム主としては、担当の岩井さんに言っても取り合ってもらえず、致し方なく、本社に苦情を言ってきたということなんでしょう」と島津は半ば呆れたような顔で言う。「吉沢さんもご存じでしょう？　あなた、ついこのあいだまで、苦情処理室に勤務していたんだから」

「総合情報室ですが」と吉沢は、こんなところで意地を張っても仕方がないと思いつつも、悔しくて訂正する。「日々、何十件、何百件の情報を処理しているので、個別具体的な内容を記憶しているわけではありません。正確に調べろということでしたら、総合情報室に連絡して、調べてもらいますが」

「いいよ、こっちでやるから」と島津は鼻で笑った。

「でも、本当にこれまで、本社からは一切そんな話は……」と水田も抗弁する。

「エグゼは佐川の肝煎《きもい》りだから。みんな忖度したんじゃないの？」と七ツ森は憎々しげに鼻で笑った。

なるほど、と吉沢は思った。まだ警察が事件と断定したわけでもないのに、わざわざ役員自ら乗り込んできたのには驚かされたが、七ツ森としては、用地買収に関する問題を社内で顕在化させ、エグゼを頓挫させることが狙いなのではないか。

しかし、そうだとすれば、ずいぶんまどろっこしいやり方をするものだ。本社にクレームが寄せられているのなら、それを武器に、さっさと佐川を追い詰めればいいではないか。

「そのクレームの信憑性はどうなんですか」と吉沢は言った。

「どういう意味？」と島津は敬語も使わずに切り返した。「こちらが嘘をついていると？」

「そうじゃありません。島津さんのような優秀な方なら、クレームの存在を把握したのであれば、独自に事実確認を行っているんじゃないかと思っただけです。支社に疑念を持たれているのなら、なおさらです」

「あのね、これ、そもそもおたくの支社が起こした問題なんですよ。クレーム処理だって、苦情処理室の仕事でしょうに。それをこちらの怠慢のせいにするつもりかよ」と島津は目をつり上がらせた。

馬鹿らしい、と吉沢は心の中で嘲笑した。きっと島津は、不正行為の確たる証拠をつかめずにいるのだろう。彼は当然すでに調べたはずだ。クレーム主にも連絡をとったかもしれない。七ツ森の子飼いの彼は、飼い主から褒められるために血だらけのウサギを咥《くわ》えて帰ってこようとする猟犬のように、佐川主導のエグゼの汚点を血眼になって探したことだろう。けれども決定的な証拠を見つけることができなかった。だから、せめて支社内に何らかの証拠が残っていることに賭け、それを引っ張り出すために、キャンキャン吠えているのかもしれない。

「まあとにかく、島津さんのおっしゃるとおり、これは我が支社の起こした問題ですし、今後は島津さんたちのお力も賜りながら、速やか、かつ、真剣に、事実関係の把握をしたいと思います」と綾野が割り込んだ。「本社にも共有している本契約書類については問題がないでしょうから、岩井さんのメール関係を調べてみませんか」

「でも岩井君のPCは発見されていないよ」と水田が言った。「いまごろ、海の底かも」

「そうですね。ではサーバーを調べましょうか」と綾野は言った。「このあと、他の社員が昼休憩で出払ったら、サーバールームで、岩井君のメールの履歴を、皆でチェックできればと思いますので……」

ではその方向で、ということで、皆が腰を浮かせかけた。しかしそこで、水田がぼそりとつぶやくように言った。

「このまま静かにしておいたほうがいいんじゃないかね」

皆が再びソファに腰を沈め、どういう意味だと問う視線を水田に集中させた。

「島津さんのような若い人は正義感を貫きたいのだろうし、これからこの支社を背負って立つ綾野さんが使命感からそうおっしゃるのもわかりますよ。でも仮に、本当に岩井君がそんな詐欺まがいの契約をやっていたとすれば、これ、エグゼが頓挫するというようなレベルじゃ済まないよね。僕はまもなく定年で去る身だからいいけど、七ツ森さんは次の社長になる可能性が高い。こんな問題が明らかになったら、かえって困るんじゃないの？　大企業のコンプラ違反に対する世間の目は厳しいから。下手をしたら、せっかく社長の座についても、任期中ずっと謝罪と説明で終わるかもしれない。もちろん、そこまで覚悟をしているのであれば、僕も肚を決めますけどね。七ツ森さん、正直なところ、どうなの？　岩井君の悪事がわかったとして、本当に世間様に公表する覚悟はあるんですか？」

「あはは、まいったね」と七ツ森は白々しく笑った。

「笑ってごまかさないでもらいたい」と水田は意外な強情さを見せた。「どうなんですか。自ら矢面に立ってでも、世間に公表して謝罪するのか、それともただ佐川を追い落とす材料がほしいだけなのか」

「ずいぶん嫌な言い方をするね」と七ツ森はしらけた顔で笑った。「しかし、そっか、水田はもう卒業か。寂しいねえ。俺らもそんな歳になったってことだよね。水田は昔から佐川と親しかったし、だからこそ最後の花道でこんな大事な支社を任されたんだろうね。卒業後の身の振り方も、彼が世話してくれるんでしょ？　さぞや良い紹介先なんだろうね。どこに行くの？　地所ホーム？　地所不動産？」

「ないよ、そんなのは」と水田は自嘲じみた苦笑を漏らした。「卒業したら、きれいさっぱりオサラバだよ。北海道に帰って、好きな読書と温泉巡りを満喫させてもらう」

「もったいない」と七ツ森は肉のたるんだ首を左右に振った。「てっきり佐川が、その後のことも準備しているんだとばかり思っていたよ。でもそうか、そういうプランがあるなら、なおのこと、この件で最後に嫌な思いをしてほしくないな。最後の仕事が謝罪の記者会見なんて、絶対に避けなきゃな」

「そうですね」と綾野も白々しく声を詰まらせた。「水田さんのためにも、何より地所全体のためにも、今後、支社と危機管理部で協力して、岩井君に関する問題の真相を突き止めましょう。岩井君自身はこんなことになってしまったので、いまさら責任を問うこともできないけれど、もし問題が事実だとすれば、支社としてはきちんと責任をとって、エグゼを継続すべきか否かを、真摯に判断したいと思いますので」

「あの」と吉沢は、気味の悪い感傷と合意の雰囲気の中でしばらく迷ったあとで、やはり口を開かないわけにはいかなかった。「さきほどの水田さんの質問に、まだ誰も答えていない気がするんですけど」

「は?」と綾野が不快感丸出しで聞き返した。

「もし問題があったのなら、世間に公表するのか、エグゼを潰すだけで世間には公表しないのか。僕としては、後者はあり得ないと思うんです。岩井君がもし島民を騙《だま》していたのだとすれば、すなわち、騙された人も実在するわけです。公に謝罪しなくちゃいけないし、地所への批判も避けられない。今はまだＳＮＳでの噂レベルですが、そうなれば、とんでもないことになります。エグゼを取りやめるだけで、世間が納得するわけがない」

「まるで正論のようだけど、じつはそれって、エグゼを中止にされたくないから、真相を明らかにするのはやめてくれということ？」と島津が刺々しい声で言った。「それ、最低なもみ消しだからね。ああ、そっか。吉沢さん、エグゼが成功すれば戦略本部に戻れるかもしれないと思っているのか。もしかして佐川さんからそう言い含められているとか？　でも吉沢さん。エグゼを成功させたところで、本社に戻れる保証なんかないですからね。日本橋プロであれだけの損失を出して、会社はまだあの赤字に悩まされているんだから」

「まあ、それを言うなよ」と七ツ森がなだめる。「吉沢君だって、その後、こつこつ苦情処理という地味な仕事を頑張って、それなりに評判も良かったって聞いているよ。日本橋の件は不運だったけど、優秀であることは疑いの余地もないんだから。そんな吉沢君が、せっかく宮古島に異動になったからにはエグゼを成功させたいと思うのは、純粋に素晴らしいことだよ」

「そうですか、すみません」と島津は、吉沢とは目も合わさずに、形ばかり詫びた。

「それにしても」と七ツ森は嫌味な感じで笑う。「佐川も図々しいというか、何というか。日本橋の失敗はあの人にも責任があったのに、吉沢君を擁護しないどころか、全責任を押しつけたんだよな。それなのに、エグゼが行き詰ったとたんに助太刀を頼むんだから。もちろん俺としては、エグゼが成功してくれれば最高だし、それで吉沢君が戦略本部に返り咲けるなら万事ハッピーエンドだと思うよ。そのために君が、岩井君の問題に触れずにおきたいと考えるのもよくわかる。でも、そうまでしたところで、本当に佐川は、君を呼び戻してくれるかね。俺は、君が佐川の便利な道具のように使い捨てにされなければいいなと心配なんだよ。もし君も佐川を信じきれないようなら、無理に信じなくてもいいんじゃないかな。それよりは、岩井君の契約について、綾野さんと協力してしっかりと調べて、本当に問題があったなら潔くエグゼ企画を畳むという道を選んだほうが、君自身も後ろめたい気持ちを抱えずに済むし、長い目で見て、会社を守ることにもなる。もちろん、多くの社員に感謝される。そのほうが君のためになるんじゃないかな。そうなれば俺だって率先して、返り咲きを叶えるべく動くけどね」

なんとまどろっこしい男だ、と吉沢は聞きながらうんざりした。結局のところ、社長レースで佐川を出し抜くために肝煎りのエグゼは潰したいが、そのせいで地所自体が世間の批判にさらされるのは、社長になったあとの自分が困るから、あくまで内々に済ませたい。それだけの話だ。

「ご心配いただき、ありがとうございます」と吉沢は言った。「人事のことは、お偉いさんたちが決めることです。僕はサラリーマンとして、下された辞令に従い、与えられた場所でベストを尽くすだけです。今までも、これからも」

「まあ、立派な心掛け」と島津は嫌味たらしく首を横に振った。

昼の休憩時間になった。吉沢と水田、綾野、七ツ森、島津だけが残り、あとのメンバーはすべて強制的に居室から追い出して、サーバールームに入った。

吉沢は、水田が昨日から、他人をサーバールームに入れることを嫌がっている様子だったことに疑念を持っていた。もしかしたら、彼が「問題ない」と言い張っている契約書類に、じつは何らかの問題があるのではないか。たとえば、本社に提出したものとは別に、もっと高い金額を地権者たちに提示した証拠も残っているのではないか。だとすれば、水田は自分の保身のために、それを誰にも見せまいとするはずだ。だから昨日も、書類をたしかめたいと言った吉沢に対して難色を示し、今日も七ツ森に突っかかってまで、部屋を見られることを阻止しようとしたのではないか、と。

今も水田は、すすんでドアを開けようとはしない。それを見て、苛立たしそうに自身の鍵でドアを開けたのは綾野だった。

サーバールーム内は、機械の保護のために強い冷房が効いていて、身震いするほど寒い。綾野はさっそくサーバー管理用のＰＣにログインし、メール履歴の画面を立ち上げた。そして岩井の送受信だけを表示した。皆が画面に顔を寄せ、メールのタイトルや文面をチェックしていった。皆、目だけでなく首まで動かしながら必死に速読したが、いかんせん量が膨大で、三年分の送受信履歴をざっと調べるだけで、三十分近くかかった。挙句、それらしいメールは一つも出てこなかった。

吉沢は「念のため」と断ってから、奥のキャビネットの中の書類もたしかめた。しかし、ファイルの中身は本社にも共有されている正式な契約書のコピーだけで、記載内容にも不審な点はなかった。

「ほら、べつに怪しいものなんて、ないでしょうに」と水田は、ここにいる人の中では最も安堵したような顔になり、少し皮肉っぽい感じで言った。「やっぱり噂は噂だったということなんじゃないの？」

「そうだな」と七ツ森も頷いた。どことなく残念そうな表情で。「でもまあ、火のないところに煙は立たないというし、おそらくそれらしいことがあったのは間違いないから、これまでのクレームと諸々の情報をもとに、エグゼ継続の可否は審議したほうがいいね」

クレームはともかく、「諸々の情報」とは何だ、と吉沢は首を傾げた。もしかすると島津がすでにクレーム主のもとを訪ねて、真偽を確認して回ったということか。あるいは、どうも七ツ森の手先のような雰囲気の綾野がこれからその任務にあたるのか。

七ツ森と島津は、このあと警察に立ち寄って捜査の進捗具合を聞いてから、午後の便で東京に戻ると言い残し、アテンド役の綾野と三人で慌ただしく去っていった。

「なんだか、どっと疲れたね」と水田は力なく苦笑した。

いかにも疲れきった顔だが、どことなく安堵感もにじみ出ているように見える。これでなんとか定年間際の謝罪会見だけは免れそうで、ホッとしているのかもしれない。

吉沢も調子を合わせて苦笑してみた。けれども、安堵のような気分は少しも湧いてこなかった。

それは、あと数週間でこの組織と縁の切れる水田と、ここで生き続けなければならない吉沢との差なのかもしれなかった。

6．食い違う証言

八月二十五日(金)午後

他の社員たちが昼休憩から続々と戻ってきたのと入れ違いに、吉沢は支社を出て、管理職だけに配られた社員名簿の情報を頼りに、仲宗根の自宅を訪ねた。

仲宗根の家は、支社のある島の中心部から東に、車で十分ほど行ったところにある、住宅地の中に建っていた。

ひと目で、地所のグループ企業のパワービルド系住宅会社の、核家族向けのコンパクトな一戸建てシリーズだとわかる。二人の子供が大きくなったら手狭に感じるかもしれないが、いまのところは不便もないだろう。白い外壁はまだ新築の清潔さを保っていて、周囲の古い民家の中で、異彩を放っている。一階のリビングの出窓には、綺麗な花と、かわいらしい熊のぬいぐるみ。いかにも幸せな家族の住み処という感じだ。

呼び鈴を押した。ドア越しにチャイムの音が聞こえたが、反応はなかった。窓からは、レースのカーテン越しに天井の照明器具が見えるが、どれも消えている。物音もしない。奥さんは専業主婦のはずだが、買い物にでも出かけているのだろうか。あるいは予想外に長引く事情聴取を心配して、子供と一緒に警察署を訪ねているのかもしれない。

せっかくここまで来たのだから、もう少し粘ってみようと思い、吉沢は近所を歩いてみることにした。

しばらく歩くうちに小腹が空いてきた。できれば定食屋でもあってくれればありがたかったが、近くにはこれといった飲食店もコンビニもなかった。十分近く歩いたところで、ようやく昔ながらの商店を見つけた。店の前には「揚げたて！　サーターアンダギー」と書かれたオレンジ色の幟《のぼり》がはためいている。正面の入口とは別に、ドライブスルーのような小窓がある。のぞき込むと、奥から、幟と同じ派手なオレンジ色のエプロンをした小太りの中年女性が「はいぃ、はいぃ、いらっしゃいねえ」と出てきた。

カウンターに置かれたクリアファイル入りのメニュー表には、さまざまな種類のサーターアンダギーと、数種類の生ジュースが並んでいた。吉沢は迷った末、紫芋味のサーターアンダギーと、パイナップルジュースを注文した。ちょうど揚げ終わったばかりだったようで、白い紙に包まれた熱々のサーターアンダギーがすぐに出てきた。

店の前の木のベンチに腰掛けて頬張った。表面はカリッと香ばしく、中の鮮やかな紫色の生地はしっとりとして甘みが濃かった。女性店員はしばらくしてから、本来の店の入口の立てつけの悪い木の引き戸を開いて、プラスチックのコップになみなみと注いだパイナップルジュースを運んできてくれた。そして「見かけない顔だけど、営業さんか何か？」と好奇心丸出しで、吉沢の顔や服や靴をじろじろ見た。その目は、ジャケットに付けられた赤い襟章で止まった。「あれ、大日本地所？」

「よくこれだけでわかりましたね」と吉沢は自分の胸に視線を落とした。

「新空港でも西平安名崎あたりでも、最近、そのマークばっかり見るからね」

「そうでしたか」と、口じゅうに残ったサーターアンダギーの甘さを、パイナップルジュースで流し込んで、頷く。しかしジュースはジュースでかなり濃厚で、これまた上顎が痛くなりそうな甘さだった。

「仲宗根さんのところ、大変なことになって。びっくりさあ」と女性は言った。

吉沢は驚きのあまり、むせた。「なんで、そのことを」と必死に咳をこらえて聞く。この事件はまだニュースとして報じられたわけではない。警察も仲宗根の名前を出していない。そもそも仲宗根は容疑者ではなく、任意で話を聞かれているだけだし、本当に事件なのかどうかもはっきりしていない。

女性は隣に腰を下ろし、憐れむような顔で、咳込む吉沢の背中をさすった。

「みんな知ってるさあ。私も心配さあ。小さい頃から知っているから」

「仲宗根さんの実家のこともご存知なんですか？」と吉沢は聞いた。

「ああ、すぐ近所さあ。そんなに近所に家を建てるくらいなら、いっそ一緒に住んであげれば、お母さんも喜ぶのにねえ」と女性は首を横に振った。「仲宗根さんのご両親もすごく優しくていい人たちだったよお。お父さんはもう亡くなったけどね。お母さんは体が丈夫じゃないから、こんなことが起きて、弱っていると思うよ。それにしても、なんであんなことをしちゃったのかね。お父さんの畑を騙し取られて、怒りのあまりということかね」

やはり田舎の口コミは早いのだ、と吉沢は痛感した。

女性の口もとは、仲宗根を心配するセリフとは裏腹に少しにやけている。

「ご近所では、みなさん、今回のことを知っているんですか?」

「知らない人はいないさあ。それに、大事な土地を騙し取られたのは仲宗根さんだけじゃないみたいだからねえ。そういう意味では、みんな、ちょっと同情もしているみたいだよお」

「騙し取るって。本当に、そんなことがあったんでしょうか」

「さあ、どうかね。いざ売るとなったら欲が出て、そんなことを言いだす人もいるのかもしれないし。でも仲宗根さんの家は特に難しかったさあ」

「どういう意味ですか?」

「お母さんと弟さんは騙し取られたように感じていたけど、騙し取ったのがお兄さんの会社じゃ、恨めないもんね。中には、あの家族がグルになって、周りの農家を騙したんじゃないかとまで噂する人もいて。追い詰められてこんなことをしたのかね」

「いや、まだ、仲宗根さんが事件に関わったのかどうかはわからないんですよ。そもそも事件かどうかもまだ……」

「またまたあ」と女性は苦笑した。「会社の中ではもうわかっているんじゃないの？　だって昨日も、上司だという女の人が来て、この辺でさんざん話を聞いて回ってたよ」

「本当に？　どんな人ですか？」

「この辺にはいないような、ちょっと派手な人。香水プンプンさせて」

綾野だ。なぜ綾野が昨日ここでそんなことをしていたのだ。検視結果を聞くために病院に詰めていたのではないのか。

いったい綾野は何を聞いて回っていたんですか、と女性に聞こうと思った。しかし、吉沢の思い詰めた顔を見て、厄介な話に巻き込まれまいと思ったのか、女性は「いやだね、口の軽いオバアでどうしようもなかったね。あんまり真に受けないでよ。私が言ったなんて、仲宗根さんには言わないでね。とにかく、仲宗根さんが犯人だなんてのは何かの間違いだと思ってるから。でもまた何かわかったら、教えてよ。心配だから」と、慌ただしく立ち上がり、台拭きで、吉沢がベンチに落としたサーターアンダギーの粉を地面に落としてから、店の中に引っ込んでしまった。

もう一度、仲宗根の家に戻った。家の脇には、先ほどはなかった自転車が置かれていた。

玄関の呼び鈴を鳴らす。返事はない。しかし今回は中から人の気配がした。ドアの向こうで誰かが息をひそめてこちらをうかがっているような。

「奥さん」と吉沢はドアの向こうに仲宗根の妻がいることに賭け、小声で話しかけた。噂好きのご近所さんが、どこで聞き耳を立てているかわかったものではない。「吉沢です。ご無沙汰してしまってすみません」

数秒の沈黙のあと、かすかな音を立てて内側から鍵があけられ、ドアが薄く開いた。隙間からこちらをのぞいているのは、見覚えのある垂れ目がちな奥さんの顔だった。

中に通された。リビングのテーブルで、大ぶりなグラスで出された麦茶を半分ほど一気に飲んだ。

「助かります。サーターアンダギーとパイナップルジュースで喉がカラカラだったので。ジュースで喉がカラカラって、なんか矛盾してますけどね」と吉沢は白々しいほどに明るく笑った。

奥さんはその意図を察したようで「ありがとうね、吉沢君」と頭を下げ、麦茶を注ぎ足してくれた。

「大丈夫ですか？」と聞いてしまってから、自分の愚問にうんざりする。

「こんなことになるなんて」と、消え入りそうな声で奥さんは言った。

「落ち込むなって言うのが無理な話でしょうけど、悲観しないでください。ただ事情を聴かれているだけだし。第一、仲宗根さんがそんなことするわけないですから」

「そうだよね」と奥さんは微笑んだが、顔も声も憔悴しきっているぶん、むしろ微笑まないよりも痛々しい。

「一昨日の夜、仲宗根さんから何か連絡は？」と吉沢は聞いた。

「来たよ」と奥さんは頷き、スマホを操作してＬＩＮＥの画面を開いて、吉沢のほうに差し出した。

　仲宗根からの最後のＬＩＮＥは、あの夜の九時に届いていた。〈ごめん、いま上地島の陽だまりという店を出たんだけど、橋が通行止めで帰れなくなっちゃった。今夜は上地島の新空港に泊まって、明日、通行止めが解除されたら戻るね〉と。奥さんは〈わかった。こちらはすごい雨と風で子供たちが怖がっているけど大丈夫。気をつけてね〉と返事をしている。その後、仲宗根からの連絡はない。事件を知った奥さんが何通かのメッセージを発信したが、どれも未読のままだ。

「気を悪くしないでくださいね」と吉沢は断ってから聞いた。「なにか、岩井との間でトラブルがあったとか、そういう話は？」

「岩井という人がどうこうって話はしてないけど」と奥さんは震えたため息をついた。「エグゼのことに関しては、悩んでいたと思う。いろいろ板挟みで嫌な思いをして」

「ご実家のことですか？」

　奥さんは小さく頷いた。「それもある。弟からかなり責められていたのは事実だよ」

「じゃあ、岩井が土地を騙し取るような汚い手を使ったのも事実なんでしょうか」

「そうみたい。詳しいことはわからないけど」と奥さんは言った。「うちの人も弟も勤め人で、農業を続けるのは無理だから、畑はいずれ何とかしなくちゃいけないとは思っていたの。でもお父さんとお母さんが二人で守ってきた畑だし、お父さんの亡くなったあとは弟が頑張って維持してくれていたから、夫は『畑を売るかどうかは、弟とお母さんの気持ちに委ねるよ。口出しもしないし、分け前も受け取らないつもりだよ』って、いつも話していた。もちろん内心、どうせ売るのなら地所に、とは思っていたと思う。でも無理強いはしなかった。弟とお母さんが岩井さんと売買交渉をし始めたあとも、遠慮してほとんど口出ししなかった」

「遠慮？　むしろアドバイスしてあげたほうがよかったんじゃないですか？」

「まあね。でも夫は大学進学で東京に出てからずっと、お父さんとお母さんのことを弟に任せきりだったから、後ろめたさがあるみたいで。今さら土地の件で首を突っ込んで、弟から、遺産目当てで帰ってきたように思われたくもなかったんだろうし。お母さんは『水臭いことを言わずに、みんなで実家で暮らせばいい』と勧めてくれたの。でもうちの人は、それじゃ弟に申し訳ないからって、ここに土地から新たに求めて家を建てたの」

吉沢はリビングを見渡した。十五畳ほどの広さだ。テレビ台には子供たちがアニメのキャラクターのシールを貼り、ラグの上には戦隊モノのフィギュアや絵本が散らかっている。

「子供たちはね」と、吉沢の視線の先に自分の視線を重ねながら奥さんは言った。「お母さんのところに避難させてる。さっき、送り届けてきたところ」

さきほど留守だったのはそのせいか、と吉沢は思った。

「子供って、思っている以上に空気に敏感でね」と奥さんは首を横に振った。「バアバのところに行こうと言ったら、息子が『やっぱり逃げたほうがいいの？』って。目にいっぱい涙をためて」

「つらいですね」と吉沢は言った。

「もしかしたら、こんな事件が起きる前からずっと、近所の子供たちから何か言われて、つらい思いをしていたのかもしれない」と奥さんは言った。「地所が詐欺まがいの土地買収をしている、仲宗根は地元の人なのに、みんなを騙して平気な顔でいるって、陰口をたたかれているみたいでね。私自身は面と向かって言われたことはないけど、仲の良いママ友が教えてくれたの。そう言われて意識してみると、たしかに、クリーニング屋さんもサーターアンダギー屋さんも、一見感じはいいんだけど、どこか他人行儀なんだよね。みんなで楽しそうに喋っているのに、私たち家族が近寄ると、さっと潮が引くみたいに解散しちゃったり。子供たちはもっとストレートだから、もしかしたらうちの子は直接そんな悪口を言われていたのかもしれない」

サーターアンダギー屋……。麦茶のおかげでスッキリしたはずの喉に、サーターアンダギーとパイナップルジュースのしつこい甘みが蘇るようだ。

「こっちに来るときには、東京じゃなかなか建てられないマイホームも持てるし、自然豊かな島でのびのび子育てができるって、良い想像しかしなかった。けど、田舎は田舎で難しいところもあるんだね」と奥さんは深いため息をついた。「もう、なんか疲れちゃったな。この件がどうなったとしても、もう東京に帰りたい……」

「そんなに思い詰めないでください」と吉沢は励ますしかなかった。「とにかく、早く仲宗根さんへの誤解が解けるように、僕もできるかぎりのことはします。まずはあの夜、仲宗根さんが空港に泊まったことをたしかめます。そうだ、空港の防犯カメラに映っているかもしれない。そうすれば、居酒屋を出てから空港に着くまでの間に、岩井をどうにかする時間の余裕なんかなかったと証明できるかもしれないですよね。あと、その前に、居酒屋にも行ってみますよ」

「ありがとう」と奥さんは頭を下げ、ギュッと目がしらを押さえて、肩を震わせた。

仲宗根の家を出た。メインストリートに出るべく住宅街の細道を抜けるあいだ、ずっと物陰から誰かに見られているような視線を感じた。大通りに出てすぐにバス停があったが、前のバスが出たばかりで、次のバスまでには三十分以上もあった。それならタクシーでと思ったが、通り過ぎるのは地元ナンバーの軽トラックか観光客らしいレンタカーばかりで、タクシーは全然つかまりそうにない。仕方なく、スマホのカバーからレインボー交通の赤嶺ドライバーの名刺を引っ張り出して、電話をかけた。

赤嶺はすぐに出た。昨日、前浜から地所のオフィスまで乗せてもらった者だと説明すると、赤嶺は「ああ、信号運が悪いお兄さんねえ」と笑った。どうやら赤信号の連続は吉沢のせいだという理解になっているらしい。

赤嶺はすぐ近くで前の客を降ろしたばかりだったようで、あっという間に駆け付けた。ドアを開けるなり「さあ、今日はどちらまで」と、常連客でも乗せるようなノリだ。

「橋を渡って、上地島の居酒屋『陽《ひ》だまり』、そのあと新空港まで。それぞれちょっと用事があるので待ってもらいたいけど、大丈夫ですか？　メーターは回しっぱなしでいいので。最後はこのあいだと同じく大日本地所の宮古島支社に戻ります。領収書をいただければ助かるんですけど」

「へえ、イマドキ、珍しく景気のいい会社だね。さすがは天下の地所さんだ」とミラー越しの目を丸くしながら、赤嶺は早速メーターを回し始めた。

幹線道路を北へ走り、途中、右に行けば岩井の死んだ岬へつながるY字の分岐を、左に進んで上地大橋を渡った。

全長三千五百メートルの橋だ。左右はエメラルドグリーンの海。下を通る船舶のために橋はところどころにアップダウンがあり、登り坂の途中から前方を見ると、このまま台風一過の青空に飛び出しそうな感じがした。これがただの旅行であれば、窓を全開にして南国の風を浴びてはしゃぎたいほどの絶景だ。

しかし残念ながら、いまの気分はその真逆だ。あの晩、この橋さえ通行止めにならなければ、仲宗根と岩井は宮古島に戻り、吉沢の歓迎会に合流していたはずで、こんな事件は起きずに済んだのかもしれない。

居酒屋・陽だまりの駐車場の入口には〈支度中〉と木の看板が置かれていた。

「ああ、この店、結構評判がいいんだよお」と赤嶺はハザードランプを点灯させて減速し、看板の前に車を寄せて停めた。「まだ店ができて二年ぐらいだけどねえ、すごい人気だよお。昼はいつも行列。夜は予約必須だって」

吉沢は後部座席に座ったまま、スマホを取り出し、居酒屋のホームページを開いてみた。いまは三時半だ。営業時間をチェックし、まもなく夜の営業が始まるのであればこのまま待つし、そうでなければ先に空港に行き、帰りに立ち寄ろうと思った。

表示されたホームページによると、夜の営業は午後五時からだった。悩ましい。もう少し待てば店員が仕込みのために出てきそうな気もするし、そんなものはランチ営業中に済ませ、夜はギリギリまで出てこないかもしれない。

判断を先延ばしにして、ホームページを読み進める。店はチェーンではなく、個人経営で、地元の食材を使った創作料理を出すらしい。〈ごあいさつ〉という欄には、店主の山城紀夫《やましろのりお》の顔写真と〈八重山の獲れたての山海の幸と美酒で、大切な方と、陽だまりのような温かなひとときをお過ごしください〉というメッセージが掲載されている。白い厨房着姿の山城はまだ若い。細面に、どことなくヤンチャ小僧の名残のようなものを感じさせる人懐こい笑みを浮かべている。

メニュー欄には、刺身の盛り合わせや鶏のから揚げなどの居酒屋定番メニューもあるが、イタリア語なのかフランス語なのか宮古島の方言なのかわからないカタカナ表記のメニューも多い。字を読んだだけではいったいどんな料理なのか想像すらつかない。

「あっ」と赤嶺が声をあげ、店のほうを指さした。「店の人かねえ」

入口が開き、中から長身の男性が出て、店の前の植え込みにホースで水やりをしようとしているようだった。吉沢は車を降り、駆け寄った。男は足音に気づいて振り返った。

「ああ、お客さん、すみません、夜は五時からなんですよ。せっかくタクシーまで使ってきてくれたのに、ごめんなさい」と男は言った。その笑顔はまぎれもなく、ホームページに載っていた店主の山城だった。

「すみません、食べに来たわけじゃなくて」と吉沢は気まずく苦笑しながら、名刺を差し出した。

「このたびは、弊社の者が大変なご迷惑をおかけしてしまいまして」

「なんだ、地所か」と山城はあっという間に笑みを消し、唾棄するように言った。

「すみません」と吉沢は、山城の蔑むような口調に面喰らいつつ、改めて詫びた。

「特にお話しすることはないですけど。開店前で忙しいんで、勘弁してもらえますか」

「手短に済ませますので」と吉沢は食い下がった。「一昨日、こちらのお店で開かせていただいた宴会で、うちの社員同士が喧嘩をしたというのは本当なんでしょうか」

「僕が警察に嘘をついたと?」と山城はいよいよ敵意むき出しの顔だ。

「いえ。ただ、どういうことで喧嘩になったのか、我々もまったく想像がつかなくて。詳しくお聞かせ願えませんか」

「いまさら聞いてどうすんの」と山城はまともに取り合おうとはしない。「まあ、喧嘩していたんじゃないの？　事実、ずっとうるさかったし。宴会のあとも二人でどこかに消えたみたいだったしね。何より、実際に殺しちゃったんでしょ？　片っ方が亡くなって、片っ方が逮捕されたらしいじゃないですか」

「逮捕じゃないです」と吉沢は思わずムキになる。「任意で話を聴かれているだけです。それに警察が事情を聴くことになったのは、あなたの情報提供がきっかけになったんじゃないですか？本当に喧嘩していたのかどうか、本当に二人が一緒にどこかに消えたのか、あなたの証言によっては、状況がかなり変わってくるんですよ」

「さすが、大企業は身内の恥をもみ消すのに必死ですね。死んだ人間はどうでもいいから、生きている社員が犯罪者になるのだけは、なんとか防ぎたいというところですか。それで僕に証言を取り下げさせようというのは、あまりに理不尽じゃないですか」

「取り下げてくれと頼みに来たわけじゃないんです。ただ、彼らが一体何のことで喧嘩をしたのか知りたいだけで」

「だから、わかりませんって。そんなに知りたければ、うちじゃなくて、宴会に参加していた南西バスの人たちに聞いてみればいいんじゃない？」

騒がしさに不審を抱いたのか、道の反対側にある土産物店から数人の店員が出てきて、じろじろとこちらに視線を送ってきた。

「ほら、迷惑なので、お引き取りくださいよ」と山城は、道の向こうの人たちに作り笑顔で会釈をしながら言った。

「わかりました」と言うしかなかった。これ以上粘ったところで、彼が急に態度を好転させるとも思えない。もしかしたら彼はこの島の口コミの早さで、殺人事件に深く関与した不吉な店であるかのような噂が蔓延することを恐れているのかもしれない。ここはおとなしく引き下がり、彼の言うとおり、宴会の主催者でもある南西バスの人に話を聞いたほうがいいだろう。

お辞儀をしてタクシーに向かって歩きだしたところで、吉沢の背中に向かって、「死ぬには死ぬだけの理由があったんじゃないの」と山城が、投げつけるような口調で言った。

「それ、本気で言ってますか?」と吉沢は振り返って言った。必死で怒りをこらえているが、声は震える。

「もちろん」と山城は失言を詫びるどころか、吉沢の怒りを遥かにしのぐ迫力を静かな声にこめて答えた。「死んだのは岩井さんでしょう。その岩井さんが今まで何をしてきたのか。あんたが本当に事件の真相を知りたいのなら、こんなところをうろつく前に、自分の会社の中で必死こいて調べるといいですよ」

どういう意味なのだと聞き返したかった。しかし言葉が喉に引っかかっている間に、山城は店の中に引っ込んでしまった。

仕方なくタクシーに乗り込み、上地島空港に向かった。

島の自然との調和をテーマに作られた上地島空港は、主要施設もほとんどが木造で、出発・到着ロビーの入ったメイン棟は、細い木の枝を編み上げた鳥の巣のような外観だ。

吉沢は大きな土産物袋を提げた客で賑わうロビーを横切り、奥の空港事務所を訪ねた。

カウンターで名を告げると、奥から「あ? 新しい副支社長さんが?」と、小柄な初老の男性が駆け寄ってきた。「どうもどうも、照屋《てるや》です。こちらからご挨拶にいかなくちゃならないなあと思ってたところでして」

　新空港は、地所の子会社の上地島空港会社が運営している。照屋はその社長だ。

「どうかお気遣いなく」と吉沢は短く作り笑いを見せ、すぐに本題に入った。「一昨日の夜、こちらに、うちの仲宗根が泊めてもらったと思うんですが」

「ああ、仲宗根さん、大変なことになったねえ。あんな穏やかな人が、まさかね。まだ信じられないよお。いったい何があったのかねえ。聞くところによると……」

「すみません」と遮る。すでに照屋の耳にも事件の噂は伝わっていて、いろいろと知りたい事だらけなのだろう。しかし今はこちらが尋ねる側だ。

「宿泊の記録は残っていますか」

「ああ、あります、ありますよお」と照屋は、まるでそれが自分の手柄であるとでも言いたげに目を輝かせ、顔をくしゃっと丸めるように笑う。「あの日は、橋が封鎖されて帰れないということで、夜になって、仲宗根さんから、従業員用の宿泊施設を使わせてくれと連絡があってね。岩井さんと二人分」

「岩井も？」と聞き返す。「じゃあ二人とも、飲み会のあと、ここに？」

　だとすれば、飲み会で喧嘩をし、その後すぐに海に突き落としたという話がおかしくなってくる。どういうことだろう。喧嘩はしたものの、いったんは収まって一緒にこの空港までやってきたということか。だとすれば、この空港でまた喧嘩が再燃し、ふたたび二人で橋の近くまで移動して、突き落したのか？　そんな馬鹿な。

「いや、実際に使ったのは仲宗根さんだけですね。夜の九時半頃に仮眠室に入っていますね」

「本当に一人だけ？　誰か見ていた人は？」

「いやあ、それは残念ながらいないさあ。あの日は、台風のせいで午後の便は欠航になったし、空港自体を早めに閉めて、みんな帰らせたんですよ。宮古島から通っている従業員も多いから、橋が封鎖されたら帰れなくなっちゃいますからねえ。だから仲宗根さんから電話をもらったときには、僕ももう引きあげたあとだったんですよお」

「じゃあ、もしかしたら、岩井と仲宗根さんが二人で来た可能性もあるんですね？」

「いや、それはないですよ」と照屋は首を横に振った。「うちの仮眠室は全部個室で、それぞれのドアはカードセンサーで解錠する仕組みになっているんです。空港の従業員証か、地所グループのＩＤカードをかざさないとドアが開きません。一昨日はたしかに、夜の九時半過ぎに仲宗根さんが入室した記録は残っています。部屋を出たのは翌朝の七時頃です。でも岩井さんが出入りした記録は一つも残っていないですね」

「たとえば、岩井がカードを忘れて、仲宗根さんと一緒に入ったとか？」

「それはあり得ないんですよねえ」と言い、照屋は吉沢を仮眠室にいざなった。

なるほど、たしかにあり得ない、と吉沢は仮眠室を見て納得した。仮眠室は十部屋あるが、それぞれは畳一畳ぶんしかない、非常に狭いカプセルタイプだ。ここに、平均よりも太っている仲宗根と、平均よりも背の高い岩井が一緒に入るのは物理的に不可能だ。

かすかな望みを絶たれた思いで、吉沢は空港の事務所を出た。そしてそのまま、すぐ隣の建物の中に入っている南西バスの事務所を訪ねた。

応対には社長の宮本が自ら出てきた。

「うちの飲み会のせいでこんなことになってしまって、何と言ったらいいか」と宮本は大豆のような丸刈りの頭に汗を光らせながら詫びた。そして吉沢が差し出した名刺を震える手で受け取り「これでもう、エグゼへのシャトルバスを任せてもらうのは難しいんでしょうね」とすがるような声で言った。

南西バスは宮古島地域で路線バスや観光バスを走らせている。レンタカー業界に押されて、経営は年々厳しくなっている。それを打開するために、新空港とエグゼを結ぶシャトルバスの運行を地所側に提案しているのだ。一昨日の夜に懇親会を開いたのは、担当の岩井を接待するためだった。社長の宮本は仲宗根の高校時代の同級生で、宴会に仲宗根を招いたのは、旧知のよしみで応援してもらおうという魂胆があったに違いない。

吉沢は、この期に及んで自社のシャトルバス就航の心配が先に立って、友人であるはずの仲宗根の心配を二の次にしている宮本の態度にムッとした。

「宴会で、岩井と仲宗根さんが喧嘩をしていたというのは事実ですか？」と吉沢は聞いた。

「まあ、そうですね」と宮本は気まずそうに頷く。

「どんなことで？」

「それは……」と宮本は言いづらそうに口ごもった。「たぶん、エグゼの件で」

「用地買収についてですか？」

「ええ。そのことで、地元では結構、良くない噂が飛び交っていて。仲宗根はそれを岩井さんに質しているような感じでした。僕と仲宗根は小学校から高校までずっと同じで、実家も近所なんですけど、周りの人はよくエグゼの文句を言っていました。中には、仲宗根のことを裏切り者扱いする奴も。たぶん、仲宗根は精神的にかなり追い詰められていたんだと思います」

「宮本さんは、一昨日、最後まで宴会に？」と吉沢は聞いた。

「ええ」と宮本は頷いた。

「あの夜、岩井と仲宗根は一緒に飲み会から消えたんですか？」

「いや、そんなことはないですよ」と宮本は言い、背後で聞き耳を立てていた数人の部下に「そんなことないよな？」と甲高い声で呼びかけた。揃いのブレザーを着た数人の社員たちが一斉に首を横に振った。

「本当に？」と吉沢は身を乗り出す。居酒屋の山城の話と食い違っている。

「八時半頃、急に岩井さんが席を立ったんですよ」と宮本が言った。「しばらく経っても戻ってこなくて。みんなで『長電話だな、恋人か何かかな』とか『ついでに、トイレに行っているんじゃないか』とか言っていました。でもよく見たら、座布団の下に一万円札が挟んであって。それでやっと、帰っちゃったんだってわかったんです」

「その間、仲宗根さんは？」と吉沢は聞いた。

「ずっと僕らと一緒に飲んでいましたよ」と宮本が答えた。

「しっかり思い出してください。少しの間でも仲宗根さんも姿が見えなくなったことは？」

「ないですよ」と宮本は疑われること自体が遺憾だという強気な頷きで答える。

「でも喧嘩をしていたんですよね？」

「ああ」と宮本は少々場違いに思える笑みを浮かべた。「喧嘩はすぐに収まりましたよ。仲宗根は最後までぶつぶつ文句を言ってたけど、岩井さんはコロッとご機嫌になって」

「ご機嫌？　何があったんですか」

「電話がかかってきたんですよ。飲み会の途中で、岩井さんのスマホに。岩井さんは廊下に出て通話して。戻ってきたら、それはもう上機嫌で」

「そうそう」と後ろで聞いていた年配の女性社員も加勢する。「だから、岩井さんがいなくなっちゃったときも、みんなで『恋人にでも呼び出されて、みんなに気を遣わせないように黙って帰っちゃったんだね。一万も置いてってくれるなんて、気前が良いよね』と話していたんです。それが八時半頃。私たちと仲宗根さんは、まだデザートが出てきてなかったので、そのあともしばらく飲み続けましたよ」

「飲み会のあとは?」と吉沢は宮本に聞いた。

「九時過ぎに、みんなでタクシーに分乗して帰りました。といっても、あの時間はもう橋が通行止めで宮古島には帰れなかったから、うちのメンバーはみんなでこの事務所の床で寝袋で寝ましたけどね。仲宗根も、僕と同じタクシーに乗りましたよ。空港の仮眠室に泊まると言うので。何だったら、空港会社に聞いてみたらどうでしょう」

「もう聞いてきました」と吉沢は言った。「たしかに仮眠室を使った記録があります」

「じゃあ一度仮眠して、その後、あの店のほうに戻って、岩井さんを殺しに……?」

「いや、翌朝まで、仲宗根さんが仮眠室から出た形跡はありませんでした」

「ということは、犯行は翌朝ですかね」

「それもない」と吉沢は首を横に振る。「仲宗根さんが仮眠室を出たのは七時頃で、岩井が発見されたのは六時前です。海に流されていた時間を考えれば、殺されたのはもっと前ということになりますから」

吉沢は興奮を抑えきれず、汗ばんだ手で髪をくしゃくしゃに掻き上げた。

「宮本さん、いま話してくれたことを、警察に伝えてもらえませんか。これで仲宗根さんが犯人じゃないことを証明できると思うんです」

「はい?」と宮本はすっとんきょうな声を出した。「このことはもう、とっくに警察に話していますよ。でもやっぱり仲宗根が連れて行かれちゃったから、やっぱり仮眠室から抜け出して、岩井さんを殺しにいったのかと……」

「それはあり得ないんですって」と吉沢は苛立ちを隠せなかった。「宮本さん、あの夜、仲宗根さんと一緒に乗ったタクシー、覚えていますか?」

「え、タクシー?」と宮本は面喰らったように聞き返した。そして何かを思い出したような顔で、ブレザーのポケットから財布を引っ張り出し、レシートを探し出した。「あった、あった。ああ、レインボー交通さんですね」

吉沢は礼を言い、エグゼに関しては改めて連絡すると約束して、あっけにとられて口を半開きにしている宮本を置き去りにし、南西バスの事務所を飛び出した。

陽光はかなり黄色っぽくなり、海からの風が、地上にたまった真夏の熱を拭うように心地よく吹き抜けていった。

新空港の車寄せに停まっている赤嶺のタクシーに駆け戻った。

「お、その様子は、何か良い情報がありましたかね?」とドアを開けて迎え入れた赤嶺が、好奇心丸出しの顔で振り返った。

「赤嶺さん」と吉沢は助手席のヘッドレストをつかみ、身を乗り出した。「あの台風の晩、橋のこちら側の上地島で走っていたレインボータクシーは何台くらいありますか? 夜の九時頃に、さっきの居酒屋からここまで、男を二人乗せた車があるはずなんです」

「なに、いきなり刑事みたいなことを言いだして」と赤嶺はいぶかしがる。「誰がいつ乗ったかというのも個人情報かもしれないから、ホイホイ教えるなって、会社に言われているんだけどね」

「お願いします」と吉沢は助手席に転がり出てしまいそうなほどに身を乗り出す。「それがたしかめられれば、殺人の疑いがかけられそうな同僚を救えるんです」

「あ、あの件か」と赤嶺は、困惑の表情の中に、好奇心の色をよみがえらせた。「ほんとはあんまり良くないことなんだけどねえ。今日もたっぷり稼がせてくれたし、特別だよお」

赤嶺は胸ポケットから携帯を取り出し「たぶん、ヤッちゃんだと思うけどなあ」と同僚らしい人の名前をつぶやきながら、電話をかけてくれた。

「もしもし、ヤッちゃん？ 悪いね、忙しいところ。今、運転中じゃない？ 大丈夫？ そう。いや、あのねえ、この前の台風の夜だけどさあ、ヤッちゃん、上地側で走ってたんだよね？ あのさあ、大橋の近くの陽だまりっていう居酒屋から新空港まで、お客さん乗せた？ ん？ 男の人。二人。うん、九時頃。は？ そりゃ、夜って言ってるんだから、夜の九時に決まってるさあ。二十一時！」

赤嶺は何度も吉沢を振り返り、頷いたり、指でＯＫサインを作ったり、「お客さん、それ、どのくらいの歳の人？」「どんな顔の人？」と補足情報を求めたりした。

通話は三分ほどで終わった。携帯をポケットに収めた赤嶺は、誇らしげな顔で後部座席を振り返った。

「やっぱり、ヤッちゃんが乗せたって。必要なら、ドライブレコーダーも確認してもらうけど、どうする?」

「いいえ、十分です。ありがとうございます」と礼を言った。「赤嶺さん、あの居酒屋まで戻ってもらえますか?」

「はいはい、承知しましたよお。はりきって、元気に行きましょうねえ」と言い、赤嶺は勢いよく車を発進させた。

7. 偽証者の正義

八月二十五日(金)夕方

陽だまりは夜の営業を始めていた。接客係の若いアルバイトの男性から吉沢の来訪を知らされた山城は、早くも怒りで顔を赤くして、奥の厨房から大股で出てきた。

「いい加減にしてくれませんか。営業妨害ですよ」と山城は、他の客の目に触れないように吉沢を駐車場に押し出し、舌打ちまじりに批難した。

「なんで嘘をついたんですか」と吉沢は言った。

「嘘?」と山城は目を剥き、いまにも噛みつきそうな剣幕だ。「ほんとに怒りますよ。おたくの社員がうちの店で迷惑な喧嘩沙汰を起こしたのは事実です」

「でも二人が一緒に店から消えたというのは事実じゃないですよね? 飲み会の参加者に話を聞いてきたんです。岩井はたしかに宴会の途中でいなくなった。でももう一人の仲宗根さんは、宴会がお開きになるまで、ずっとここにいたはずです」

「どこかで岩井さんを待たせておいて、あとから合流して殺したんじゃないんですか?」

「それじゃあ話が全然違うじゃないですか」と吉沢は言った。「それに、そんなこともあり得ない。仲宗根さんは南西バスの人と一緒にタクシーに乗り込んで、新空港の仮眠室に行ったんです。同乗者もタクシードライバーもそう証言している。仮眠室にも入室記録が残っている」

「ああ、そうですか」と山城は棒読みのような声で答えた。

「そうですかって、何ですか」と吉沢は感情的になる。「あなたの通報のせいで、一人の人間が無実の罪に問われようとしているんですよ」

「さんざんデタラメなことをやってきたのは、おたくの会社でしょう」と山城は目を見開き、つばを飛ばして怒鳴った。「そんなに必死に調べるのなら、そもそも岩井が何をやったのかも調べるべきなんじゃないですか。農家の汗が染み込んだ畑を口先の嘘で騙し取った。一生懸命やっていたカフェを根も葉もない風評で廃業に追い込んだ。ねえ、そっちの罪は問われないんですか。岩井が死んだのは、当然の報いなんですよ。僕はね、殺せるもんならこの手で殺してやりたいくらいだったよ」

嘘を詰るつもりで乗り込んできた吉沢だが、山城の迫力を前にたじろいだ。

「本当に岩井がそんなことをしていたのなら、責任逃れをするつもりはありません」と吉沢は絞り出すように言った。

頭の中には、この問題を社内で片づけたがっていた七ツ森のナマズ顔が思い浮かぶ。こんな勝手な口約束をしたと知れば、彼や島津や綾野は、吉沢を責めるにちがいない。しかし、これだけ多くの島民が噂をし、疑念を抱いているこの問題を、社内だけで揉み消すというのは、もはや現実的ではあるまい。

「そんな口約束、信じると思いますか?」と山城はうんざりしたため息をついた。

「信じていただけるように、責任をもって調べます。でも僕はまだこちらに来たばかりで、過去の経緯を何も知らないんです。だから、教えてください。山城さんも土地を騙し取られたんでしょうか」

「違うよ」と山城は吐き捨てるように答えた。相変わらず感じは悪いが、先ほどまでの手も付けられない怒りぶりからは、若干、声と呼吸が落ち着いた。「うちは農家じゃない」

「じゃあ、どうしてそんなに岩井のことでお怒りに……」

「潰された店で働いていたんですよ」と岩井はうんざりした顔で言った。「その店の女性オーナーは島に移住してきた人でした。夢だったカフェを開いた。ガツガツした人じゃないからたいして宣伝もしなかったけど、島の食材を使った手作りの料理や焼き菓子は本当に素晴らしかった。少しずつ評判になって常連さんも出来始めて。でも、エグゼの用地買収が本格化して、岩井がしつこく売却を迫ってきた」

「岩井は嘘の契約額で騙したんですか?」と吉沢は聞いた。あくまで噂レベルでしかなかった話が、ついに現実になってしまうのかもしれない。しかし、いまさら耳をふさぐわけにもいくまい。

山城は予想に反して、首を横に振った。

「たしかに高い値段で売却を持ちかけられました。僕も一緒にいて聞いていたから覚えています。

でもその頃にはすでに、他の農家さんが似たような話で騙されたというのが噂になっていたから、オーナーは騙されませんでした」

「だったら、どうして潰すとか潰されるとかいう話に？」

「そのあと、コロナ禍になって。不幸にも店のお客さんから感染者が出たんです。あとになってわかったことですけど、その客は数日前に感染していたのに、それを隠して市販の解熱剤を飲んできたみたいで。だから、店にもオーナーにも責任はないんです。オーナーはどこの店よりも早く、しっかりと感染対策をしていたし、お酒の提供も取りやめていたんです。料理もぜんぶ一人前ずつ小分けで提供する徹底ぶりでした。それなのに岩井は、『あの店は消毒液も置かずに、客にどんどん酒を出していた。そのせいでクラスターを発生させたんだ』とデマを広げたんです。近所の人たちに吹聴して回っていたみたいだし、たぶんネットにも書き込んで炎上させて。あの頃はまだワクチンも治療薬もなかったから、みんな恐怖心を持っていたし、そのぶん、あっという間に風評が広がって。店の予約は全部キャンセルされて、開店休業状態になりました。それでもオーナーは『ふらっと常連さんが来てくれるかもしれないから』って、毎晩遅くまで仕込みをして。でも次の日に来てみたら、お客さんが来ないどころか、投石で窓を割られていたり、壁にスプレーインクで『クラスターカフェ、島から出ていけ』って落書きされたり」

「そんなことが……」と吉沢は言葉に詰まり、きつく目を閉じる。まぶたの裏には、日本橋プロジェクトを攻撃するネットの中傷が鮮明に蘇る。不謹慎狩り。あのとき、遥か遠いこの南の島でも、コロナに翻弄された人がいたのだ。根も葉もない風評だったという点では、そのオーナーのほうが悲惨だ。

「経営も行き詰って、オーナーはノイローゼになって。心配して声をかけてくれた常連さんのことまで、陰で自分を攻撃する敵のように思い込んでしまって関係が悪くなったり、店に寄り付かなくなった近所の農家さんたちを恨んで、その人たちの畑に火をつけてサトウキビをダメにしてしまって、警察沙汰になったりしたこともありました。従業員もみんな辞めていきました」

「山城さんは見捨てなかったんですね」

「当たり前です」と山城は言った。「高校中退して、マトモな仕事にも就かずにプラプラしていた僕をバイトで雇って、料理や経営の面白さを教えてくれた恩人ですから。もしあの人がいなかったら、僕は今でもどうしようもない人間のままだったと思います」

「そうでしたか」と吉沢は頷いた。「オーナーさんは苦しかったでしょうけど、山城さんがいてくれて救われましたね」

「救えてなんかいませんよ。結局、オーナーは亡くなってしまったんだから」と山城は声を震わせた。目は真っ赤に充血している。「最後は自ら命を。殺したのは岩井だと、僕は今でも思っています」

吉沢は目を見開き、ごくりと音を立ててつばを飲み込んだ。

「本当に調べる気があるんだったら」と山城は訴えるように言った。「全部、明らかにしてください。そして、オーナーに詫びてください」

「わかりました。必ず調べます」と吉沢は誓った。「でも、その風評を岩井が広めたとおっしゃるからには、何か証拠があったんですよね?」

「教えてくれた人がいるんです」と山城は言った。

「誰ですか」と吉沢は聞いた。

「わかりません」と山城は首を横に振る。

「わからないって」と、笑いたくもないのに笑いが漏れる。

山城はその失笑を責めるような顔で「ネットで」と言い、尻のポケットから引っ張り出したスマホを操作した。そして、どうやら宮古島の島民が匿名で参加し、自由に書き込んでいるらしい無料のSNSサイトを開き、吉沢の顔の前に突き付けた。

〈風評を広めてカフェを潰し、オーナーを死に追いやったのは大日本地所の岩井〉

「書き込みがあったのは数日前です」と山城は言った。「誰かはわからないけど、たぶん、カフェを応援してくれていた常連さんだと思います。僕は今の店のPRのためにこのサイトを利用しているんですけど、前にあのカフェで働いていたことも書き込んでいたから、このメッセージは僕に真相を伝えるために書かれたんだと思います。この人は、岩井の悪事をとことん調べようとしているようでした。あるいはこの人自身も、岩井に土地を騙し取られて恨んでいたのかもしれないけど」

「それで、山城さんはそれを信じたということですか」

「匿名の書き込みを信じるなんて馬鹿げていると？」と山城は聞き返した。「でもこの人は岩井の悪事の証拠もつかんでいると言っていました。いつかすべてを明らかにして、岩井に復讐すると」

「復讐？」と吉沢は、粘り気の強いつばを飲み込んだ。「じゃあ、あの夜、岩井を殺したのは仲宗根ではなく、この人だったのでは……」

「わかりません」と山城はため息をついた。「一昨日は台風で、店にはおたくの会社と南西バスの皆さんしかいませんでした。まあ、その中にこの人がいた可能性もゼロじゃないかもしれないけど、僕はないと思います。だって、あの晩ここにいたのはみんな、岩井の悪事が表沙汰になってエグゼが頓挫したら困る人ばかりですから」

「だったらどうして、嘘までついて、仲宗根が疑われるように仕向けたんですか」

「喧嘩しているのを見たのは嘘じゃないですから。たまたま料理を出しに行ったときに。その仲宗根という人は、岩井の悪事が事実なのかどうか、本人を追及していた。だから、その後、あんなことになったと聞いて、もしかしたら、その仲宗根という人が、SNSで復讐をほのめかしていた張本人なんじゃないかとも思いました」

「でも二人が別々に店をあとにしたのは見ていたんですよね？」

「そうですね」と山城は乾いた返事をした。「でも、仲宗根という人だって、しょせんは大日本地所の人でしょう。同情する気になれませんよ。同じ社内にいて、悪事に気づいていたのなら、ちゃんと止めればよかったんだから。いまさら正義の味方のような顔をされたって、亡くなったオーナーは生き返らないんですよ」

語り終えた山城はぐったりとうなだれた。

吉沢も山城のついた嘘を責める気にはなれなかった。

何度か深いため息を交換しあったあとで、吉沢は岩井の悪事が事実なのかどうかを必ず調べ上げることを約束し、山城は一昨日の夜の実際の様子を、警察に正確に伝えなおすことを約束してくれた。

山城は吉沢を店内に迎え入れ、アルバイトの男性に指示して、あの晩に撮影されたレジと駐車場の防犯カメラの映像まで見せてくれた。

南西バスの宮本の言ったとおり、岩井は八時半頃に、微笑んでいるように見える顔でレジの前を通り、一人で店を出た。そこからの姿は駐車場のカメラが記録していた。岩井は強まった風雨に顔をしかめてから、傘をさし、駐車場を小走りで横切った。そして目の前の幹線道路を、右側に出て、歩いて消えていった。足取りはしっかりしている。それほど酔っているようには見えない。彼が消えていった方向には、上地大橋がある。警察によれば、岩井の携帯電話の電波は、その橋のたもとで途絶えた。

仲宗根は、岩井が出てから三十分ほど経過したあとに、南西バスの人たちと一緒に出てきた。

レジでは、おそらく接待として奢ろうとした宮本を制して、仲宗根自身も金を払った。駐車場に出た仲宗根は、傘をさし、幹線道路の入口まで行き、しばらくの間、左右をきょろきょろ見回していた。戻ってこない岩井を心配していたのかもしれない。やがてあきらめたように戻って、南西バスの人たちと何台かのタクシーに分乗した。仲宗根は宮本社長と二人で、ヤッちゃんが運転しているのであろうレインボータクシーに乗り込んで去っていった。

念のため、岩井の遺体が対岸で見つかった翌朝まで、映像を早送りで確認させてもらった。しかし、岩井の姿は二度とカメラに映らなかった。

吉沢は陽だまりを出て、タクシーで上地大橋を渡り、宮古島に戻った。そのまま支社に帰ろうかと思ったが、Ｙ字路まで来たところで気が変わって、西平安名崎のエグゼ予定地に立ち寄った。

白い工事用フェンスの脇で車を降り、徒歩で丘を登った。頂上に向かう一本道は普通車がすれ違えるほどの幅がある。農道として使われていたのだろう。道の両側には棚田のような土地が連なっている。どこも雑草が生い茂っている。きっとこのどこかに仲宗根の父親のサトウキビ畑もあったのだろう。坂の傾斜は頂上に近づくにつれてきつくなり、強い西日を浴びたＹシャツの背中は汗でぐっしょりになった。

十五分近くかけて登りきった。頂上はサッカー場くらいの広さの平らな土地で、海側のへりに、白壁に青い屋根の洋館風の建物があった。敷地の入口には〈立ち入り禁止〉の看板が立っている。吉沢は少し迷ってから、錆びたチェーンをまたいで近づいた。

遠くからは真っ白に見えたが、壁には、落書きをこすって消したような染みがいくつもあった。何枚かの窓は割れ、内側からベニヤ板が打ち付けてあった。押しても引いても開かない木製のドアの脇には〈ＨＩＤＡＭＡＲＩ〉というアルミ製の表札が埃をかぶっていた。

吉沢はため息をつき、うしろを振り返った。眼下には、登ってきた段々畑の向こうに、細長い岬が突き出し、広大な海が広がっている。沈みかけた黄色い太陽がそのまま溶けて流れ出たように、海面はとろりとした蜂蜜のように見えた。

遠くから聞こえる潮騒に混じって、山城の震えた声が耳の奥に響く。「オーナーは亡くなりました。全部、明らかにしてください。そして、オーナーに詫びてください」と。この店を廃業に追いやったのは本当に岩井なのか。嘘だと思いたい。しかし山城の真剣な目は、そんな楽観のいっさいを拒む確信に満ちていた。

もう一度、店を振り返る。割れずに残った窓からは中の様子がうかがえる。廃業とともに調度品のほとんどが持ち出されたようで、中はがらんとしているが、隅のほうにいくつか残ったアンティーク調のテーブルや椅子はどれも趣味が良い。亡くなったオーナーはきっと素敵なセンスの持ち主だったのだろう、と吉沢は思った。どんな経緯でここに店を開いたのかは知る由もないが、島に移住してきた彼女はきっとここで夢を叶え、充実した人生を送るつもりで頑張っていたのだろう。身に覚えのない誹謗中傷を浴び、客が寄り付かなくなったこの店で、彼女はどんな最期の日々を送ったのだろうか。そんなことをしてまで造らなければならないエグゼタウンとはいったい何なのか。そして、その成功に便乗して本社に返り咲こうと目論んでいる自分までもが、どうしようもなく醜い人間に思えてきて、胸が苦しくなった。

ゆっくりと坂を下り始めたところで、携帯が鳴った。発信者は佐川だった。

「あ、佐川さん！　お疲れ様です」と媚びるような声を出す自分が、いつも以上に卑屈に感じられる。

「おお、お疲れさん！」と、負けず劣らずの調子のいい声が返ってくる。「なんだか、そっちは大変みたいだけど大丈夫？」

「いやあ、ほんとに、まさかこんなことになるとは」

「そうだよな」と佐川は白々しいため息をつく。「岩井君というのはよく知らないけど、エグゼのために頑張ってくれていたらしいね。こんなことになって残念だよ。で、自殺なの？　事故なの？」

「何も聞いていらっしゃらないんですか？」と吉沢は聞いた。あんな直筆の激励文で尻をたたいておいて、よく知らない、とは何だと半ば呆れながら。

「ああ」と佐川は不快そうに返事をする。「リスク系の話は七ツ森が抱え込んで、俺のところには何の情報も寄こさないから」

「そうなんですか」と相変わらずのくだらない覇権争いにうんざりしながら頷く。「いま、仲宗根さんが警察で話を聞かれています」

「仲宗根が?」と佐川は聞き返す。「あの、のんびりした白クマみたいな奴だろ? 穏やかさだけが売りみたいな男じゃないか。まさかあいつが……」

「いえ、疑われたのは、ちょっとした手違いみたいなものなので、まもなく解放されると思います」

「そう、よかった」と佐川は芝居じみた感じで声を震わせた。「で、これからは君がエグゼを引っ張っていくことになるんだね? ゆくゆくはそうなってもらうつもりで君に宮古島へ行ってもらったとはいえ、まさかこんなに早くそのタイミングがくるとは、俺もさすがに予想していなかったけどな。とにかく期待しているよ。俺は昔から君には特別に期待をしているんだから」

「ありがとうございます」と答える。岩井が大事そうにしまっていた佐川の手紙の文面がフラッシュバックし、胸に寒々しさが広がる。

「君のことだから、早々に巻き返してくれるとは思うけど、最近どうもエグゼ企画が停滞気味でね。用地買収が完了しないせいで。水田からはいつも『もう少し。あと一区画だから』と蕎麦屋の出前のような説明ばかりなんだよ。でも一昨日の君のメールによると、その最後の土地の地主に、さっそくアプローチしたんだろ?」

「はい。昨日、会ってきました。明日もまた会う約束になっています」

「さすが!」と佐川は子供のようなはしゃぎ声だ。「じゃあ時間の問題だな。ちょっとブランクがあったから心配していたけど、君に限っては心配ご無用だったな。期待どおりだよ。さすがはエースだね。俺は昔から君には特別に……」

「でも、上手くいくかどうかはわかりません」と吉沢は聞き飽きた社交辞令を遮った。「というか、このままでは上手くいくわけがないと思っています」

「なんでだよ」と佐川は興ざめした声で言う。「買収金額で折り合いがつかないの？　でもそのあたりの畑なんて、ふつうに売れば二束三文にもならないだろう。欲に目がくらんでゴネているんだろうけど、別荘地の真ん中でいつまでもチマチマとサトウキビを作っていたってしょうがないんだから。君の得意の弁舌で、何とか口説き落としなよ」

「あの、佐川さん」と吉沢は尋ねるべきか否か迷った挙句、やはり聞いた。「岩井に、強引な土地買収をさせたことはないですか？」

「なんだよ、強引って」

「たとえば、農家には高額で買い取ると口約束をしておいて、畑を潰して整地させて、いざ買い取る段になって、本当の安い金額を提示したとか」

「はい？」と佐川は声を裏返す。「そんなの、詐欺じゃないか。そんなことを俺がさせるわけないでしょうに」

「そうですか。じつは地元ではそういう噂があって。最後の地権者も、その疑惑がクリアにならないかぎり、交渉のテーブルにすらつくつもりがないと」

「噂は噂。そんな事実はないと言えば済むんじゃないの？」と佐川は呆れたような口調になる。

「その最後の地権者は、ちょっとでも畑を高く売りたくて、言いがかりをつけているんだろう。まあ、こちらが毅然としていれば、そのうち折れるさ」

「残っているのは畑ではないんです」と吉沢は言った。「飲食店です。正確には、かつて飲食店のあった土地ですけど。エグゼの丘のてっぺんの一等地で、今は空き家になった洋館がそのままになっています」

「潰れた店なんだったら、なおさら、いつまでも持っていたってしょうがないじゃない。じゃあ、そのお化け屋敷の取り壊し費用をこっちが持って、他の地権者よりも何割か高く買い取るということで口説いてみてもいいからさ」

「本当にそんな約束をしても大丈夫ですか」と吉沢は聞いた。

「どういう意味？」と冷たい声が返ってくる。お前はやっぱり、岩井に詐欺まがいの交渉を強要したのが俺だと言いたいのか、と言わんばかりに。

数秒間の気まずい沈黙のあと、佐川は弾けるように笑った。

「まあいいや。君には日本橋のときにも嫌な思いをさせたしな。梯子を外されたように誤解して、さぞや俺を恨んでいるだろうし」

誤解とは何だと言い返したい衝動を、下唇を噛んでこらえる。口の中に血の味が広がる。

「君がどう思おうとも、俺は君に期待しているんだから」と佐川は聞き飽きた常套句を繰り返した。「エグゼが上手くいけば、必ずこっちに呼び戻して、しかるべきポストに就けるつもりもある。だから、とにかく今の混乱を上手くソフトランディングさせて、エグゼを早く軌道に乗せてほしい。本当ならもう用地買収も土壌検査も終わって、基礎工事くらいは始まっていなくちゃならないんだから。あんまりモタモタしていると、この企画に反対している七ツ森が暗躍するチャンスを与えるだけだからね。そういえば、七ツ森がそっちに乗り込んだんだって？　妙な動きはなかった？」

「妙かどうかはわかりませんが、用地買収に不正がなかったか調べるつもりだと思います」

「あいつも馬鹿だねえ」と佐川は鼻で笑った。「俺の足を引っ張って、社長の椅子を引き寄せるつもりだろうけど。仮にそんな不正があったとすれば、世間は、悪いのは俺かあいつか、なんて見方はしないよ。地所自体が批判にさらされることになる。あの馬鹿なナマズは、そんなことすら想像できんのかね」

もちろん七ツ森はそれを想像したうえで、社内的にあなただけを葬って、社外には事実を伏せ続けるつもりなんですよ、と吉沢は心の中で言ったが、口にはしなかった。

「じゃあ、とにかく、その最後の地権者との話し合いが上手くいくように祈っているよ。俺は君には特別に期待をしているんだからさ。ひとつよろしく。じゃあ、また連絡する」

佐川は押し付けるようにそう言い、電話を切った。

支社に戻った。通夜か葬式のような雰囲気に違いないと覚悟してドアを開けると、居室は予想外の明るいざわめきに満ちていた。その理由はすぐにわかった。奥の支社長席の脇に仲宗根が立ち、こちらに向かって申し訳なさそうな苦笑を浮かべていたのだ。

「おお、吉沢君。いろいろありがとね」と水田が広げた扇子を頭の上で振りながら言った。

「心配かけて悪かったな。うちにまで行ってもらったみたいで。妻も感謝していたよ」と仲宗根は頭を下げた。

「よかったです、疑いが晴れて」と吉沢は頷いた。「じゃあ、陽だまりの山城さんが、警察に話してくれたんですね」

仲宗根と水田は顔を見合わせてから、どういうことだと問う視線を吉沢に向けた。吉沢は、もしかしたら警察は詳しいことを説明せずに、ただ仲宗根を解放しただけなのかもしれないと思い、山城から聞いた話をかいつまんでした。

しかし説明を聞いたあとで、二人の首はさらに傾げられた。

水田は目で合図し、吉沢と仲宗根をミーティングルームにいざなった。

「心配をかけて、ほんとにごめんな」と仲宗根は深々と頭を下げた。

「仲宗根さん、なんできちんと説明しなかったんですか。タクシーに乗って新空港に行き、仮眠室に泊まったと説明すれば、すぐに疑いは晴れたはずなのに」

「すまん」と仲宗根はため息をついた。しかし、それだけでは到底納得しそうにない吉沢の視線に根負けするように、ポケットからスマホを取り出し、操作してから、吉沢と水田に見せた。それは山城が見せてくれたのと同じＳＮＳの画面だった。

〈大日本地所の岩井の不正の証拠を提供してください。土地の詐取に関するものでも、風評をばらまいて飲食店を廃業に追い込んだことに関するものでも構いません〉

その書き込みは半年ほど前のものだった。

「このことを覚えていたから、岩井が死んだと知ったとき、俺は近所の誰かが、岩井のことを恨んでやったのかと思った」と仲宗根は絞り出すように言った。「もしかしたら、うちの弟かもしれないとも。怖かった。弟は本当に岩井のことを恨んでいたから」

「だからずっと黙秘を……」と吉沢はため息をついた。

「警察も、この書き込みが犯人のものである可能性が高いとみているようだよ」と水田が言った。

「それで、任意聴取している間に、仲宗根君のスマホやPCの中身を片っ端から解析したらしい。その結果、この書き込みをしたのが仲宗根君ではないことがわかったようだよ。それでも仲宗根君が携帯やPCを変えたり、ネットカフェあたりで書き込んでいた可能性もあると見て、なかなか解放してくれなかったようだね。何より、本人が潔白を主張しないいんだから。喧嘩をしていたという居酒屋店主の証言もあったし、現に、岩井の携帯の電波はその店の近くの橋のたもとで途切れていたし、あそこで突き落されて翌朝にこちらの岬に流れ着いたというのも、過去の事件の例と矛盾しないようだからね」

「やっぱり山城さんが警察に話してくれたおかげなんですよね？」と吉沢は言った。

「どうかな。警察ははっきり教えてくれなかった」と仲宗根は言った。

「その居酒屋店主だけどさあ」と水田はドアの外の聞き耳に用心した小声で言った。「何か、岩井の不正の証拠を持っていたの？」

「いえ」と吉沢は首を横に振った。「彼は、用地買収のことで、岩井や地所を恨んでいました。だから、今回の件で地所が世間の批判を浴びてエグゼが頓挫するように、嘘の証言をしたようです」

「なんでそんなにうちの会社を恨むの？」と水田は聞いた。

「彼は以前、コロナの風評で潰れたエグゼの丘のカフェで働いていたそうです。そして、その風評を広げたのが岩井であると信じていました。でも確たる証拠は持っていませんでした。SNSで誰かからそう聞かされただけで。その誰かが誰なのかは、山城もわからないそうです。でもその誰かは、岩井の疑惑を追及することに執念を燃やしているようで」

「そうか。じゃあ、仲宗根君が見た半年前の書き込みも、今日警察に連絡を入れたのも、山城さんじゃなくて、そのSNS男かもしれないな。あるいはそいつが真犯人かも」と水田が言った。

「どういうことですか」と吉沢は眉間にしわを寄せた。

するとと仲宗根は画面をスクロールし、一昨日の夕方に書き込まれたメッセージを表示した。

〈岩井の悪事の証拠はつかんだ〉

その書き込みには画像も添付されていた。PC画面に表示した何通かのメールの文面だ。スクリーンショットで保存したようだ。

〈アドバイスどおり、口頭で五割増しの額を提示し、整地のうえ売却の方向で納得させました。整地完了確認後、本来の額で契約を締結します〉

〈本社宛てに農家から苦情が来た。口頭での約束などしていない、そちらも納得して書面に捺印しているではないかと返事をさせている。法的に問題にしようがないので過度な心配は不要だが、くれぐれも慎重に。こういう噂が広がっている恐れがあるから、今後は相手側が隠れて録画・録音をしていないかのチェックを念入りに〉

〈せっかくコロナのおかげで手に入りかけた土地を他人に横取りされるとは残念だ。気を引き締め、必ず手に入れるように〉

「これは……」と吉沢はスマホに顔を近づけ、唸った。「うちの社内メールですか？　まさか、本物？」

「偽物だろ、さすがに」と水田は言った。「俺も初めて見たときにはぞっと鳥肌が立ったけどね。でも冷静に考えれば、こういう噂を聞きつけた地元の人でも書けるからね。あるいは、エグゼを邪魔したいと思っている社内の誰かが、偽メールを作ってここに貼りつけて、噂を焚き付けようとした可能性もあるけどさ。どちらにしても、肝心のメールアドレスや送受信者の名前が黒く塗りつぶされているのも怪しいし、これじゃ、真偽のたしかめようもないね。まあ、少なくともサーバーには、こんなメールは残っていなかったしね。百パーセント偽物だろう」

「百パーセントですか」と仲宗根が言った。同僚としての安堵と、地権者としての落胆を混ぜ込んだような、ゆがんだ顔で。

　一昨日の深夜にも、書き込みがおこなわれた。

〈岩井には天罰が下った〉

「これって……」と吉沢はつばを飲み、水田の顔を見た。

「犯行声明というか、何と言うか」と水田は首を横に振った。

「いやいや、ちょっと待ってくださいよ」と吉沢は興奮して早口になる。「でも、この書き込みの時点では、遺体は発見されていませんよね。まだ海を漂って、対岸から流されていたはずですよ?」

「そう。だからこいつが真犯人かもしれないんだよ」と水田は言った。

「悪事の証拠をつかんだってのと、この天罰云々と、書き込んだのは同一人物なんでしょうか」と吉沢は問う。

「さあ、それはわからない」と水田は唸った。「このサイトは匿名だし、IPアドレスも表示されない仕組みだから。個人的には、同一人物と見て、いいんじゃないかと思うけどね。まあ、そのへんは俺が予想するまでもなく、警察がちゃんと調べていると思うけど」

「七ツ森さんたちに、このことは?」と吉沢は聞いた。

「まだ」と水田は首を横に振った。「あの人の目的はエグゼ企画の中止だから、こんなものを見せたら大騒ぎになる。たんなるハッタリかもしれないこんな投稿のせいで、俺らの積年の努力を台無しにされるわけにはいかないでしょう。それに、万が一これが真実の告発だったとすれば、社内だけの話で済ませようという七ツ森さんの企み自体がナンセンスということになる。すでに外部の人間が証拠を握っているんだから」

「外部の人間であることはたしかなんですか？」と吉沢は聞いた。「内部告発ということは？」

「ないでしょ」と水田は失笑気味に言った。「サーバーにこんなメールがなかったことは君のその目で確認したじゃない。それに、岩井を殺したのも、社内の人間じゃないことはたしかだよ。岩井は橋の向こうで海に落とされた。橋は封鎖されていて、仲宗根君以外の全員はこちら側にいた。他でもない君の歓迎会に出席していたんだから。そして仲宗根君ももちろん潔白だった」

「じゃあ、いったい誰なんですか」

「それはわからないよ。警察も血眼になってこの投稿者を突き止めようとしていると思うよ。だけど、どうも海外のサーバーをいくつも経由しているらしくて、難航しているようだね。刑事さんが弱っていたよ」

「そうですか。わかりました」と吉沢は頷いた。実際には何もわかっていないが、これ以上、水田や仲宗根に対して問いを重ねたところで、どんな情報も出てくるわけがない。「仲宗根さん、とにかく今日は早く帰ってあげてください。奥さんとお子さんが心細いでしょうから」

「ありがとう」と仲宗根は目を潤ませて、頭を下げた。

「で、吉沢君は明日、また神谷さんのところに行くんだっけ？」と水田が、それまでとは別人のように明るい声で言った。

「そういう約束になっています。でも、延期してもらおうかと。こんな状況だし、何より、神谷さんが所有している丘の上の廃店舗に関して、すっきりしない噂もあるわけなので」

そう言いながら、吉沢はぞわぞわと胸騒ぎを覚えた。

「もしかしたら神谷さんは、岩井君が風評を広めていたという噂を前々から知っていたんじゃないでしょうか。僕には、これまでの地所の交渉に後ろ暗いところがなかったかきちんと調べてくれと言っていたけど、何の根拠もなくそんなことを言う男ではないし」

「考えすぎじゃない？」と水田は言った。

「でも彼は僕らなんかよりもはるかにネットに詳しいんですよ。こんなＳＮＳの書き込みくらい、とっくに知っていたのかもしれません」

「たしかに、ＩＴの寵児なんて言われていたもんな」と仲宗根も頷く。

「それを言うなら、悪魔の子でしょう」と水田は笑い飛ばした。「仮にそんな話を知っていたとしても、彼が吉沢君に真相解明を求める理由がないよ。だって、明らかにして、どうするの？いまさら正義の味方を気取って、大日本地所叩きでもしようって？　あの人がそんなことしたって、誰もついてこないでしょ。彼こそが悪の権化みたいにして、世の中に嫌われているんだから。せいぜい、こっちの弱味を握って、売値をつり上げようと企んでいるだけじゃないの？　そもそもこの島に縁もゆかりもない彼が、なんであんな土地を持っているのか。嗅覚よくエグゼ企画のことを知って、安いうちに予定地の地面を買って、地所に高く売って儲けようという魂胆でしょ」

「まあ、そうですね」と頷かざるを得ない。たしかに神谷は、あの土地を売り、空飛ぶタクシーという新たな事業を始める気でいる。

「じゃあ、気分の切り替えは難しいだろうけど、それはそれとして、明日は予定どおり頑張って口説いてきてよ」と水田は吉沢の背中をポンと軽く叩いた。「岩井君が亡くなったのは悲しいけど、うちの社員が絡んでいたという最悪の事態ではなかったわけだし、その件はもう警察に任せてさ。我々は、岩井君の遺志をつぐ意味でも、停滞しているエグゼを少しでも前に進めなきゃな。きっと佐川も見ていると思うよ」

吉沢はぎくりとして、水田を見た。一見笑っているような水田の目は、奥のほうに冷たい暗さを秘めているように感じられた。

8. 用地獲得の条件

八月二十六日(土)午前

土曜の朝は六時に起きた。神谷との約束は九時だから、本当はもう少しゆっくり寝ていてもよかったのだが、窓から差し込む陽射しにまぶたをこじあけられた。

さっさと着替えて朝食バイキング会場に下りた。レストランは空《す》いていたが、潮読みオバアが窓際の席でぶんぶんと手を振って吉沢を招いていた。吉沢はトーストとゆで卵とコーヒーをトレーに載せ、相席した。

「空いてますね。週末だから宿泊客が多いかと思ったのに」と紙のおしぼりで手を拭きながら聞いた。

「あんたが遅いだけさあ」とオバアは笑った。「みんな、とっくに遊びにいったよ」

「そうなんですか。おばあさんは、今日も銛突きに?」

「いかない、いかない」とオバアはしわだらけの手を顔の前で振る。「まだこのあいだの台風のせいで、ちょっと潮の流れが変だからねえ」

「へえ、こんなに晴れてるのに?」

「空は晴れても、海の中はまた別世界さあ」

「じゃあ、今日、海に入るのはやめといたほうがいいですか？　知り合いがビーチに誘ってくれたんですけど」と吉沢は尋ねた。

「どこの？」とオバアが聞き返す。

「たぶん、前浜というところ」

「ああ、じゃあ、でっかいホテルのプライベートビーチだろう。なら、大丈夫さあ」とオバアは言い、コップのオレンジジュースをストローでズズと吸った。「あそこはリーフエッジの内側だから」

「何ですか、リーフエッジって」

「サンゴ礁のふち。外海の波はそこで砕かれるから、内側は池みたいなもんさあ。でも、うっかり外海に出ると流されちゃうから、気をつけなさいよ」

「大丈夫。泳ぎが苦手だから、波打ち際でぴちゃぴちゃ水遊びする程度だし」

オバアはそれからまたアルバムを引っ張り出してきて、銛でついた巨大なイカの写真の自慢を始めたが、尻の丸い店員に「またオバアは。今日はもう七人目じゃない」とたしなめられ、ベエと舌を出して退散していった。

神谷は約束した九時の五分前に、ホテルまで迎えに来てくれた。六本木時代の印象で、派手なスポーツカーをイメージしていた（おそらく週刊誌で見た、彼のアストンマーチンの印象が残っていたせいだ）が、実際には何代か古い型の色あせた紺のマーチだった。

「悪いね、休日に」と神谷は運転席に座ったまま腕を伸ばし、助手席のドアを内側から開けてくれた。

「いえ、わざわざすみません」と頭を下げて助手席に乗り込み、持ってきたビーチサンダルと着替えとタオルを、運転席との間から後部座席に置いた。

車内は強烈にクーラーが効いていて、ブルっと震えた。

「ごめん。俺、暑がりで」と神谷はエアコンのつまみをひねって風を弱めてくれた。「ボロい車でしょ。中古で二十万。絵に描いたような没落って感じ」

「土地とクルーザーを所有して、プライベート・ジェットまで買っちゃおうという人が、何を言ってるんですか」

神谷は「ははは」と文字を読み上げるように笑い、車を発進させた。

カーラジオからFMが流れていた。島内向けのコミュニティFMだ。時報のあと、牧歌的な三線の音楽が流れ、地元の歌手デュオの番組が始まった。音楽もろくに流さず、のんびりした口調で、わざわざ電波に乗せて話す必要もない世間話をだらだらと繰り広げる。

「これ、ずっとこの調子なんですか？」と吉沢は聞いた。

「そう。福山雅治やももクロとは、驚くほどの別世界でしょう」

そう言いつつ、神谷はどちらかといえば楽しげに耳を傾けているように見えた。時代の最先端をひた走り、刺激を貪り続けた男が、こんな退屈なものに微笑んでいるのが、なんとなく不思議に思えた。

車は、島の西側をふちどるように伸びる道を、反時計回りに南に向けて走った。舗装が整っていない箇所が多く、何度か尻が浮くほどの振動があった。道の両側は、コンクリートを白く塗っただけの頑丈な二階建ての家ばかりだ。

街路樹は、東京の街では見たことのない木だ。背の高いその木には、オジギソウのような、細くて緑の濃い葉がもっさりと茂っている。

「あの木、エバーフレッシュっていうんだよ」と信号待ちをしながら神谷が言った。「東京じゃあ、オシャレな喫茶店の観葉植物ぐらいでしか見ないけどね。この島ではあちこちにある。花もちょっと変わってて、かわいいんだよ。見える？　ほら、あの白い、丸いの」

彼の指さした先に目を凝らす。たしかに小さな白い毛玉のようなものがついている。

「詳しいですね。植物、好きなんですか」

「全然。結婚してた頃、妻があの木の鉢植えを買ってきてね」

「そっか。なんか、すみません」と気まずく頭を下げる。

信号が青になり、神谷はアクセルを踏み込んだ。しばらく走ると、道沿いの建物がまばらになり、背の高いサトウキビ畑が続いた。信号機が少なくなったかわりに、制服警官をかたどった薄気味悪い像が交差点に置かれていた。

「あれ、マモル君っていうの。気持ち悪いよな」と神谷は言った。

「ですね。なんか、夜、動き出しそう」

「もともとは数体だけ、事故の多い交差点に立てられてたらしいんだけど、テレビのバラエティーで有名になって、観光的な見世物として増やしたみたい。今じゃ何十体もあって、それぞれに別の名前がついているんだって」

信号機がわりにしてはインパクトが強すぎて、かえって脇見運転の原因になりそうだ。

「ところで、予定どおり、ビーチでいいよね？」と神谷がハンドルを握って前を見たまま言った。

「おたくの同僚が海で亡くなったばかりなんでしょ、今朝、ローカルニュースで見たよ。不謹慎とか、気味が悪いとか、もし無理しているんだったら言ってね」

「大丈夫。海の水なんてずっと流れているから、数日経てば全部入れ替わっちゃうし」と吉沢は、オバアの請け売りでにっこり笑ったが、実際にはそこまで割り切れていない証拠に、声には少し決意じみた硬さがあった。

三十分ほど海沿いの道を走り、神谷の自宅兼事務所も通り過ぎて、前浜にある大きなリゾートホテルの敷地に入った。

「うちの前の海でもいいけど、波がキツいから。せっかくなら贅沢にホテルのプライベートビーチもいいかなと」と神谷は鼻歌を歌うように言った。

駐車場に車を停め、ビーチサンダルに履き替え、貴重品と水着を持ってビーチに向かった。

ビーチハウスで二人分の入場料を割り勘で払い、泳ぎの苦手な吉沢だけ浮き輪を借り、貴重品をロッカーに預け、更衣室で水着に着替えた。

着替え終わって出ると、神谷はもう外に立っていた。二人とも、膝まである黒の海水パンツに、白いTシャツだ。

ハイビスカスの生け垣の細道を抜けると、急に視界が開けた。ビーチだ。予想していたよりもはるかに明るい。砂は白く輝き、海は、手前の透明に近いグリーンから沖の濃い青に向かって素晴らしいグラデーションだ。

「きれいでしょ？　東洋一って言われてる。きれいすぎて魚もいないから、子供連れの観光客が少ない。静かに海を眺めるには最高だよ」

たしかに、よく晴れた土曜だというのに海水浴客は少ない。砂浜にはパラソルと、足を伸ばして寝そべることができる籐のチェアが三十セットくらい並んでいるが、半分以上が空いている。

吉沢と神谷は一番隅のチェアに荷物を置いた。吉沢は泳ぎが苦手なくせにテンションが上がってしまい、Tシャツを脱ぎ、浮き輪を持って「まずは泳ぎますか」と声をかけた。神谷は「俺はちょっとひと休みしてから」とチェアに寝そべり、サングラスをかけた。

砂浜の緩い斜面を駆け下りる。砂は粒が細かくて、足の裏がずぶずぶ埋まるほどに柔らかい。そのままの勢いで海に突っ込んだ。ほどよい冷たさ。波は静か。手前のグリーンの海水と沖の濃紺の海水の境目あたりで、波が白く砕けている。あのあたりがオバアの言っていたリーフエッジなのだろう。

胸まですっぽりと浮き輪をかぶって、ぷかぷかと浮かびながら空を見上げた。こんなに青いものだったかと驚くほどに青が濃い。「知らなかったよ、空がこんなに……」と鼻歌を歌いかけたが、選曲があまりにジジくさいのでやめた。それからしばらく、浮き輪に頭をのせ、ぼんやりと水平線と真上の空を交互に眺めた。浮き輪に波が当たるピチャピチャという音がはっきりと聴きとれるほどに静かだ。

波は穏やかだが、目に見えない流れがあるようで、だいぶ離れたところにいたはずの女子大生グループに浮き輪ごとぶつかった。

「すみません」と、振り返って謝った。

ぶつかった女の子は「大丈夫で〜す」と明るく言ってくれたが、すぐに他の子たちと目くばせして、ゆっくりと遠ざかっていった。

なんとなく気まずくなって、海から上がった。神谷は横たわったまま、サングラスを頭の上にあげ、にっこりと笑って右手を振って迎えてくれた。思わずこちらも手を振り返したくなるような手の振り方だ。

「どうぞ」と缶ビールを手渡してくれた。よく冷えて、表面に水滴がついている。

「え、どうしたんですか」

「そこの売店で買ってきた。君が女子大生たちと乱痴気海水浴をしているあいだに」

開放感で弾んでいた胸がしぼむ。吉沢はため息をつき、隣のチェアに腰を下ろした。

日本橋プロジェクトで失敗したあと、おそらく社内の連中が書き込んでいるネットの掲示板でさんざん叩かれた。その中に、クライアントに強要して、毎晩のように女子大生との合コンを開かせ、乱痴気騒ぎに興じていたという書き込みもあった。たしかにクライアントに誘われ、つまらない仕事人間だと思われまいと合コンに参加したことはある。しかしそんなものは年に数回程度だったし、開催を強要したこともなければ、乱痴気騒ぎをしたこともない。しかし匿名の悪意に文句を言ってみたところで、止められるわけもなかった。

きっと神谷は、先日会ったときに聞いた吉沢の過去が気になり、自身でネットで調べるうちに、そんな掲示板も見つけたのだろう。

「調べたんですね」と吉沢はもう一度ため息をついた。

「気を悪くしたなら、ごめん」と神谷は苦笑気味に言った。

気を悪くしていないと言えば嘘になるが、気を悪くしたと言ったところで気が晴れるわけでもない。ましてや彼はこれから難しい交渉をしなければならない相手だ。友人ぶって本音を言い、へそを曲げられたら元も子もない。

「大丈夫」と吉沢は割り切った作り笑顔で答えた。

「冷たいうちに飲みなよ」と神谷は申し訳なさそうな声で言った。

「ありがとうございます。でも神谷さん、運転があるし、僕だけ飲むわけには。あ、神谷さんこそ飲んだらどうですか。僕、運転しますから。道さえ教えてくれれば」

「大丈夫。俺はこれ」と神谷はノンアルコールのオリオンの缶を掲げた。

せっかくの厚意に甘えないのもかえって失礼かと思い、礼を言って、プシュっと開け、息を止めてごくごくと飲んだ。冷たくてさらさらしている。細かな泡が喉の粘膜を引っ掻く。「く〜」と唸る。神谷は満足そうに頷き、ノンアルコールの缶を開けた。

「神谷さん、ここ、よく来るんですか」

「いや、眺めるだけならうちの前の海で十分だからね。でもうちのほうはちょうどリーフエッジの切れ目で波がキツいから、危なくて泳げないかな」

「へえ。しかし、羨ましいですよ、毎日こんなきれいな海を見られるなんて」

「宮古島の海は、七色あるって言われてる。吉沢君、わかる?」

「え?　待って」と、手前の透明な部分から奥の濃紺の部分まで指さし数える。「ダメだ、六色しかわからない。神谷さんはわかるんですか?」

「まあね。最近、わかるようになった」

「なんか、カッコイイな。ベテラン感」

「そう?」と神谷は笑った。「べつに毎回、数えているわけじゃないけどね。普段は、ぼおっと眺めているだけ。海はいいよ、何もかも洗い流してくれる感じがする」

「わかります。あ、でも、ストレスがたまったときに、海に行きたいと思うか、山に行きたいと思うか、結構、分かれますよね。あれって何なんだろう。生まれ育った町とか、関係あるのかな。

神谷さん、生まれはどこなんですっけ」

「静岡」

「だからかな。海がありますものね」

「でも俺の町は遊泳禁止だったよ。昭和の時代に工場廃水でヘドロだらけになって」

「工場って、何の？」

「製紙。小さい町なのに煙突が四百本近くあって、朝から晩までもくもくと煙を吐き出してた。

子供の頃なんか、雨が降ると、洗濯物も車も全部灰色に染まってたよ」

彼はスマホを操作して、写真を表示してくれた。故郷の町を小高い丘の上から撮影したものらしい。たしかに赤と白のボーダーに塗られた煙突が林立して、今にも雨を降らせそうな鉛色の空に向かって、同じような色の煙を吐き出している。

「わあ、なんか、見ているだけで息苦しい。……って、すみません、大事な故郷なのに」

「全然、大丈夫。子供の頃、俺、雲は煙突の煙でできていると思ってたくらいだから」

「さすがにそれはないでしょう。今、話を盛りましたよね」

「いや、真面目に」と彼は真顔で言った。「とにかく、俺にとってはあの町が世界のすべてだったからね。町の北には富士山、東も西もそれなりに高い山。南は一応、海だけど、奥まった湾で、ヘドロだらけだし。閉塞感はハンパなかった。子供の頃、よく丘の上から町を眺めて焦ったもんだよ。もしかしたら俺は、この狭苦しい世界で一生を終えるのかもしれないって」

神谷ははにかんだような笑みになって、スマホを閉じ、タオルの上に置いた。

「でも杞憂でしたね。広い世界に飛び出したわけだから」と吉沢は言った。

「飛び出したことが正解だったのかどうか。あの煙たい町に留まっていれば、味わわずに済んだ嫌なことも少なくない」

二人とも黙って缶を口に運んだ。女子大生グループは浜に上がり、砂遊びを始めた。「星みたいな形の砂がある！」とキャッキャと騒ぎ合っている。

「さっきの話だけど」と神谷は言った。そう言われてもどの話かわからない吉沢は、首を傾げ、続きを促した。「俺は海派だな。結婚していた頃も、旅行といえばビーチリゾートだった。新婚旅行はグアムだった」

「楽しかったんでしょうね」

「そうね」と神谷は目を細め、水平線のあたりに視線を伸ばした。「ツアーのオプションで、リーフエッジまで船で行って熱帯魚に餌をやるシュノーケリング体験があって。元妻は船酔いがひどくて、ポイントに到着する頃にはぐったり。それでも『せっかくだから』って真っ青な顔で海に入った。でもやっぱりつらくて、その場で吐いちゃってね。そしたら、そこに熱帯魚が群がって。あとはお察しのとおり。熱帯魚なんて、きれいに見えるけど、何を食ってるかわかったもんじゃない」

「奥さん、かわいそうに」

「うん。でも俺はそのとき、ちゃんと、かわいそうって思ってやれてなかったかも。『大丈夫？』って背中をさすってやった記憶はあるよ。でもそれは周りの人の目が気になって、良い旦那ぶっただけだったのかもしれない」

「傷つけた後悔があるから、後付けで、そんなふうに思えるだけなんじゃないですか」

「そうかな。でも、自分で言うのも悲しいくらいに、くだらない人間だったから。いつも他人の目ばかり気にして、良く見られたい、凄いと思われたいって。妻のことだってそう。あんなに大事な人が隣にいたのに、俺の目はいつも、大事なものじゃなくて、自分のものじゃないものばかり求めてキョロキョロしていたからね」

「そっか。素敵な人だったんですね」

神谷は相変わらず水平線あたりを見ながら頷いた。

「そういえば彼女、新婚旅行のホテルで夕飯を食うときには、わざわざ日本から持ってきた浴衣に着替えていた。気合入りすぎだよって笑っちゃったけど、あれだって、俺のために一生懸命だったんだよな。たぶん、見栄っ張りの俺に恥をかかせまいと。結婚してからは専業主婦で、ろくに小遣いなんてあげてなかったのに、頑張って貯めたんだろうね」

神谷が世間に叩かれたとき、奥さんまで巻き添えをくらって、浪費家の悪女のように取り上げられていた。吉沢は心の中で元奥さんのために、無責任な雑誌記者やネット民に向かって激しく舌打ちしてやりたい気分になった。

「旅行のときだけじゃない。浮ついたことばかりしてた俺に、彼女はいつも辛抱強く向き合ってくれた。全部、あの子に矯正された。最初のうちはうるさいなって思ったけど、そのうちに、彼女の好きな自分を演じるのが苦じゃなくなった。演じているとも思わなくなったし、すごく心地よくなった。まるで自分がマトモな人間になれたような気がしてね。今思えば、間違いなく、俺らは幸せだったんだと思う。いや、彼女のおかげで、俺が幸せにしてもらえたと言うべきだろうね。でも、そのありがたさに気づくのが遅かった。ていうか、気づかないまま終わった。時間を巻き戻せるなら、あの頃の俺自身の胸ぐらをつかんで、ぶん殴ってやりたいね」

二人で同時に缶に口をつけ、飲み、同じくらいの深さのため息をついた。

「でもきっと奥さんは、神谷さんと一緒にいたことのすべてを恨んだり後悔したりしているわけじゃないと思いますよ。完全な悪者なんていないって神谷さん自身が言ってたじゃないですか。神谷さんだって、完全なアホ夫でもなかったんじゃないですか?」

神谷は「言うねえ」と短く笑い、缶の表面についた白い砂を見つめた。その横顔はとても悲しそうだった。彼からこんな話を聞かされて面喰らいはしたが、昔、キャンパスやテレビで見ていたＩＴ寵児時代の顔よりも、こっちのほうが断然好きだな、と吉沢は思った。

「奥さんとは戻れないんですか?　今からでも遅くないと思いますけど」

「無理だね」と神谷は感傷の介入を許さない、断定的な声で言った。

「どうして。今だったら、ちゃんとやり直せるんじゃないですか。僕なんかに言われたくないだろうけど、神谷さん、今のほうがいい男だと思いますよ」

「あはは、ちょっと痩せたからね」と神谷は茶化そうとした。

「そういうことじゃなくて。でも、ほんと、ダメ元で気持ちを伝えてみればいいのに」

それから昼頃までビーチにいたが、神谷は結局、海には入らなかった。じつは神谷も泳ぎが苦手なのではないかと勘繰り、浮き輪を差し出して勧めてみたが、「俺はいつでも来られるし、今ちょっと風邪気味だから。気を遣わず、君は女子大生と思う存分、乱痴気しておいでよ」と取り合ってくれなかった。

ビーチハウスでシャワーを浴びて、体についた砂を落とし、浮き輪を返して、ポロシャツとハーフパンツに着替えた。神谷は白のTシャツのままだった。

腹が減ったから何か軽く食べようかと神谷が言うので、ホテルのオープンカフェで昼食をとった。吉沢は大きな宮古牛バーガーを食べた。したたる肉汁が濃厚で美味しかった。神谷は自分から言いだしたくせに「やっぱり、あまり食欲がないや」と、サラダしか食べなかった。

皿を下げてもらい、アイスコーヒーを飲みながら、仕事の話を聞いた。本業のネット関連ビジネスは、思った以上にこぢんまりとしたもので、たしかに人を雇う必要はなさそうだった。一方で、まだ計画段階ではあるが、プライベート・ジェットを使った「空のタクシー・プロジェクト」はやはり壮大で、顧客のターゲティングから実際の運航プランまで具体的に練られていて、いかにも神谷らしい感じがした。

「丘の上の土地を売って欲しいからこんなことを言うわけじゃないと、予め断っておくけど」と吉沢は言った。「そのプロジェクトは成功する確率が高いと思う」

「ほう、巨大デベロッパーのエースに褒められると、ちょっとその気になるね」と神谷は微笑んだ。

「エースじゃない、元エースです」

「へえ、エースだったことは認めるんだね」と神谷はからかって笑う。

「とにかく、お世辞抜きで素晴らしいと思います。そのためにも、早くあの土地を売って、初期投資に充ててほしい。もちろん、こんなに優れたプランなら、銀行も喜んで融資すると思います。だけど、しょせんは借金ですからね。自力でできるところはやったほうが、あとあと銀行から経営に口を出されるうざったさもないはずですよ」

「正論だね」と神谷は言った。それまでの柔らかな感じとはうって変わって、ぞっとするような冷たい口調で。「だったらこっちも正論で言うよ。君の会社には不透明な部分がある。そこがクリアにならないかぎり土地は売らないと、前回伝えたはずだよ。それはどうなった？　いや、事態はさらに不透明さを増しているんじゃないか？　今まで俺との交渉を担当していた岩井という人が死んだのはなぜ？　彼には怪しい噂もあったんでしょう？　それと今回の事件には関係があるの？　ねえ、偉そうに説教する前に、まずは君が調べた結果を正直に話すべきじゃないのかね」

吉沢は言葉に詰まった。何と答えればいいのだ。たしかに、岩井の死と、彼がこれまでにしてきた用地買収の間には因果関係があるように思える。しかしそう言いきるだけの確証はない。かといって、ここでこのまま黙っていれば、神谷は愛想を尽かして、土地売買の交渉には応じてくれないだろう。

息苦しくなるような長い沈黙のあとで、吉沢はタオルに包んでおいたスマホを取り上げた。そして例のサイトを表示して、神谷に見せた。

「なるほどね」と神谷は時間をかけて書き込みを読んだ後で、乾いた声で言った。「どうやら岩井という男が農家から土地を騙し取ったり、風評でカフェを廃業に追い込んだりしたのは事実のようだね。そして彼は、その恨みを持つ誰かに殺されたと」

「ここに書かれたことを信じれば、たしかにそう思えます。でも本当に信用できる情報かどうかはわからない。ここには不正の証拠として社内メールらしいものが載っているけど、支社のサーバーをいくらほじくり返しても、そんなものは出てこなかった。そもそもこのメールは、肝心のアドレスや名前が塗りつぶされていて、信憑性は怪しい。恥ずかしながら社内ではエグゼに反対する人たちもいるから、邪魔するために捏造した可能性もある」

「でも、岩井という人の遺体が発見される前に、このSNSの書き込み主は、その死を予言している。たんなる身内の嫌がらせで、ここまではできない」と神谷は言った。

「そうだよね」と頷くしかない。「そのとおりだと思う。この予言を書き込んだのが犯人自身である可能性はあると思う。そいつに聞けばすべての真相が明らかになるかもしれないとも。警察もそう考えて必死に探しているらしい。でもこのサイトがあまりに複雑で、割り出すのは難しいという話だよ」

「複雑っていっても、しょせん、海外のサーバーを経由させて、発信源に辿り着きにくくさせている程度だろう」と神谷は挑むような口調で言った。吉沢にというよりも、小賢しい手を使って正体をくらましている匿名の書き込み主に対して挑むように。

「なんでわかるの？　警察もそう言っているらしい」

「そりゃ、ITの寵児だからね。厳密には、元・寵児だけど」と神谷は久々に苦笑した。

「じゃあ、神谷さんなら犯人に辿り着ける？」と吉沢は聞いた。

「まあね。少し時間はかかると思うけど」と神谷は自信に満ちた頷きを見せる。

「お願いします。神谷さんに提供すべき情報を、神谷さんに突きとめてもらうなんて、ムシのいいお願いだとは百も承知だけど。他に術《すべ》がない。でも僕も本当に真相を知りたい」

「わかったよ」と神谷は半ば同情し、半ば呆れるような顔で言った。「そのかわり、君のほうは、このメールが本物かどうか、社内で手を尽くして調べてみてよ」

「やってみる。でも正直、見つかる可能性は低いと思う。サーバーはすでに調べたけど出てこなかったから」

「簡単にあきらめるな」と神谷は苛立たしそうに言う。「まずは必死こいて探してから悩めよ。この仕事で本社に返り咲きたいんでしょう？　だったら意地で探しなよ」

うーんと唸りながらも、吉沢はふと、自分にもまだ打てる手が残っていることに気がついた。

本社の総合情報室にある大サーバーを探ってみる手はある。基本的には支社のサーバーと同じものが保存されているだけだから、見つかる望みは薄いだろうが、何もしなかったと言うよりは、神谷も納得してくれるだろう。総合情報室の前川に頼めば、「なんや、面倒やなあ」と偽関西弁で文句を言いながらも調べてくれるはずだ。

しかし、万が一そこであのメールが見つかってしまったら、それはそれで厄介なことになる。岩井の不正を告発したのは社内の誰かである可能性が高まるからだ。しかも支社のサーバーから故意に削除されていたということにもなる。だとすれば、その誰かは支社のメンバーだ。

「もし探し出せたら」と吉沢は聞かないわけにはいかなかった。「もしこの現物が社内で見つかったら、神谷さんはどうするんですか。前に、コンプライアンス上、問題のある会社との取引には応じないとおっしゃっていましたよね。だとすれば、僕が探し出さなければ売ってもらえないし、探し出したところで、やっぱり売ってもらえないということになるんじゃないですか？」

「売るよ」と神谷は即答した。「本当に君が疑惑の真相を明らかにしたらね。もちろん、コンプライアンスの問題はクリアしてもらわなきゃ困る。疑惑が事実であれば、君の会社が謝罪して、被害者や世間が納得して、はじめて俺は交渉のテーブルにつく」

七ツ森のナマズのような顔が思い浮かぶ。もしもそんなことになれば、岩井にまつわる問題を暴いてエグゼを中止に追い込み、佐川を追い落としたうえで、できることなら世間に対しては公表せずに会社を守るという彼の目論見は破綻する。吉沢が問題を暴いた瞬間、地所の悪事は、塗りつぶしのない証拠メール写真を添えて、神谷の手によって世界中に拡散されることになるかもしれない。

そうなったら、俺自身はどうなるのか、と吉沢は思った。真相の暴露によってエグゼが吹っ飛べば、佐川によって本社に返り咲かせてもらう望みは絶たれる。しかし、真相を明らかにできず、神谷に土地を売ってもらえなければ、やはり本社への道は閉ざされる。どちらにしても厳しい結末しか待っていないように思える。

吉沢は脳内の暗い想像を断ち切るために、ふっと短く息を吐いた。考えても無駄だ。とにかく探すしかない。エグゼが成功しなければ本社に返り咲けないし、エグゼを成功させるには神谷から土地を売ってもらうしかないのだ。やるだけやって、あとは運を天に任せるしかあるまい。

「わかった。探してみる。全力で」と吉沢は言った。

「そ」と神谷は拍子抜けするほどに軽く言った。「じゃあ、明日も会おう。夕方四時。うちに来てよ。それまでにわかったところまででいいから、報告して」

まるで人づかいの荒い上司のようだ。しかしもちろん文句を言える立場ではない。

その後はしばらく、どうでもいい世間話や学生時代の思い出話をしたが、風邪気味だという神谷は話しながら何度も咳込んだ。ガス漏れのような力のない咳だった。大丈夫かと吉沢が尋ねると、神谷は「どうも夏風邪が長引いていてね」と苦しげに顔をしかめ、首を横に振った。そしてポケットから小さなプラスチック製のピルケースを取り出し、つるりとした楕円形の白い錠剤を一錠、掌《てのひら》に出して、こちらに見せた。そして「咳止め。これを飲めばちょっとは楽になるから大丈夫」と微笑んで飲んだ。

しかし咳はいっこうに治まらず、時間が経つにつれて表情もますますつらそうになってきたので、一時間ほどで切り上げた。

神谷はホテルまで送り届けてくれたが、帰り道はほとんど口をきかなかった。

「つらいのに、無理をさせてしまって、すみませんでした」と吉沢は詫びた。

「いや、こちらこそ」と神谷は痛々しい感じのする笑みで答えた。

9. 陽気すぎる苦情主

八月二十六日(土)夜

部屋に戻り、ポロシャツと水着とTシャツを洗濯機に放り込んだ。ボクサーパンツ一枚でベッドにうつ伏せになって、総合情報室の前川宛てに、本社の大サーバーを調べてほしいとメールを打ち、そのまま力尽きたように眠りに落ちてしまった。

気づくと、窓の外はすっかり暗くなっていた。洗濯機は止まり、スマホには前川からの返事が届いていた。案の定、〈なんや、面倒やなあ〉という書き出しだったが、それでも前川は、休み明けの月曜に探してみると言ってくれた。

脚にピリピリとした痛みを感じた。上半身を起こして見てみると、膝から下が真っ赤になっていた。鏡でたしかめようとバスルームに行くあいだも、皮膚がうしろから引っ張られているようで歩きづらかった。

鏡の前に立つ。Tシャツと海水パンツで隠れていた部分を残して全身が真っ赤になっていた。日焼けだ。わかったとたんに体じゅうが火照っているように思えてきた。

冷水でバシャバシャと顔を洗っていると、腹が鳴った。宮古牛バーガーがヘビーだったので夕飯は要らないかなと思っていたが、日焼けした皮膚の内側で、胃腸はせっせと消化吸収していたのだろう。洗濯機の蓋を開け、ポロシャツとTシャツと海水パンツをハンガーにつるし、カーテンレールにひっかけた。かわりにハンガーから外した別のポロシャツを、皮膚のヒリヒリに顔をしかめながら着て、ホテルを出た。

南側に見える居酒屋のネオンを頼りに、飲食店街に向かった。若い観光客が多い。すでに酔って足取りがおぼつかず車道にはみ出て、行く手をふさがれた車がヒステリックなクラクションを鳴らしている。通りには沖縄料理店と焼肉店が多い。店内からは民謡の音色と肉を焼く匂いが漏れ出している。それを嗅いでまた腹が鳴る。どこでもいいから入ろうと何軒かのドアを開けたが、どこも満員だった。

仕方なく一ブロック南に行ってみた。その通りには飲食店が少なく、観光客はほとんどいなかった。シャッターを下ろした土産物店とジェラート店の間に、こぢんまりとしたビストロがあった。窓からのぞくと、手前には白いクロスがかけられた四人掛けのテーブルが二つ。その奥にはカウンター席も見える。シックな照明で少し高そうな雰囲気だが、カウンターがあるということは、一人で入っても嫌な顔をされることはないだろう。そもそも、それほどたくさん飲み食いするつもりもない。多少高くても大丈夫だ。

ドアを引き開けた。昭和の喫茶店のようなベルの音と、「いらっしゃいませ」という女性店員の明るい声に迎えられた。

カウンター席の一番奥に通された。女性店員がカウンターの向こうからおしぼりを出してくれた。よく日に焼け、眉と瞳がくっきりした美人だ。胸の膨らみが控えめに浮き出た無地の白いTシャツに〈優奈《ゆうな》〉と丸っぽい字で書かれたプレートが付けられている。

吉沢はオリオンビールのグラスを注文した。

「お客さん、初めてですよね」

「はい」と答え、冷たいおしぼりを火照った腕に押し付ける。気持ちいい。

「旅行？　何泊？」と敬語抜きで尋ねる優奈の笑顔は人懐こい。

「旅行じゃなくて、仕事で。転勤でこっちに来まして」

「え～！　じゃあ、私と一緒」と大きな目を輝かせる。

「地元の方じゃないんですか？」

「やっぱりそう思った？」ときれいな白い歯を見せる。「黒いし、顔も濃いから、初対面の人には絶対にそう言われるんです。でも生まれも育ちも埼玉。南の島どころか、海なし県。つい三か月前までは東京で働いてたんですよ」

「一大決心ですね。なんで宮古島に？　マリンスポーツですか？」

「それもあります。サーフィン大好きだから。けど、さすがにそれだけじゃ移住はしないかな。まあ、ちょっと東京に疲れて、のんびりしたくて。一応、今は、市民病院で働いているんですけどね。医師なんです。こう見えて」

頭の中で、白衣姿の彼女を思い浮かべる。それはそれできっとよく似合うことだろう。

「すごい。じゃあ掛け持ちのバイトってことですか？　大変ですね」

「病院のほうは穴埋めの非常勤で、週に二日しか入っていないから。あ、ここでバイトしているのは内緒ですよ」

メニュー表を手渡してくれた。恐れていたほど高くなくて安心したが、思っていたよりもメニューが豊富で迷ってしまい、結局、五千円で収まるように、適当におすすめの料理と酒を出してもらうことにした。

出された料理はどれも美味しかった。シェフが昼間、自身の船で釣ってきたという白身魚は、皮を炭火であぶってからさっとバターソテーしてあった。パリパリした皮の食感と、ふわふわの身のバランスが絶妙だ。合わせて出された白ワインも軽すぎずに美味しい。次に宮古牛のステーキが出た。ひと口サイズが二切れ。レアで柔らかく、口の中を満たす肉汁が濃厚だ。赤ワインにもよく合う。

二杯目のワインを飲み干したところで、急に体がずんと重くなった。しばらくすると、だるさと寒気が全身に広がり、胸やけのような気持ち悪さまでこみ上げた。

「調子、悪い？」と、肉の皿を下げながら、優奈が心配してくれた。

「なんだろう、急に寒気がして。大丈夫だと思うけど」

「来たときより顔が赤いね。目も充血してる」と優奈は医師問診のような口調になる。「もしかして、昼間、海に行った？」

「はい。せっかくだからちょっと焼こうかなと」

「宮古島の陽射しを甘く見ちゃダメだよ」と優奈は呆れ顔で言う。「一日に焼いていいのは五分間だけ。みんな知らずにテンション任せで焼いちゃうから、あとで大変なことになるのよ。それ、火傷だからね。放っておくと水ぶくれになるから、すぐ冷やして」

優奈はくるりと背を向け、大きな冷凍庫のひきだしを開けて氷を取り出し、ビニール袋に詰め込んでくれた。甲斐甲斐しく働くデニムの小ぶりな尻にぼんやり見惚れてしまった。優奈はぱっと振り返り、吉沢の視線が寸前までどこに向けられていたのかを察知したのか、「まったく」と言わんばかりの顔で、氷の袋を「はい」と手渡してくれた。

「帰ったら、化粧水をよく塗り込んで。できればアロエの化粧水ね。あと、冷却シートも貼っておくといいですよ。剥がすときにちょっと痛いかもしれないけど」

氷袋を額に押し付ける。生き返る。しばらくすると、頭も少しすっきりした。

「えっと」と優奈は首を傾げた。

「あ、すみません、吉沢です」と名乗り、財布から名刺を取り出して渡した。

「へえ。地所さん。じゃあ健診はうちの病院ね。転勤って、今まではどこに？」

「東京です」と、そっけなく答える。過去の話に興味を持たれ、また日本橋の自虐話をするのは御免だ。

「優奈さんは、このまま島に永住するんですか」

「どうかなあ。あんまり深く考えずに、勢いで飛び込んじゃったから。でも住んでみたら、のんびりしているし、みんな優しいし、海もきれいだし。たしかに永住もいいかも」

「たしかに海はきれいですね。前浜に行ったんだけど、今まで見た中で一番でした」

「でしょ？　でも少しずつ変わっちゃうのかも」と言い、優奈は新しいおしぼりを出してくれた。

「新空港もできて、ＬＣＣとか国際便も増えたから、若い人とか中国とかのお客さんも増えるよね。島の人は複雑な気持ちみたい。お金を落としてもらえるのは嬉しいけど、そのぶん騒がしくなるし、汚れるし」

「そうですね。うちみたいに図々しく乗り込んで来て、別荘地を造ろうという会社まで出てくるし」と吉沢は自虐の冗談のつもりで言った。

するとと優奈は、人差し指をピンクの唇に当て、顔をしかめて首を横に振った。そして、少し細めた横目で、窓際のテーブル席を見た。そこには、あとから入ってきた、Ｔシャツに短パン姿の男性四人組がいた。ボトルのワインを飲みながら賑やかに談笑している。

「どういうこと？」と吉沢は小声で尋ねた。

「畑を潰して、おたくの会社に売った人たち。ここの常連」と優奈も小声で答えた。

吉沢は反射的に身を乗り出した。「もしかして、うちの評判、悪いの？」

優奈はいったんカウンターの奥に姿を消し、バックヤードを回り込んで、脇からこちら側に出てきた。空いたグラスを片付けながら、そっと吉沢の耳もとに顔を寄せる。

「このあいだ亡くなった岩井さんという人。だいぶ評判が悪かったみたい」

はっと振り返る。優奈の唇が目に飛び込み、とっさに視線をそらす。

「みんな、土地を騙し取られたって文句を。すごく腹を立てて、苦情も言ったとか言わなかったとかいう話。岩井さんが亡くなったのも天罰だって」

まさかこんなところでそんな話を聞くとは。吉沢は顔をこわばらせる。

「噂だと、売却に応じなかったカフェの店主さんを、コロナでクラスターを出したという風評で追い詰めて殺したんだって。ねえ、本当にそんなことがあったの？　ひどすぎない？」と聞く優奈は不道徳を責めるような目になっている。

「そういう噂があったことは知っています」と吉沢は正直に言った。「でも本当にそんなことがあったのかどうかはまだわかりません」

「わからないって、何」と優奈は失笑し、ポケットから吉沢の名刺を取り出す。「副支社長さんなんだよね。ちゃんと調べたほうがいいんじゃない？」

「調べてますよ」とついムキになって答え、すぐにため息をつく。「でも今のところそんな証拠は出てきません」

頭の中には、送受信者が黒く塗りつぶされたメールの文面が思い浮かぶ。果たしてあれは本物なのか。それともやはりエグゼを快く思わない誰かの悪趣味なイタズラか。週明けに届くであろう前川の連絡が待ち遠しいような、そうでないような。

「で、優奈さんは、どうしてここでバイトすることに？」と吉沢は、自分でもうんざりするほどの不器用さで話題を変えた。

「ああ、たまたま」と優奈は言った。「最初のうちは客として来ていたんだけど。店長も常連さんもいい人たちだし、賄《まかな》いのご飯も美味しいし」

「たしかにどの料理も美味しいですもんね」と作り笑いで頷く。

しかし優奈は、つられて笑ったりはしなかった。

「吉沢さん、余計なお世話かもしれないけど、岩井さんのこと、ちゃんと調べたほうがいいと思いますよ。うちの常連さん以外にも、実際にはもっとたくさん騙された人や追い詰められた人はいると思うから」

まるで優奈自身が被害者たちの話を聞いてきたかのような決めつけぶりだ。どういうことなのだ、と詳しく聞きたかったが、優奈は酔いの回った常連客たちに「優奈ちゃん、こっちの相手もしてよ！」とキャバクラと勘違いしたような声をかけられ、行ってしまった。

常連客たちはそれから一時間ほど、優奈にもワインを勧めながら飲み続けた。途中、「大日本地所」とか「岩井」とかいう言葉も断片的に聞こえた。吉沢がちらちらと振り返るのに気づいて、ひげ面の店長が「なんだか、すみません」とマンゴーのシャーベットをサービスしてくれた。吉沢が優奈を横取りされたことで嫉妬しているのだと思ったのかもしれない。

最初のうちは、何か岩井に関する話が飛び出すのではないかと必死に聞き耳を立てていたが、吉沢はしだいに、常連客たちの様子を不審に感じはじめた。地所に騙され、岩井を恨んでいるにしては、表情も声も明るい。岩井の死を歓迎する、ゆがんだ盛り上がりなのかとも思ったが、そのうちに、「なんで殺されちゃったのかな。なにも、殺すまでしなくてもいいのにな」という声まで聞こえてきた。

予め会計を済ませておき、常連客たちが「じゃあね、優奈ちゃん」と手を振って出ていったのを追って、吉沢は店を出た。

四人は肩でも組みそうな騒々しさで、繁華街のある北に向かって歩き出した。もう一杯飲みなおすつもりか。吉沢は早足で追いつき、「すみません」と声をかけた。四人は一斉に振り返った。皆、顔が赤く、目がとろんとしている。

「エグゼタウン予定地の地権者の方ですよね」と吉沢は言った。

四人の顔に、正体を知られている気味悪さと、土地持ちである誇りを半分ずつ混ぜたような、いびつな笑みが浮かんだ。

「そうですけど」と一番年上に見える男が一歩前に出た。よく焼けた顔には深いしわが何本も刻み込まれている。五十代半ばくらいだろうか。白髪まじりの短髪をジェルでツンツンに立たせている。ラフに見えたTシャツは、胸に高級ブランドのロゴ。銀の腕時計はオメガ。白い革のスニーカーも、吉沢が履いている量販店の安物には出せないつやがある。

「すみません、突然呼び止めて。僕もさっきまで同じ店で食事をしていて。優奈さんから皆さんのことをちょっとだけ聞きまして、ご挨拶申し上げようかと」

男の顔から警戒感が薄らいだ。優奈の美貌でも思い出したのかもしれない。しかしその顔は、吉沢の次のひと言でこわばった。

「大日本地所の吉沢と申します。エグゼでは大変なご理解とご協力を賜って、感謝しております。このたびは弊社の岩井のことでいろいろとご迷惑とご心配をおかけしまして」

「あ、いえ。ご丁寧にありがとうございます」と男はぎこちなく頭を下げた。「岩井さんのことは、あの、お悔やみ申し上げます」

吉沢は男に名刺を差し出した。男はズボンで掌の汗を拭ってから右手で受け取った。

「すみません、今、名刺を持ち合わせていませんで。私は菊池と申します」

「菊池さん」と言いながら、吉沢は半歩前に出て距離を詰めた。「岩井との話し合いで、何かご不快な思いをさせたことはなかったでしょうか」

「へ?」と菊池は素っ頓狂な声で聞き返した。「まさか、俺らが岩井さんを殺したんじゃないかと疑ってる?」

「そんなわけじゃないです」と吉沢は言った。そして短い時間で、これ以上踏み込むべきか否か迷ったあと、意を決して聞いた。「でも、ちょっと嫌な噂を小耳に挟みまして。土地の売買で、岩井の交渉に問題があったと」

「あ、いや、上司の方でしたら、岩井さんがどういう交渉をしていたのか、ご存知なんじゃないですか？」

「すみません、僕はつい先日こちらに異動してきたばかりで。しかもその日の晩に岩井があんなことになって、ろくに話をする機会すらなかったんです。よろしければ、じつのところどうだったのかお教え願えませんか。噂されているような問題があったとすれば、社として、しっかりとお詫びしなければなりませんし」

菊池は背後の三人を振り返った。三人は一様に顔をしかめ、気まずそうにうつむいた。それを見て吉沢は、やはり何かある、と確信した。

「僕が聞いているのはこういう噂です」と吉沢は言った。「岩井が、実際よりも高い金額で土地を買い取ると口約束をし、皆さんが畑を壊し、整地までして、もう後戻りできないところまできたのを見計らって、実際の金額を提示したと」

「いや、そんなことはなかったけどなあ」と菊池はまた三人を振り返った。

三人は壊れたオモチャの人形のように、かくかくと小刻みに頷いた。

嘘だ、と吉沢は思った。そして、なぜ彼らが認めないのかと不思議に思った。彼らがその件で優奈に悪口を言っていたことはわかっている。だったらここで吉沢にも苦情をぶつけ、当初の口約束どおりの金額を払えと訴えればいいではないか。なぜそうしない。あるいは岩井が彼らの不満をそらすために何らかの手を打ち、彼らは懐柔されたのだろうか。だとすればどんな手だ？

吉沢はひと芝居打ってみることにした。

「あれ？　菊池さん？　ああ、菊池さんて、もしかしてあの菊池さんか」と、今ひょいと思い出したような顔をこしらえる。「たしか以前、苦情の連絡をくださいましたね。僕はここに異動になる前、本社でクレーム対応をしていたので」

完全なデタラメのハッタリだったが、菊池の顔は明らかにこわばった。

「ああ、そんなこともあったかな」

もうひと押しだ。吉沢はスマホを取り出し、忙しく指を動かして、まるでそのときの記録がスマホに保存されているようなふりをした。こうなれば勧進帳だ。

「ああ、やっぱり。菊池さん、ちゃんと記録が残っていますよ」

「そう。残っているなら、したんでしょうね。よく覚えていないけど」と菊池はふてくされるように言った。

「じゃあ、やっぱり問題があったんですね。教えていただけませんか」

「まあ、もしかしたら小さな行き違いはあったかもしれないけど、でも岩井さんは岩井さんで、立場があってのことだったんだろうし」と菊池は早口に言った。「コロナとか円安とかで、おたくの会社全体の業績が悪化して、エグゼの予算も大幅に削られて、どうしようもなかったんでしょう？　そういうことだったらしょうがないじゃない」

なるほど岩井はそんな方便を用いたのかと、吉沢は思った。しかしそれは嘘だ。たしかにここ数年、地所の収益は不調で、いろんな事業の予算が削られた。けれどもエグゼは一円たりとも削られなかった。佐川の肝煎り事業だから、聖域扱いなのだ。

岩井がどんな嘘で彼らを騙したのかは察しがついた。しかしまだ納得できない。仮に彼らがその嘘を信じたとしても、果たして「そうですか、地所さんも大変なんですね。では値下げに応じましょう」などと、気前よく大切な土地を手放したとは思えない。

「もしも皆さんが、岩井が亡くなったことに同情して、不満を飲み込もうとなさっているのであれば、どうかお気遣いはご無用で。この際、すべて打ち明けてくれませんか。こちらとしては、皆さんの大事な土地をお譲りいただいて、この先、末永く地元の皆さんに愛される別荘リゾートを造りたいと思っているわけですから、お話の内容によっては、きちんと補償しなければならないとも思うんです」

「ああ、それは大丈夫」と菊池は言った。「そのことは生前の岩井さんからもちゃんと説明されたから。今回は約束より安くなってしまって申し訳ないけど、その差額はエグゼの収益の中から補塡するって。丁寧に説明してくれましたよ。上の人たちもOKしているって。いま副支社長さんが言った補償って、そのことでしょ。大丈夫、聞いていますから。地権者全員にそういう補償をするわけじゃなくて、地権者のあいだで不公平感が出るといけないからあまりペラペラ話さないでくれって口止めされたから黙ってただけで。まあ、俺らもいっとき嫌な思いをしたけど、そこのしこりはもうなくなって、今はべつにおたくの会社にも岩井さんにも恨みはないから」

吉沢は絶句した。エグゼの収益を元地主たちに配分していくなどという話は一切ない。エグゼに限らず、そんな話は前代未聞、荒唐無稽だ。

「その補償について」と聞く吉沢の声は首を絞められているように弱々しい。「岩井は、きちんと書面でお約束したんでしょうか」

そんなものがあるわけがない。きっとそれも口約束で騙そうとしただけだろう。

ところが菊池は勢いよく頷いた。「そうですよ。ちゃんと文章も読んで、ハンコもついた。なあ」と三人を振り返る。三人も大きく頷いた。

まさか、と天を仰ぎたい気分になる。彼らの自信満々な様子からすると、書類はたしかに存在したのだろう。

その書類は今どこにあるのだ。岩井がシュレッダーにでもかけて証拠隠滅したのかもしれない。しかし契約書の体裁だったのなら、割り印をした残り半分の書類は、菊池たちが持っているはずだ。補償話そのものが嘘だったと知ったら、彼らはそれを手に抗議に乗り込んでくるだろう。あるいはネットにばら撒いて、地所の不実を糾弾するかもしれない。そうなれば、エグゼ企画完遂のために不正をもみ消したい佐川も、社内だけにとどめたい七ツ森も、なすすべがない。

いや、もしかしたら、もうすでに破滅は始まっているのかもしれない。あのSNSでは今のところ岩井らしき人物のメール文面が投げ込まれただけだが、その投稿者が地権者の一人だとすれば、菊池たちと同様に、偽の契約書を持っていて、それをネットに拡散してしまうのは時間の問題かもしれない。

「契約書、菊池さんの手もとにもありますよね」と聞く吉沢の声は震えた。

「いや、うちにはないよ」と菊池は何でもなさそうに答えた。「そういう配当って、すごくイレギュラーな特例だし、株主にバレると横槍が入るかもしれないから、内々で済ませたいんでしょ？　だから情報が漏れないように契約書は一通だけにしたいって、岩井さんが持って帰りましたよ。それに、社内でもかなりの特例措置で、反対する人もいるかもしれないから、このことはごく一部の限られた人しか知らないんでしょう？　だから、誰かが聞きにきても、あまりしゃべらないようにって言われていました。なので、このあいだ支社の女の人が聞きにきたときにも、何も言いませんでしたよ。岩井さんが亡くなったから、どうなるのか心配してたけど、副支社長さんも補償のことは引き継いでいるようで安心しました。今夜、お会いできてよかったです。引き合わせてくれた優奈ちゃんに感謝しなきゃね。なので、僕らのことはご心配なく。もう苦情なんて入れたりしないから。ちゃんと配当がもらえるように、エグゼの成功を祈ってますよ。なあ」

背後の三人は勢いよく頷き、「よし、じゃあ、いこっか」と足早に繁華街のほうへと消えていった。

吉沢はスマホを取り出し、総合情報室の前川に電話をかけた。

「おお、吉沢ちゃん、どないした？」と前川の声は相変わらず明るい。「メールの件なら、了解しとるで。週明け、早めに調べて、返事したるさかい」

「すみません、前川さん。追加で調べてほしいことがあるんです」

「おえおえおえ、勘弁してえな。今度はなんやっつうねん」

「以前、宮古島の菊池という男性から、エグゼの用地買収に関する苦情が来ていたはずなんです」

「それが今度の事件に関係しとるんかい？　もしかして、その菊池とかいう奴が犯人なんか？」

「それはないと思います」

吉沢は、菊池から聞いた話をかいつまんで説明した。

「なるほど、そりゃまた、奇妙な話やなあ」と前川は言った。「ようわかった。それも調べてみよ。メールの件とあわせて、週明けでええな？」

「できれば早めに調べていただけるとありがたいんです。じつは明日の夕方、また神谷と会うんです」

「ほええ、明日は日曜やぞ。休日返上で調べろってか？　人づかいが荒いわあ」と前川は言ったが、その声はどことなく楽しげだった。

10. 復活の地での別離

八月二十七日(日)午後

前川が電話をくれたのは、日曜の午後だった。

「朝から会社に出て調べてやったで。今度上京したら、鰻か寿司、驕ってや。安い手羽先でごまかしたらアカンで」と前川は陽気な声で笑ったが、すぐに真剣な口調に切り替えた。「ただな、今回調べてやれたんは、苦情データベースのほうだけや」

「そうなんですか？　大サーバーのメールは？」

「それがな、何とも間が悪いことにメンテや。よりにもよって年に一度の。ほれ、危機管理部が仕切って、毎年、八月末の創立記念日あたりにやっとるやろう。あれや。うちが黙ってこそこそ調べると、危機管理部の連中がうるさいやろうと思うて、一応、仁義切ったんや。あんたから頼まれたことも正直に伝えてな。そしたら、島津っちゅうクソ生意気な若造が『ああ、ダメですよ、メンテですから』って。まあ日曜のうちに済ませようっちゅう配慮なんやろうけど、あんたにとっちゃ不運だったわな。あいつらも気がきかんっちゅうか何ちゅうか、融通きかせいと思うけどな。まあ、そういうわけで、サーバーのほうは今日いっぱいは無理そうやな」

「そうですか」と、前川には申し訳ないと思いつつも、ついため息をついてしまう。

「まあ、しゃあないやんか。見られるようになったらすぐに調べたるから、待っとり。そんでな、苦情のほうやけど、たしかに、宮古島の菊池直之という人から苦情が来とったで。土地を騙し取られたという話やった。吉沢ちゃんがゆうべ会った奴で間違いないやろな」

「そうですか、ほんと、ありがとうございます」と吉沢は電話に向かって頭を下げた。「対応記録は？」

「ああ、支社で対応済みということになっとるよ。菊池の勘違いで、苦情は引っ込めてもろうたと」

「なるほど。わかりました。ほんと、休日にすみませんでした。メールのほうも、申し訳ないですが、できるだけ早めにお願いします」と吉沢は電話を切り上げようとした。

「ああ、ちょっと待って！」と前川が叫ぶように言った。「この件な、どうもきな臭いし、胡散《うさん》臭いで。その菊池っちゅう奴と同じような苦情が、同じような時期に何件か来とった。でもどれも、電話は一本だけや。おかしいと思わんか。普通は同じ人から何度も何度もかかってくるもんやけどな。どれも支社で対応して、その後はぱったりや。そりゃまあ、岩井っちゅう奴がよっぽど優秀で、どれも一発で納得させたのかもしれんよ。けど、ふつうに考えて、あり得へんやろ」

「そうですね。怪しいとしか言いようがないですね」

「まあおそらく、吉沢ちゃんの想像どおり、汚い嘘で騙したんやろな。騙しの上塗りっちゅうやつや。その岩井がこの先どうするつもりやったんか知らんが、死んだとなりゃ、バレるのは時間の問題かもしれんな。そんなことになりゃ、ナマズの七ツ森がここぞとばかりに出しゃばって来て、佐川のおっさんもついに万事休すかもな。あ、そうなったら吉沢ちゃんのエース復帰も、夢幻のごとくなりやな」

「洒落になりませんから」と吉沢は苦笑した。笑えるような気分ではないが、笑いでもしなければとてもやっていられない。「とにかく、ありがとうございました。次にそっちに行ったときには必ずご馳走させてもらいます」

「鰻か寿司な。あ、なんなら、乱痴気合コンに誘ってくれてもいいんやで」

吉沢は笑い声だけ残して電話を切った。そしてそのままスマホを操作し、水田にかけた。

「は？ 菊池さん？ うーん、覚えてないなあ。というより、用地買収のことは岩井君に任せていたからね」と水田は言った。

「でも菊池さんは、岩井が契約書まで用意してきて、捺印済みの物を持ち帰ったと話しているんです。もちろん偽物です。いくら岩井がエグゼの仕事を抱え込んでいたとはいえ、たった一人でそんな危ないことをするでしょうか」

「もしかして、俺が関わっていたと言いたいの？」と水田は心外そうな声になった。

「いや、べつにそこまでは……」

「考えてもみてよ。そんなことをして、一番責任を負わされるのは俺だよ？ たしかに俺は、吉沢君のような優秀な地所マンではなかったけど、さすがにそこまでアホじゃない」

「ご不快にさせてしまったのなら、すみません。でもどうも気味が悪いんです。そんな大それた詐欺行為を、岩井が一人で思いついて実行したとも考えづらくて」

「じゃあ、佐川の指示なんじゃないか？　あの人としては、エグゼはどんな手を使ってでも成功させたいだろうから」と水田は言った。「だとすれば、仮に岩井が本当にそんな偽書類まで作って地権者を騙していたとしても、その紙はもうこの世に存在しないんじゃないかな。残していたって、悪事がバレる危険性しかないからね。裏で佐川が操っていたんだとすれば、自分の地位を失いかねないそんな爆弾はさっさと処理しちゃうだろうね」

水田は「まあ、吉沢ちゃん、今日は休みなんだし、ゆっくりしてよ。こっちに来てからずっとこの件で振り回されて疲れきっているだろうから」と一応の労いを口にしてから、さっさと電話を切った。

夕方。タクシーで神谷の自宅兼事務所に向かった。車窓からは、左手にサトウキビ畑、右手に海が見えた。太陽はだいぶ傾き、白かった陽射しに黄色が混じり始めていた。その太陽が無数の破片に砕けて降り注いだように、海面はきらきら輝いている。吉沢は人差し指を伸ばし、色を数えた。グラデーションの境目を一色とカウントしても、やはり六色しかなかった。

四時に着いた。インターフォンのボタンに指で触れた瞬間にドアが開いた。吉沢は驚いてのけぞった。

「ごめん、ごめん。タクシーを降りるのが窓から見えたから」と神谷は笑った。シンプルな白いシャツの袖を少しだけまくり上げている。

　靴を脱ぎ、出されたスリッパを履いて、事務所に入った。神谷はソファを勧め、よく冷えた麦茶のグラスを二つ、ローテーブルに置きながら「あれ？　日に焼けた？」と言った。

「昨日のビーチで。焼き過ぎたみたいで」と吉沢は答えた。

「ごめん、気をつけるように言っておくべきだった。俺も最初、痛い目に遭ったよ」と苦笑気味に言い、神谷は咳きこんだ。乾いた感じのする弱い咳だ。

「体調、戻りませんか」と吉沢は案じた。

「ダメだね」と神谷は胸に手を当て、顔をしかめた。「煙たい街で育ったから、肺と喉は強靭なはずなんだけどね」

「大丈夫？　風邪をこじらせて肺炎になったりしないように、一度早めに医者に診てもらったほうがいいかもよ」と吉沢は勧めた。

　神谷は口を尖らせて細く息を吐き出した。「ごめん、たぶんこれで収まったと思う。あ、SNSの投稿者、調べてみたよ。あのサイト、たしかに相当手が込んでる。追跡は大変だよ。経由している海外サーバーは一つや二つじゃない。下手すりゃ数千とか数万レベル」

「そうですか。さすがの神谷さんでもお手上げ？」

「おい、自尊心をくすぐるなよ」と神谷は笑った。「大変だとは言ったけど、無理だとは言っていない。まだ、たくさんいる書き込み主のすべてを突き止められてはいないけど、ポイントになりそうな書き込みについては、だいたいわかった」

「やっぱり、社内の人？　それとも島の人？」と吉沢は身を乗り出して聞いた。

「どっちも」と神谷は言った。「〈不正の証拠をつかんだ〉と言って、塗りつぶされたメールの写真を投稿したのは、君の会社の誰かかもしれないね」

「どうしてそれがわかるの？　うちの会社のサーバーに辿り着いたということ？」

「死んだ岩井というやつが前に送ってきたメールと同じサーバーと見て、ほぼ間違いない」

覚悟はしていたが、衝撃は大きい。ＳＮＳへの告発者は支社の誰かということだ。

考えられるのは二通りのパターンだ。

一つ目は、その誰かがわざわざ偽のメールを作って、しかも送受信者を黒く塗りつぶして投稿したという筋書き。

もう一つは、あのメールは本物で、その誰かがサーバールームに忍び込んで、サーバー管理用ＰＣを操作してあのメールを表示し、それをスクリーンショットで撮ったという流れだ。

後者であれば、その後、支社のサーバーからそのメールが削除されたことになる。削除したのもその人物なのか、あるいはまた別の人なのかという新たな疑問も生まれる。

いったい誰がそんなことをしたのだろう。岩井の不正疑惑を支社の誰が知っているのかはわからないが、怪しまれずにサーバールームに入れるのは、鍵を持っている水田か綾野だ。

無事に定年退職まで逃げ切りたい水田がそんなことをするとは考えられない。

では綾野か。彼女はおそらく、支社よりも七ツ森との繋がりを重視しているから、エグゼを頓挫させたい彼の密命を受け、不正の証拠を探し出した可能性もある。しかし、そうだとすれば、SNSに投稿するという行為は腑に落ちない。七ツ森はあくまで社内政争の武器にしたいだけで、世間には伏せておきたがっているのだから。

では土地買収に不満を抱いていた仲宗根はどうか。いや、彼はサーバールームの鍵を持っていない。貸してくれと申し出れば、何に使うのだと疑われるだろうし、彼が岩井に不満を持っていたことは皆知っているのだから、こんな投稿をすれば真っ先に犯人だと疑われることぐらい、自分でわかっているだろう。

「ちなみにそいつは、岩井が死ぬことになる日の日中に、こんな書き込みもしている」と神谷は自身のスマホを操作して、その書き込みを表示した。

〈担当者のIは今夜、上地の人気店Hで観光バス会社の接待だって。島民を騙しておいて、いい気なもんだ〉

「あの日、飲み会があるのを知っていたのは？」と神谷が聞いた。

「支社のメンバーなら、みんな知っていたと思う。あの日は俺の歓迎会があって、岩井があとから合流するつもりだというのは皆に知らされていたから」

「じゃあ、やっぱり、同僚の中に、岩井を嫌って、書き込みをした人間がいると考えたほうがよさそうだね」

「遺体発見よりも前に、死を予言していたのも同じ人なの？」と吉沢は聞いた。

「いや、それは違う」と神谷は即答した。「それはまた別のルートだね。でもたぶん、この近辺に住んでいる誰かだと思う。俺が使っているのと同じプロバイダーの、地元基地局を経由しているから」

「この近辺というのは、どのレベル？　前浜周辺？　宮古島の中？　それとも上地島まで含んでいるの？」

「その基地局のカバー範囲でいえば、上地島まで入るね」

「じゃあ、陽だまりという居酒屋の店主の可能性もあるのかな」と吉沢は聞いた。「彼は岩井を恨んでいた。風評被害で追い込まれたカフェで働いていたから」

「そうらしいね」と神谷は頷いた。「そうじゃなければ、わざわざそんな不吉な店の名前を引き継いだりしないだろうし。よほど、潰れた店では、良くしてもらったんだろうね」

「そうだね。おそらく不良少年だった彼は、そのオーナーのおかげで救われて、今の自分があるのもその人のおかげだと、すごく感謝していた」

「そうか」と神谷は唸った。そしてにっこりと笑った。「なんか、少しだけ救われるね。わざわざ移住までして店を開いたのに、岩井に潰されて、失意の中で死んでいっただけというのはあまりにも不憫だもんな。今でもそんなふうに思っている人がいるのは救いだね」

「話を戻すと、いまの陽だまりの店主の山城が犯人ということはあり得るわけだね?」と吉沢は、感傷的な方向に傾いた神谷の注意を、事件に引き戻した。「もし彼が岩井を殺した犯人なのであれば、あの夜に店の近くの上地大橋あたりで岩井を海に突き落して、翌朝に西平安名崎で遺体が上がるということにも矛盾はない。犯行を隠すために、うちの仲宗根さんが岩井と喧嘩をしていたことを警察にタレこんだのかもしれない」

「いや、俺は、それはないと思う」と神谷は、加熱する吉沢を落ち着かせるような冷静な声で言った。「岩井の死を予言したのと、最初に岩井の悪事に関する情報提供を呼び掛けていたのは、おそらく同一人物と見て間違いない。そいつは俺と同じ基地局のエリア内にいる。仮にこいつをAとしようか。そのAの呼びかけに応じて、君の会社にいるBが、土地の騙し取りやカフェ店主への誹謗中傷について暴露している。塗りつぶしのメールを貼り付けたのもBだ。まず、山城さんがBである可能性は、この時点でなくなる」

「山城がAである、つまり岩井を殺した犯人である可能性は残っているんだね。上地島も基地局のエリア内だし、彼には強い動機もある」と吉沢は言った。

「まあね」と神谷は言ったが、その声は、同感とは対極の乾きを含んでいた。「けど、彼がそんなに強い動機を持っているのなら、わざわざ他の人から岩井の悪事の証拠を集める必要はないでしょ。だから俺は、Aは山城じゃないと思うんだよ。むしろAは、山城のような強い殺意を持つために、あるいはそれを正当化するために、背中を押してくれる告発を募っていたように思えるね」

「そうだね。言われてみれば、たしかに」と吉沢はため息をついた。胸の中には無実であろう山城をむやみに疑ってしまった後味の悪さが残った。

二人で黙ったままソファに身を沈め、同時にため息をついた。吉沢は高すぎるコンクリートの天井を見上げ、Aの正体について想像をめぐらせた。

神谷の見立てでは、Aは、岩井への殺意を補強するための情報を募り、犯行を完遂したということになる。しかし納得がいかないところもある。Aは、どうして他人の悪意を借りてまで、殺意を高めなければならなかったのか。

たとえば、殺害の動機はじつはエグゼとはまったく無関係の、別のトラブルであり、犯行をカムフラージュするために、あたかもエグゼで恨みを抱いたように装った可能性はあるだろうか。しかし、岩井が島にやって来たのはわずか数年前だ。しかもその時間のほとんどをエグゼに費やしていたはずだ。エグゼ以外で恨みを買う暇すらなかっただろう。

ではAは、騙された地権者だろうか。しかし、裏でコソコソとこんなSNSに書き込むエネルギーがあるのなら、表の世界で地所に苦情を訴え続けたほうが、実利があるのではないか。運がよければ謝罪を受け、補償も受け取れるかもしれない。そうでなくても、憎き岩井を会社内で苦しい立場に追い込み、懲らしめることはできるのだから。けれども前川によれば、苦情は最近まったく来ていない。かつて苦情を言ったもののマトモに相手にしてもらえず、せめてネットに拡散することで溜飲を下げようとした可能性はある。しかし、その程度で溜飲を下げられるようなら、究極の怒りの表現ともいうべき人殺しまではしないのではないか。

「混乱させせちゃったかな」と神谷は、自分の首の付け根を揉みほぐしながら申し訳なさそうに言い、こちらをのぞき込んだ。「あくまで推論に過ぎないから参考程度にね。でも、あと数日くれたら、もっと正確なことを教えてあげられるかもしれない」

「でも、手間だよね。空飛ぶタクシーで、ただでさえ忙しいだろうに、これ以上お願いするのは申し訳ないよ」

「大丈夫。二十年来の友達の復活のために、俺のささやかな技能を活かせるのなら、喜んで協力しますよ」と神谷は冗談めかして言った。

「ありがとう」と吉沢は頭を下げた。

「まあ、二十年来の友達といっても、間の二十年は没交渉だったんだけどね」と神谷は笑った。

「とにかく、俺が犯人を見つけてやるよ。俺も何だか面白くなってきちゃってね。面白いというのは語弊があるかもしれないけど。ここまで来たらすべてを明らかにしたい」

「何から何まで申し訳ない。この件が片付いて、君との土地売買ができるようになったら、少しでも良い条件を提示できるように、俺なりに精一杯頑張るよ。空のタクシーについても、ぜひ応援させてほしい。新空港の施設を使うのなら、地所としても、いろいろとサポートや優遇ができると思うから」

「ほうほう、それは助かる」と神谷は作り笑顔で頷いた。「でもその前に、この件でも君に頑張ってもらわないと困るな。Bが誰なのか突き止めるのは君の役目だよ。いや、俺は、Bが誰かということ自体にはそんなに興味はないけどね。とにかくあのメールが本物かどうかをはっきりさせたい。何度も言うけど、俺はコンプライアンス上、問題のある企業とは一切、ビジネスをするつもりがない。あのメールが偽物で、地所が完全にイノセントであることを証明するか、あのメールが本物であることを地所が認めて謝罪するか。そのいずれかが、俺が土地の売買交渉に応じる最低条件だよ」

「わかってる。いま本社の信頼できる人にお願いして、調べてもらっているよ。一刻も早く報告できるように、全力を尽くす」と吉沢は決意じみた頷きで答えた。

背後のデスクで電話が鳴った。神谷は「内線だ。上のおばちゃんから。メシかな」と立ち上がって、スタイリッシュな黒の受話器を取った。

「了解、了解、いいねえ。今、友達が来ているんだけど、二つ作れる？　そう、ありがと。よろしくお願いします」

神谷は電話を切り、「吉沢君、よかったら夕飯食っていきなよ」と、小学生の男の子が友達を誘うように、『君』付けで言った。

「さすがにそれは。お気持ちだけで」と遠慮し、腕時計を見る。六時だ。「ごめん、夕飯時だね。そろそろおいとまするよ」

「うちの夕飯が早いだけだよ。お手伝いさんが七時に帰っちゃうから、それまでに皿まで洗ってもらうの。予定があるなら無理強いしないけど、たんなる遠慮だったら、食べていきなよ。お手伝いさんの宮古そば、美味いって教えたでしょ。今夜、あれだから」

特に予定はない。ホテルに帰ったところで、コンビニ弁当でも食べるか、また優奈の店あたりに行くぐらいしか思いつかない。結局、厚意に甘えることにした。

事務所の玄関を出て、外の階段を上がった。潮風が心地よい。太陽はさらに西に傾き、海は全体が黄金色に染まっている。今度神谷と海を見るときには、どこに七色目があるのか尋ねようと思っていたが、これでは無理だ。

二階の自宅の玄関を開けた。スリッパを出してくれたお手伝いさんは身長が低く、ボールのように丸々とした体だ。さっぱりと短い髪はきれいに白くなっている。笑顔のしわの感じからして七十歳くらいか。吉沢が「すみません、図々しく」と言うと、こちらまでつられて笑いそうになるにっこり顔で「何を何を。嬉しいさあ」と手まで叩いて喜んでくれた。

「お手伝いに来て一年になるけど、神谷君がお友達を連れて来て、夕飯まで食べていってくれるなんて初めてですよお。ねえ」

神谷は両手をズボンの尻ポケットに突っ込み、「そうだっけ」と照れくさそうに笑った。

お手伝いさんは「そうだよお」と神谷の肩をペシンと叩いた。

「この子は」と、お手伝いさんは神谷のことを息子のように呼ぶ。「さんざん痛い目に遭ったから、人が信じられないのさあ。私の目を見て話すようになったのも、半年ぐらい経ってからだしねえ。いつも一人でポツンとごはんを食べているから、こっちまで悲しくなっちゃって。だから今日は嬉しいさあ。特別に美味しいのを作ってあげるから、お楽しみにねえ。ビールでも飲みながら、もうちょっと待っててねえ」

お手伝いさんは冷蔵庫から出したオリオンビールの缶と、冷凍庫から出したグラスを神谷に手渡して、調理に戻った。

ダイニングテーブルに向かい合って座った。ガラスの天板のテーブルは大きな長方形で、長い辺には三人ずつ、短い辺にも一人ずつ座れるサイズだ。神谷が缶を開け、二つのグラスに注いでくれた。見事な二等分で、泡の立たせ方も完璧だ。

神谷はグラスを挙げ「乾杯」と言った。とてもスマートなグラスの持ち上げ方だ。

吉沢も同じポーズで「乾杯」と言ってみたが、神谷ほどスマートな感じにはならなかったし、そもそも何のための乾杯なのかもわからなかった。

テーブルの脇には鉢植えの観葉植物があった。腰ほどの高さの木には、オジギソウのような濃い緑の葉が茂り、白い綿毛のようなピンポン玉大の種もいくつか付けている。最初にドライブしたときに教えてくれたエバーフレッシュだ。

「そう、それ、例の木」と神谷は吉沢の視線を追って解説を添えた。「いつまでも置いとくなんて、未練がましいでしょ」

「そんなことないよ。って言うべきかもしれないけど、たしかに」

「正直でよろしい」と神谷は笑った。

「でも、いい木だね。緑も鮮やかだし。見ているだけで気分が良くなるようだね」

「それはどうかな」と神谷は鉢を見て自嘲的に笑った。「ねえ、中野教授の万葉集の講義覚えてる？　むろの木の歌」

「なんだっけ、それ。俺、あんまり真面目に聞いていなかったからな」

「吾妹子《わぎもこ》が見し鞆《とも》の浦《うら》のむろの木は常世《とこよ》にあれど見し人ぞなき」

「ああ、それね、なんとなく覚えているような……」と嘘をつく。

「嘘つけ」と神谷は笑った。「大伴旅人《おおとものたびと》。赴任先の大宰府から、奈良の都に帰るときに詠んだ。大宰府に行くときに妻と一緒に見た鞆の浦のむろの木は、帰り道の今もこうして変わらずに緑の葉を茂らせているのに、あのとき一緒に見た妻はもういないって。奥さんは大宰府で亡くなったという話だった」

「まるで初耳みたいだ」と吉沢は苦笑する。

「俺だって、ずっと忘れていたよ。まさか二十年も経ってから身につまされるとはね。枯れない常緑樹にも、枯れないがゆえの憂鬱があるってことだ」

常緑樹の憂鬱。たしかにそうかもしれない。この葉はずっと見ていたのだ。神谷が奥さんと幸せだったときも、ＩＴ寵児だったときも、その後の転落と孤独も。そして神谷は、この木を見るたびに、眩しい過去とは程遠い現実を突きつけられてきたのだろう。

「観葉植物だけじゃない。このテーブルも、一緒に選んだものだよ。子供もできるだろうし、お客さんも多いだろうから大きいのにしようって。ヨーロッパのアンティーク。彼女の趣味でね。結構高かったけど、なかなかいいでしょ？」と神谷は掌でテーブルを撫でた。

「余計なお世話かもしれないけど、ほんと、よりを戻せばいいのに」

「戻せないたぐいのものもあるんだよ」

広いテーブルの端には、余り過ぎたスペースをごまかすように、小さなフォトフレームが置かれていた。写真には、若い頃の神谷が、父親らしい人と肩を組んで写っている。

「そうそう、大学時代、こんな感じだったよね。懐かしい」と吉沢は言った。

「三年生の正月に撮ったんだよ。親父は病気がちだったけど、このときは珍しく調子が良くて、庭でキャッチボールした。母さんが写ルンですで撮ったんだっけな。たしかに我ながら細いよね。六十キロもなかった。その後、ぶくぶく肥って、騒動直前には八十キロまでいったよ」

「でも、また痩せたでしょ」

「そうね。今ちょうど六十キロくらいかな」

「すごい。どうやって戻したの？　今度教えてよ」

「教えてやってもいいけど、君には勧められないな。第一、ドン引きするよ？」

「なに、かえって気になるんだけど」

「ガンだよ」と神谷は吉沢を見据えて言った。「気づいたときには手遅れだった」

吉沢はとっさに何も言えず、中途半端な笑顔のまま、一時停止のボタンでも押されたように固まった。

重苦しい沈黙がのしかかる。キッチンで鍋の湯が沸騰する音がはっきりと聞こえるほどに。

まさか、そんなことが……。今までそんなことを微塵も考えなかった自分の鈍感さを悔いる。たしかに神谷は別人のように痩せていたし、毎回、体調がすぐれなかった。たんなる風邪だという説明を鵜呑みにして、うわべの心配しかしてやれなかった自分を、今さらながら恥じ、悔いる。まずは謝ろう、と吉沢は思った。これまでの鈍感さを。そして励まそう。

ところが、思い詰めた吉沢の顔を見て、神谷はこらえきれなくなったという感じで大笑いした。

「ば～か、嘘だよ。余命いくばくもないオッサンが、いまさらジェット機買って商売するはずねえだろ」

「おい、なんだよ、やめろよ。マジで信じたわ」と吉沢は安堵のあまり、不意に泣きそうになる。

「本気で心配したよ。冗談の趣味が悪すぎるってば」

神谷は「悪い、悪い。ちょっとからかっただけ」と笑い、父親との写真を手に取った。「親父は、この四日後に死んじゃったんだよ。もともと鬱病で、かわいそうな人だった。もっと憐れんであげるべきだったんだろうけど、とてもそんな余裕はなかったな。母さんがパートに出て家計を支えてくれたけど、近所ではすっかり『かわいそうな家』という位置づけになって。すれ違う人の顔には、憐れみと蔑みが透けて見えた。俺はそれが嫌で、知り合いのいない東京の大学に進んだ。三年の春に起業して儲かるまでは、新聞奨学生をして自活してたんだよ」

「新聞配達してたってこと？　全然気づかなかった」

「気づかれないように頑張ったんだもん」と神谷は苦笑した。「販売店は大学から遠い店舗に配属してもらった。配達コースも、学生向けマンションのないところを選ばせてもらった。付き合いが悪くて怪しまれないように、夕刊ぎりぎりまで、マクドナルドに集まってくだらない話をするお前らの輪に加わったし、夕刊を配り終えてからシャワーを浴びて合コンに行って、終電で帰って、酔いでふらふらになりながら朝刊を配ったこともあった」

たしかに、よくクラスの皆で、毎日のようにマクドナルドに集まってくだらない話をした。最初のころは神谷もいた。徐々に記憶が鮮明になってくる。

「そうだ。神谷」と思わず呼び捨てにする。「いつもSサイズのポテトだけだったよね」

「そうだっけ。まあ、金も時間もなかったからな」と神谷は笑った。

「思い出してきた。俺、一度、もしかしたらこいつは金欠で困っているんじゃないかと思って、気を利かせたつもりでハンバーガーとコーラをあげようとしたんだよ。間違えて注文したふりをして。そしたらお前、ダイエットしてるんだから余計な事すんなって、真顔で舌打ちしたんだよ」

「そんなことあったっけ」と神谷は苦笑いする。「でもまあ、きっとそう言ったんだろうね。同情で施しを受けてもかっこ悪いからな」

「そんな状況だったのなら、言ってくれればよかったのに。普段からノートを貸すとか、代返するとか、力になれたかもしれない。そもそも俺らだって、慶応のボンボン塾生じゃないんだから、それなりにキツいバイトもやってたよ」

「それが憐れみと蔑みなんだよ。正直、そういう偽善は心底うんざりだったね」と、神谷はまさに心底うんざりした声で言った。

「ごめん」と吉沢は二十年越しの謝罪をする羽目になった。「でも、ほんとに立派だったと思うよ。これは本当に。疑われるとつらい」

「どうもありがとう」と神谷は苦笑した。「だけどね、べつにつらい思い出ばかりでもないんだよ。新聞配達なんて、早起きの習慣さえつけばあとは惰性でできる。狭いながらも住み込みの部屋があって、学費以外に月八万も小遣いがもらえた。十分に楽しめた。何より、そこのバイト仲間だったのが、一緒に起業したパートナーだよ。髪を真っ青に染めてる変わった奴で。声優を目指してアニメの専門学校に通ってた。なぜかめちゃくちゃPCに詳しくてさ。アニメオタク同士で情報交換するサイトを自力で作ってた。よくできた仕組みでね。それを見て、ピンと来たんだよ。オタクの狭い世界じゃなくて、誰でも使えるものにしたらヒットするんじゃないかって。やってみたら案の定。あとはご存知の通り」

「成功だけでもすごいけど、その前の苦労を知った今では、感動すら覚えるね」

「その後の転落もまた、感動的なレベルだけどな」と神谷はビールを飲む。「まさか、純粋そのもののアニメオタクだったあいつが、金でおかしくなるとはね」

当時の報道によれば、神谷の相棒は、ヤクザが持ちかけてきた儲け話に飛びついて、コミュニティ・サイトの会員情報を売り飛ばしたり、サイト内の仮想通貨を使ったマネーロンダリングに手を貸したりした。

「ごめん、親父の話から逸れたな。会社を立ち上げた頃から、親父は卑屈になってね。たいした用もないのに電話を寄こして『卒業したら、こっちに戻ってきてくれるんだろ』ってすがったり、『父ちゃんだって頑張ってお前を育ててきたんだ』って恩着せがましく言ったり。俺だって長男だから両親の面倒は見てやらなくちゃって気持ちもあった。でもそんな電話を受けるたびに突き放したくなった。最後の電話も、そっけなくした。大学三年の一月七日。朝、電話がきた。声を震わせて『お前に苦労をかけっぱなしで悪かったなぁ。俺のことはいいけど、お母ちゃんのことは大事にしてやってよ』って。母さんまで持ち出す卑怯さに腹が立って、何も言わずに切った。それから二回、立て続けに着信があったけど無視した。その日はテレビのコメンテーターの仕事があって、忙しくもあったしね。夜は、彼女と渋谷の地下のパスタ屋でデートをした。仕事で知り合ったモデルの子。付き合い始めで、かっこつけるのに精いっぱいで、携帯をチェックする余裕すらなかった。食事を終えて地上に出て、何気なく携帯を見たら、母さんと姉ちゃんから何度も着信が残ってた。すぐにかけなおした。『落ち着いて聞いて』っていう母さんの震えた声はたぶん一生忘れないね。親父は母さんがパートから帰ってきたら、布団の中で冷たくなってた。心筋梗塞だって」

神谷はふっとため息を吐いた。

「そこからは、自分でも不思議なほどに冷静に行動できた。電話を切って、漏れ聞こえた会話で泣きそうになっている彼女の背中をさすって落ち着かせた。はたから見れば彼女のほうに不幸があったように見えたかも。すぐにゼミの担当教授、えっと、名前何だっけな」

「堀切教授」

「そう、堀切。よく覚えてるね、和歌は忘れてたくせに。堀切に電話をかけて忌引き休暇をもらった。彼女を井の頭線の改札まで送って、東京駅に出て新幹線に乗った。実家に着いたときには日付が変わってた。親父は布団に横たえられていた。顔に触れたら硬くて冷たかった。そのうちに、みんながちらちらと俺を見ていることに気がついた。一滴の涙も流さない息子に違和感を覚えていたんだろうね。慌ててうつむいて、涙を拭うふりをした。そんなことにばかり頭が働いたよ」

神谷は自嘲的な息を鼻から漏らし、ゆっくりと首を横に振った。

「葬式は近所の小さなセレモニーホールで済ませて、市営の火葬場で焼いた。参列者は控室で出前の寿司を食べながらビールを飲んだ。久々の再会を喜びあう人たちのたんなる飲み会みたいだった。肉が焼けて骨になるのを待つこと以外には何の意味もない時間。一人になりたくて裏庭に出た。煙突から立ち上っていく煙を見上げていたら、母さんも来た。母さんは俺に言った。『あんたはお父ちゃんの自慢だったよ。つらい思いをさせて申し訳ないって、いつも言ってた。最近も、遼が東京に留まるのなら賛成してやろう。あいつには幸せになって欲しいからって。だから、あんた、頑張らなきゃダメだよ』って。親父、そうやって後出しでいい人ぶるのはずるいぜ、と思った。もしかして、朝、電話で言おうとしたのはそのことだったのかよ、だったら最初に言えよって。俺、そこで初めて泣いたんだよ。泣きだしたら止まらなくなった。喫煙所でタバコを吸っていた人たちがじろじろ見ていたけど、そんなものはどうでもよかった。親父は心筋梗塞で死んだんじゃない、俺が殺したんだと思った」

神谷は両手でフォトフレームを握りしめた。

お手伝いさんがガスの火を止め、茹でた麺をザルにあけた。ステンレスのシンクがボコンと音をたて、真っ白な湯気が上がった。

「この写真を撮るとき、俺はご覧のとおり、親父の肩に手を回した。服従させたような気分でね。『しょうがないから、老後の面倒を見てやるよ』って感じで。傲慢でしょ?」

「傲慢かどうかはわからない」と吉沢は慎重に答えた。「でも、もし、今の優しい神谷の気持ちのまま、もう一度このときに戻れるとしたら、たしかに肩に手を回さなかったのかもしれないな、とは思う」

神谷は「ありがとう」と頷き、ビールをひと口飲んだ。「俺の人生、そんな後悔ばかりだよ。

親父もそうだし、相棒の弱さに気づいてやれなかったのもそうだし、元妻だってそうだよ。ときどき、俺は誰かを傷つけるために生きてるんじゃないかって思う。悪魔の子呼ばわりされたときには腹が立ったけど、実際、そんなものなのかもしれないな」

「そんなことない」と吉沢はきっぱりと言った。自分の持っている一番力強い声で。「そうやって悔いているのが、悪魔なんかじゃない証拠だよ。お父さんはたしかにかわいそうだったけど、神谷の気持ちは天国できっとわかってくれてる。そのぶん、お母さんを大事にすればいい。まだお元気なんでしょ？　親孝行してやりなよ」

「そうだね。母さんには苦労かけたからな」と神谷は言った。「楽をさせてあげなきゃって思ってたんだけどな」

「過去形で言うな。元奥さんだって、ちゃんと気持ちを伝えれば戻ってきてくれるかもしれないよ。ネットの仕事も空飛ぶタクシーも成功させて、迎えに行ってやればいい。どうせなら、ジェット機かクルーザーで、ど派手に迎えに行っちゃえば？」

「おお、夢があるね」と神谷は咳をこらえながら、にっこりと笑った。

「ああ、夢がある」と吉沢も微笑んだ。

　夢といえば、と、吉沢は幼い頃から毎晩のように悪夢ばかりにうなされ続けている話をした。神谷は可笑《おか》しそうに肩を揺らしながら聞いた。

「まあ、俺も似たり寄ったりかな」と神谷は言った。「若い頃は、寝ても覚めても、まだ得ぬものの夢ばかり見ていたのにな。楽しかったな。でも歳を取ってからは、なくしたものの夢ばかりだよ。いっそ、もう寝るのをやめたいぐらいだね。まあ、実際に、それだけ多くのものをなくしてきたってことなんだろうね」

「だからさあ」と吉沢は言った。「そうやって、なくしたって決めつけるなって。神谷なら、これからどれだけでも挽回できるさ。俺もお前も、まだ人生の折り返し地点みたいなもんだよ。どうせ見るなら、まだまだ良い夢を見なくちゃな。せめて、起きているときに見る夢ぐらいは」

「傷だらけの元エースにそう言われると、傷だらけの元・寵児としても勇気が出るね」と神谷は笑った。

吉沢も笑った。腹の底のほうからこみ上げた熱い塊が、胸を覆った分厚い曇りガラスを打ち破るように、笑いが弾けた。こんなふうに誰かと本気で笑ったのは何年ぶりだろう、と吉沢は思った。鼻の奥のほうが少しツンとした。

お手伝いさんが宮古そばを完成させて、ダイニングテーブルに運んでくれた。

そばは最高に美味しかった。かつおだしの透きとおったスープは見た目よりも濃厚で、うどんのような麺はコシがしっかりとしている。すき焼きのように味付けされた薄く大きな宮古牛が三枚と、温泉卵と、どっさりの白ネギ、さらに大きな四角い天ぷらがトッピングされている。

天ぷらを頰張った。サクッとした衣の中は、クリーミーな豆腐だ。普通の豆腐ではない。強い甘みと香ばしさを感じる。口から離して見る。色は普通の豆腐よりも少しだけ黄色がかっているか。

「うまい。これ、何ですか？」とお手伝いさんに聞く。

「ジーマーミー豆腐。沖縄の名物さあ」とお手伝いさんは誇らしげに目を輝かす。

「ああ、これが神谷の言ってたやつか。ほんとに美味しいです」

「俺はこれが世界一うまい宮古そばだと思う」と神谷は言った。「ジェットの仕事がうまくいってアジアのセレブが宮古島に押し寄せるようになったら、目玉グルメとして売り出そうかな。香港とか韓国とか、タイやシンガポールあたりは、人気ブロガーが記事にすればあっという間にブームになるから」

「さすがだね」と吉沢は豆腐をもうひと口頬張りながら言った。「それでこそ神谷。よく回転する頭で、どんどん突っ走るのが似合うよ。常緑樹の憂鬱に浸ってるよりもね」

お手伝いさんも「そうだよお。どんどん頑張ってもらって、オバアも金持ちにしてもらわなきゃねえ」と調子を合わせた。「でも、よかったよお。香港人とまでは高望みしないけど、我ながらこんなに美味しいのに、いつも神谷君一人にしか食べさせられないのが惜しくて、ずっと、お友達でも連れて来てって言ってたんだよお。やっと念願かなって、オバアも嬉しいさあ」

お友達。まるで小学生だ。でも、嫌な気持ちはしない。バカバカしいとも思わない。むしろ嬉しい。嬉しいからこそ、今さらしても仕方のない後悔の念にすら襲われる。もしも大学時代にこんな関係になれていたら、今ごろ、彼も俺もこんなことにはなっていなかったのだろうか。もっとマシで、もう少し穏やかな人生を送れたのだろうか、と。

不意に胸にこみ上げたものを麺と一緒に飲み込み、どんぶりから顔を上げた。神谷は真っ直ぐにこちらを見ていた。まるで不思議な生物に遭遇したようなまん丸な目で。そして何も言わずににっこり笑った。俺も今、同じことを考えていたんだよ、とでも言っているような笑みだった。

大盛りの宮古そばを平らげ、泡盛までご馳走になった。迎車を頼んだ赤嶺のタクシーが自宅兼事務所の前に横付けされると、神谷とお手伝いさんはわざわざ見送りに出てくれた。

「忙しいのに、引き留めちゃってごめん」と神谷はまた咳きこみながら言った。

「こちらこそ長々とごめん」と吉沢は照れくさくなって鼻をこすった。

「また来てよ」と、三人のうちではお手伝いさんが一番素直に気持ちを言葉にした。「こんなに良いお友達なのに、二十年も損したね。これから取り戻さなきゃねえ」

暗くなった空には、卵の黄身のような月が浮かんでいた。

「今夜は俺の話に付き合わせちゃったから、次はお前の話ね」と神谷は言った。

「たいして面白い話にはならないよ。社運を賭けたプロジェクトで大コケして島流しされた、悪夢頻出症の傲慢社員の失敗譚」

「自虐はやめろって」と神谷は包み込むような優しい顔になった。「俺は、今のお前のこと、ちっとも傲慢だとは思わないよ。それでも後悔があるのなら、ここから、地に足を付けて、社内でも、お客さんにも愛される本物のエースになればいい。お前ならなれるよ。だからもう妙な自虐で畏縮するな。雑音は気にせず、やるべきことをやって、笑いたいときには笑い、笑いたくないときには笑わなきゃいい。素のままのお前で、十分素敵なんだからさ。そのためにも、まずは岩井の事件、しっかり解決しろよ。俺もできるかぎり応援するから」

息を吸うと泣いてしまいそうで、細く長く息を吐き出してから「そうだな。お互い、恩返しも罪滅ぼしも復活もこれからだ」と笑ったつもりだったが、声は情けなく震えた。

「アホか、泣くなよ」と神谷は笑った。「人生、まだ半分だって、さっきお前自身が言っただろ。勝負はここからだよ。まさに須磨明石。復活の地だよ」

「須磨明石。源氏物語か。大学時代の勉強がやっと役に立ったな」と笑えた。「でも復活の前に、お前は風邪、なんとかしろよ」

「だな。バイバイ」と神谷は子供のように胸の前に右手を挙げた。

「うん。バイバイ」と吉沢も右手を挙げた。

タクシーはすっかり暗くなった夜の道をゆっくりと走り出した。赤嶺がバックミラーを見ながら「お友達、まだ手を振ってらっしゃいますよお」と教えてくれた。

うしろの窓を振り返る。小さくなった神谷とお手伝いさんがぶんぶん手を振っていた。吉沢も手を振った。

角を曲がって二人が見えなくなってしまうと、寂しさのようなものが胸に充満した。

11. 岸壁での再会

八月二十七日(日)夜

ホテルの前でタクシーを降りた。神谷との話で神経がたかぶってしまい、このまま部屋に戻っても寝付ける気がせず、しばらく散歩でもすることにした。

ホテルは坂のてっぺんにあり、眼下には平良《ひらら》港が見えた。坂の下から湿り気のある涼風が吹き上がってくる。それに誘われるように坂を下った。途中のコンビニで缶のオリオンビールを買った。

港の入口の車止めのチェーンをまたいで越え、岸壁を歩いた。港にはたくさんのコンテナが積まれ、大きな貨物船が三隻係留されていた。沖合には豪華な客船が錨を降ろしている。風に乗って賑やかな音楽も聞こえてきた。

コンテナに挟まれた通路に、プラスチックのベンチが置いてあった。もともとは青かったのだろうが、すっかり色あせて、角は折れて欠けている。ベンチの脇には箱型の錆びた缶の灰皿がある。港湾作業員の休憩スペースなのだろう。吉沢は掌で軽くベンチの上の砂っぽい埃を払ってから腰を下ろし、ビールの缶を開けた。ひと口飲んでから、缶を腕や額に押し付ける。皮膚のヒリヒリはだいぶマシになったが、赤黒さが増した気がする。

そのとき、コンテナの間を、白い布のようなものが横切った気がした。まさか幽霊というわけではなかろうが……。吉沢は缶を持ったまま立ち上がり、半身になって狭い通路を抜け、岸壁に出た。

白いワンピースを着た女がこちらに背を向け、海に向かって立っていた。女は何度か首をゆっくりと上下に動かし、海面と月を交互に眺めているようだった。月明りを浴びたワンピースは、内側からぼんやりとした光を発しているのではないかと思うくらいに真っ白だ。吉沢は幽霊を見たわけではなかったことにひとまず安堵し、十メートルほど離れたところに立って、女の様子を眺めた。

しばらくして、女が動いた。ゆっくりと岸壁のふちまで進み、真下の海をのぞき込んだ。そして少し膝をかがめ、上半身を海側に傾けた。ワンピースの裾が、吹き上げる風でふわりと膨らんだ。

死のうとしている、と吉沢は思った。とっさに声は出なかったが、体が反応した。缶を放り出して駆け寄った。「危ない、何やってんの！」と心では叫んでいるのに、声にならない。早く走ろうとしているのに、神谷の家で飲み過ぎたせいか、膝にうまく力が入らず、もつれそうになる。

風でめくれた女のワンピースの裾から細い脚が露わになる。日に焼け、引き締まったふくらはぎだ。そこにきゅっと力が込められる。飛び上がろうとしている。間に合わない……。

吉沢は目をつむり、右手を思いきり伸ばした。届いた。指先が女の背中に触れた。女はかすかな声をあげた。

数秒の沈黙のあと、女が先に口を開いた。「あれ？　吉沢さん？　びっくりした。突き落されるのかと思ったよ」

吉沢はわけがわからぬまま、ゆっくりと目を開けた。

こちらに向きなおっていた女は、優奈だった。ビストロでバイトをしている、非常勤の美人医師だ。

「どうしたの、こんなところで」と優奈は、むしろこちらが聞きたい質問を、笑みを含んだ声で投げかけてきた。

「いや、あの、そこのベンチでビールを飲んでて」と吉沢は呼吸を整えながら答えた。

「へえ、いいね。私はお散歩。今夜は風が気持ちいいよね」

「そうだったんだ。まさか優奈さんだとは思わなかったし、後ろから見ていたら、いまにも海に飛び込もうとしているように見えて。めちゃくちゃ焦りましたよ」

「え？　飛び込むって、自殺ってこと？　なんでよ」と優奈は弾けるように笑った。笑いすぎて涙まで浮かべ、両手の人差し指で目がしらを拭いながら。「ああ、可笑しい。面白いね、吉沢さんて。そんなわけないじゃん。きれいな魚が泳いでいるのが見えただけだよ」

優奈は岸壁の真下の海を指さした。吉沢は隣に立って、のぞき込んでみた。思った以上に高さがあり、身を乗り出すのが怖い。海は夜空の暗さを吸い込んで、緑がかった黒に染まり、どのくらいの深さがあるのか見当がつかない。どれだけ目を凝らしても、魚は一匹も見えなかった。

「優奈さん、今日、お仕事は？」と吉沢はじりじりと後ずさりしながら聞いた。

「お休み。病院もビストロも。たまにはこういう日もないとね」と言い、優奈も岸壁から離れ、ワンピースの裾をさりげなく直した。「さ、帰ろっかな。吉沢さんも飲み過ぎないようにね。海に落ちて搬送されて来ないでよ。非番の夜くらい、ゆっくりさせてよね」と笑い、くるりと背を向けて歩きだそうとした。

「よかったら、一杯、飲みませんか」

吉沢は、自分の口から吐き出された言葉を、自分で呆然と聞いた。ときどき、こうやって、考えるよりも先に言葉が出てしまう。

優奈は振り返り、喜怒哀楽を一切感じさせない表情で首を傾げた。

吉沢は髪をくしゃくしゃと掻いた。早く「冗談です、おやすみなさい」と言ってしまわねば。これではたんなるナンパ男じゃないか。

しかしその前に、「いいよ」という軽い声が、吉沢の鼓膜を心地よく揺らした。「でも吉沢さんのおごりだよ？」

「もちろん」と答えた声はぼんやりとして、やはり自分のものではないようだった。

優奈も食事はすでに済ませたというので、坂を登り、飲食店街の雑居ビルの二階にある雰囲気のよさそうなバーで飲むことにした。

店内は落ち着いた照明で、ジャズが流れている。手前にある二人掛けのテーブルは三つのうち二つが埋まり、奥にあるカウンター席は、六つのうち四つが埋まっていた。吉沢は内心、カウンターのほうが距離が近くていいなと思いながらも、一応、優奈に選択を委ねた。彼女は迷うことなくテーブル席を選んだ。

正方形のテーブルに向かい合って座った。若いバーテンがメニューリストを持ってきた。ひと昔前のハリウッドの青春映画の主人公のように整った顔だ。優奈が最初のページに載っているオリジナルカクテルについて尋ねると、彼はそっと顔を横に近づけ、内緒話のような声で説明した。微笑み合っている二人は、本当に映画のような美男美女だ。嫉妬なのか劣等感なのか、少しだけ胸の奥がざわつく。

結局、優奈はそのオリジナルカクテルではなく、ヴェスパー・マティーニを注文した。バーテンは整いすぎた笑みで頷いたあと、今さら存在に気づいたかのように吉沢を見た。カクテルに詳しくない吉沢は「僕は普通のマティーニで」と言った。バーテンは、カクテルに詳しくないくせに綺麗なガールフレンドを連れて気取ったバーに来てしまった男のプライドを傷つけないための絶妙な笑顔で「かしこまりました」と言い、カウンターの奥へ引っ込んだ。

「日焼けは大丈夫?」と優奈がテーブルの上に少し身を乗り出すようにして言った。

ビストロの制服で髪を結った、きりっとした雰囲気も素敵だったが、胸のあたりにレースの飾りがあるふんわりした感じの白いワンピースに長い髪を下ろした彼女は、格段に美しい。正面から見つめられると動揺してしまうほどだ。

「おかげさまで。氷、ありがとうございました」とお辞儀のふりをして、まっすぐな視線から逃れる。

「ほんと、気をつけてね。宮古島の太陽を甘く見ないこと」

「ありがとう。アドバイスどおり、アロエの化粧水と日焼け止めを塗りまくってます」

「よしよし」と優奈は、聞き分けの良い患者に満足したように頷いた。

二つのマティーニが運ばれてきた。両方とも透明で、グラスの底にオリーブが沈んでいる。優奈のグラスの底にはくるくると巻いたレモンの皮も沈んでいる。酒自体は同じもののように見えるが、そんな皮だけで味が変わるのだろうか。あるいは同じに見えて、じつは別の酒を混ぜて作られているのだろうか。

「いただきます」と優奈がグラスの細い脚を三本の指の先で持って掲げた。

「このあいだは、ありがとうございました」と吉沢も顔の前にグラスを挙げた。

ひと口飲む。喉に焼け付くようで、危うくむせそうになる。優奈は唇を濡らす程度に飲んで
「美味しい」と微笑み、細い指先でグラスのふちをそっと拭いた。

「吉沢さん、東京時代からよく行ってたの？　こういうお洒落なバー」

「ええ、まあ、そんなでもないけど、それなりに」と曖昧にごまかす。

「結構、遊んでたんだ。ああ、やだやだ」と優奈は瞳をいたずらっぽく輝かせる。格好をつけたつもりが、逆効果だったか。吉沢は即座に「ごめんなさい。嘘です。こんな洒落たバーなんて、めったに行きませんでした。いつも仕事終わりに、安い焼き鳥屋。生ビール、ハイボール、ホッピー、煙、昭和の懐メロ」と白状した。

「いいねえ」と優奈は笑った。「私もそっちのほうが好き」

「よかった。優奈さん、美人でモテるだろうし、こんなバーなんて慣れっこなんだろうなって、じつはビビッてました。カクテルの名前もわからないから、優奈さんに便乗しただけです。そのくせ、『同じのをください』って言うのがダサいから、『普通の』って。普通って何だよって感じですよね」

優奈はぷっと吹き出した。「ちょっと、先に言ってよ！　私もほんとは生ビールがよかったけど、吉沢さんの前で恥ずかしいから無理したんだよ。オリジナルカクテルの説明もよくわかんないし、目に入ったメニューをヤケクソで読んだだけ。何、『ヴェスパー』って。下唇まで噛んで発音しちゃったよ」

優奈は笑った。笑いすぎて苦しいと、涙まで浮かべながら。

「吉沢さん、面白いね。彼女は？」

唐突に聞かれて、ドギマギしながら「いませんよ」と答えた。「優奈さんは？」

「いないよ」と優奈は言った。

「へえ、意外」と言いながら、吉沢は心の中で拳を握りしめる。

「東京の病院に勤めていた頃はいたんだけどね。こっちに来る前に別れちゃった。束縛系で重くて。こんなワンピでも着ようものなら『誰と会うんだ』、飲み会だと言えば『男もいるんだろう』って。うんざりだったよ」

「こんな美人な彼女だったら、嫉妬深くなっちゃうのも、わかるかも」

「なにそれ」と優奈は抗議の目で睨む。「束縛男の肩を持つわけ？　せっかく島での初恋人候補にしようかなと思ったのに。ダメだ、無し！」

「無念です」と吉沢はうなだれて見せた。

「それで」と優奈は話題を換えた。「このあいだ店に来てくれた日は、あのあと、どうなったの？お店を出たあと、常連さんたちを追いかけていったみたいだから。エグゼのことで私が変なことを言っちゃったから、喧嘩にでもなっていなければいいなと心配だったんだよ？」

久しぶりの恋愛ごっこで弾んでいた胸がしぼみ、現実に引き戻される。

「ああ、あの人たちのこと、教えてくれてありがとうございました」と当たり障りのない返事をする。

優奈は満足せず「それで？　やっぱり岩井さんは悪いことしてたの？」と聞いた。

「うーん、わかりません。たしかに怪しいけど、証拠があるわけではないので」

「そっか。吉沢さんは地所の人だし、できれば噂は噂のままで終わってくれって感じ？」と優奈は蔑むような目になる。

「そんなことはないです」と言わざるを得ない。「島の皆さんに怪しまれたままじゃ、この先、よくないだろうし。僕なりにしっかり調べるつもりです」

「応援しているから頑張ってね」と優奈は明るい表情に戻った。吉沢も思わず引きずられて微笑んだ。そういう力が彼女の笑顔にはある。

「もしかして、今日もこんな時間まで、調べるために駆け回ってたの?」と優奈は聞いた。

「そうとも言えるし、そうじゃないとも言えるかな」と吉沢は苦笑した。「岩井のあとを受けて、僕がエグゼをやることになるので、夕方、地権者に会ってきたんです。例のカフェがあった丘の上の土地を所有している人に。でもその人も同じように噂を気にしているから、どっちにしろ、きちんと調べないと、前には進めない感じですかね」

「へえ。どんな人?」と優奈はカクテルで唇を濡らしてから聞いた。

吉沢はこれ以上詳しく話すのは良くあるまいと思ったが、目を輝かせて答えを待つ優奈をがっかりさせたくもなかった。「絶対に誰にも言わないでくださいね」と念を押してから答えた。

「それが、たまたま大学の同級生なんです。前にちょっと仕事とプライベートで失敗したんだけど、いま復活をかけて頑張ってるんです」

「復活? なんかすごいね」と言い、優奈はそっとグラスを置いた。

「優奈さん、神谷遼って知ってます? それがその地権者で」

「あの有名な、ＩＴの？　悪魔の子、だっけ？」

　優奈はただでさえ大きくてよく光る瞳を、さらに大きくして輝かせた。優奈も神谷を知っていてくれたことへの喜びと、優奈が自分には見せない表情を神谷の話題で初めて見せたことへの嫉妬が、同時に胸のなかで膨らむ。

「そう。同じ大学の国文科だったんです」と吉沢は言った。

「へえ。意外。理系じゃないんだ」

「大学時代は特別親しいというほどでもなかったんですけどね。二十年ぶりに会ってみたら、思ってたよりも良い奴でした。悪魔の子なんてさんざん叩かれたけど、優しいところもあるんです。親子喧嘩したまま亡くなっちゃった親父さんのこととか、傷つけて別れた奥さんのこととか、すごく悔やんでいて。優奈さん、これ知ってます？　『吾妹子が見し鞆の浦のむろの木は常世にあれど見し人ぞなき』」

「なにそれ。俳句？」

「いや、短歌」

「そっか、五・七・五・七・七だ」

「万葉集の歌です。大伴旅人っていう人が……」と吉沢は、先ほど神谷が説明してくれたとおりに、優奈に説明した。

「なんか、切ないね。ていうか、吉沢さん、よく覚えてるね。国文科だったっていっても、二十年前でしょ？　すごい記憶力」

「まさか」と苦笑する。「もちろん忘れていましたよ。覚えていたのは神谷です。たぶん、奥さんのことを重ねているんでしょうね。あいつ、部屋に常緑の観葉植物を置いているんですけど、それも奥さんが選んだものらしくて。きっと、それを見るたびに、昔のことを思い出して、自分を責めているんだと思います。かなり痩せてたし。あいつ、世間で言われているような悪人じゃないんですよ」

「そう」と優奈は深く二度頷いた。「みんな、いろいろなものを抱えて生きてるんだね」

「そうですね。あいつ、頭の回転が速いぶん、ともすれば冷たい人間だと誤解されがちだし、才能がありすぎて嫉妬や恨みを買いやすいんでしょうね。コケたのも叩かれたのも、たぶんそういうことが重なったせいだと思うんです。かわいそうなところもあるんですよ」

しかし優奈は、瞳ににわかに反発の色をにじませた。

「私はあんまり同情しないけど。そもそも、コケた、叩かれた、といっても、べつに死んだわけじゃあるまいし。現に、生きてさえいれば、そうやって復活とか後悔とか罪滅ぼしとか、何でもできるわけでしょ？　あの人だけが特別かわいそうだとは思えないな」

吉沢は面喰らい、「そうですね。ごめんなさい」と謝った。

気まずい沈黙をごまかすように落ち着きなく酒を舐め続けたせいで、小さなグラスはあっという間に空になった。吉沢は作り笑顔で「もう一杯、飲みませんか？」と誘ってみたが、優奈は「今夜はもういいかな」と作り笑顔さえ見せずに断った。

バーテンを呼び、クレジットカードを渡した。

「ごちそうさま」と優奈は最低限の礼儀としての笑みで言い、さっさと立ち上がった。

「優奈さん」と吉沢も慌てて立ち上がった。「もし何か不快にさせたのなら、ごめんなさい。たしかに、僕は神谷に肩入れしすぎなのかもしれませんね。同情と応援を強要したみたいで、すみません」

「こちらこそ」と優奈は言った。そして背後の大きな窓を振り返った。背の高いエバーフレッシュの街路樹の葉が風に揺れている。「でもね、私はそういう偽善ぶった贖罪ごっこみたいな感じがあんまり好きになれなくて。結局は自分を許したいだけなんじゃないかな」

「ごっこ」と吉沢は優奈のワンピースの背中に向かってつぶやいた。

優奈はこちらに向き直った。「でも神谷さんがそういう人って決めつけるのはフェアじゃないよね。ごめんなさい。お友達なのに。それで、神谷さんはどんなビジネスを?」

「本当にここだけの話にしておいてくださいね」と吉沢はもう一度念押ししてから教えた。「自前のプライベート・ジェットで、アジアのセレブをターゲットに空飛ぶタクシーを。カフェ跡地を購入したのも、その資金を得るためみたいです。さすがの嗅覚とセンスです。地所の人間としては、非常に厄介な交渉相手を抱えたとも言えますけど」

「そんなに高額な要求をしているの?」

「いや、まだ金額交渉にすら応じてくれないんです。その前に、地所側の悪い噂の真相を全部明らかにしろって」

「どうして彼がそんなことを望むの？」

「コンプライアンスを気にしているんです。暗い疑惑のある会社との取引はできないって。おそらく、昔、あいつ自身があれだけ叩かれて苦しんだから、もう二度と世間にうしろ指さされるようなことはしたくないって、慎重になっているんだと思います」

「へえ」と優奈は言った。どこか突き放したように。「じゃあ頑張って疑惑をはっきりさせないとね。吉沢さんなら大丈夫。なんといっても、海に身を投げようとしていた女を救うヒーローだし」

優奈は最後に少しだけ、あの柔らかな笑みを見せてくれた。

12. 袋小路に立つ

八月二十八日(月)午前

月曜の朝、吉沢が定時で出社すると、居室には妙な緊迫感があった。噂好きの若手社員である山本がするすると近づいてきて「警察、警察」と小声で言い、応接室を指さした。

応接室に入った。テーブルを挟んで、奥のソファには水田と綾野と仲宗根が、手前のソファには見覚えのない小柄なスーツ姿の男がいた。

男はわざわざ立ち上がって、吉沢にお辞儀をした。

「ああ、よかった、よかった。吉沢君、座って、座って。ちょうどこれから話を始めるところだったから」と水田は言い、吉沢を自分の隣に手招きした。

「このたびは、仲宗根さんや大日本地所の皆さんに大変ご迷惑をおかけしてしまい、申し訳ありませんでした」と、男は座りなおすやいなや、テーブルに額がつくくらいに深々と頭を下げた。

男は岩井の事件を担当している刑事だった。

刑事は、その後の捜査の進捗を説明した。那覇《なは》の県警本部の監察医にも協力を仰いで検視をやりなおした結果、岩井の胃や肺からビーチの砂が大量に見つかった。

「それが問題でして」と刑事は言いづらそうに言った。「当初、突き落とされた現場とみられていた上地大橋周辺や、遺体の上がった岬周辺はいずれも岩場で、それほど大量の砂を飲み込むことはあり得ないんです。つまり、上地島の居酒屋で岩井さんと口論になった仲宗根さんが宴会後に海に突き落としたのではないかと疑ってしまったこと自体が、大いに的外れだったわけです。本当に、本当に、申し訳ありませんでした」

「でも」と仲宗根が言った。「上地大橋の近くにも、小さい砂浜がありますよね」

「たしかに」と刑事は頷く。「ですが、ご遺体から出た砂はかなり粒が小さくて白い。一方の大橋や岬あたりの砂はもっと粗くて、色もそこまで白くはないんです。それに、ご遺体からは星砂《ほしずな》も検出されましたが、橋や岬では潮の影響で、星砂は堆積しません」

「だけど警察は、過去のケースや潮の流れからして、橋付近から岬に流れ着いたと説明していたじゃないですか。だからこそ仲宗根さんを疑ったんでしょう？」と吉沢は聞いた。

「おっしゃるとおりです。ですので、こうしてお詫びに。今後はすべての可能性を視野に捜査しなおしますので」と刑事は頭を下げた。

吉沢はどうも納得がいかず、髪をむしるように掻いた。その瞬間、頭の中で何かがひらめいたような気がした。しかし、その正体が何なのか、すぐにはわからなかった。

「その星砂ですが」と仲宗根がまた口を開いた。「他の海岸で巻き上げられたものが、海流に乗って、大橋や岬あたりまで流れて、岩井がそれを飲み込んだということは？」

「まあまあ」と綾野が苦笑気味に、仲宗根を制する。「仲宗根さん、お疑いは晴れたとおっしゃっているんだから、わざわざ蒸し返すようなことを言わなくても」

「だって、岩井は直前まで僕と一緒に橋の近くの店で飲んでいたんですよ?」と仲宗根は言う。「あの夜は橋も渡れなかった。じゃあ、あいつはどこで死んだんですか?」

「疑問はごもっともです」と刑事はひたすら低姿勢だ。「おっしゃるとおり、海中にも砂は漂っています。特にあの夜は台風の影響でうねりもありましたから、普段より多くても不思議はありません。ただし監察医によれば、今回検出されたのは、そのように自然に海中に漂うレベルの量ではないということです」

その瞬間、吉沢の頭の中で、さきほどわからなかったひらめきの正体が見えた。呼吸が荒くなり、今すぐこの場を駆けだしたい衝動がこみ上げる。

「そんなに大量の砂だったら、なんで最初の解剖で見つけられなかったんですか?」と仲宗根は質問を重ねる。

「本当に申し訳ありません」と刑事は悲痛な顔になる。もしかしたら上司から、なんとしても仲宗根や地所をなだめ、くれぐれも訴訟などにならないようにしろと厳命されて来たのかもしれない。「最初の解剖は、市民病院の医師が担当してくれたんですが……」

「その医者のミスだったと?」と仲宗根は間髪入れずに聞く。

「あ、いえ、死因の特定に誤りがあったわけではありません。ただ、その医師はまだ経験が浅くて、どの海岸に星砂があって、どこにはないのか、海水にどの程度含まれるものなのかといった事情までは精通していなかったかもしれません」

「そんな言い訳、通用しないでしょう」と仲宗根はヒートアップしてきた。「うちの子供は、今回の件で近所の子にいじめられて、実家に避難させなきゃいけなかったんですよ？」

「本当に申し訳ないと思っています。ご家族の皆様にも改めてお詫びに伺います。ですが、うちの署は決していい加減な検視をしているわけではありません。民間の医師にお願いしていること自体を責められているのかもしれませんが、独自に監察医を確保できない地方の警察署はみんなこうやって急場をしのいでいるんです。先生方もほとんど手弁当でご協力くださっているわけで。そこまで否定されては、検視自体ができなくなってしまうんですよ」

「だからって、そんな未熟な医者に任せるなんて」と仲宗根は太い首を横に振る。

険悪な雰囲気になり、綾野がまた「まあ、まあ」と抑えた。

「あの、念のために伺いますが」と水田が言った。「岩井が海に突き落とされて死んだという見立て自体には変わりがないんですよね？」

刑事は目を見開き、つばを飲み込んだ。そして気まずそうに答えた。

「死因は溺死で変わりありません。でもじつは、ご遺体からアナフィラキシーショックのような痕跡も見つかっていまして」

「アナフィラキシー？」と仲宗根が噛みつくように言った。「それも二度目の検視で？」

「はい。申し訳ありません。気管や食道の粘膜に腫れたあとが見つかりました。皮膚にも若干の発疹が。なので、海に落される前に発作を起こしていた可能性があります」

「ピーナッツか」と仲宗根は舌打ちした。

「岩井君にはピーナッツ・アレルギーがあったんですか?」と吉沢は仲宗根に聞いた。

「ああ」と仲宗根は頷く。「普段からかなり気をつけていたから、文社の皆も知っている。あの夜の飲み会でも、料理にピーナッツが入っていないことを確認していたし」

「その件は、私どもも把握しております」と刑事は言った。「念のため、陽だまりの山城さんにも確認しましたが、ピーナッツは一切提供されていませんでした。ただ……」

「ただ?」と仲宗根が詰め寄る。

「宴会の前に、ピーナッツを使った料理を出してもらえないかと依頼する電話があったと。店には在庫はなかったので、提供はしませんでしたが」

「ほんとに? その電話は誰から?」と仲宗根が聞く。

「それが……。電話の相手は、『これから岩井さんと一緒に宴会に参加する者だ』と言っていたと。なので店の従業員の皆さんは、宴会のときに岩井さんからピーナッツ・アレルギーであることを聞かされて、非常に驚かれたようです」

「僕はそんな電話してないですよ」と仲宗根は皆に訴えるように言った。

「わかっています」と刑事はなだめる。「仲宗根さんの電話の発信履歴はこちらでも調べさせていただきましたので、宴会の前に店に電話をかけていないのは承知しています」

「じゃあ、誰がそんな電話を」と水田は唸る。「もしかして、エグゼに関することで岩井に恨みを持っていた地元の地権者か？　あるいは店主の山城さんが嘘をついているということはあり得ませんかね。彼は以前、エグゼ予定地にあるカフェで働いていたそうです。その店はコロナのクラスターが発生して、最終的には潰れてしまったんですが、その原因となる風評をばら撒いたのが岩井だと恨んでいるようですから」

「その件は私も山城さんから聞いています」と刑事は頷いた。「しかし今回、電話がかかってきたのは事実のようです。電話を取ったのはアルバイトの男の子で、山城さんもその場にいました。店の電話の着信履歴にも記録は残っています。非通知で、発信者は特定できていませんが」

「じゃあ、いったい誰なんでしょう」と綾野は首を傾げる。「あのお店で懇親会を開くことを事前に知っていたのは、店の方以外だと、うちの支社のメンバーと南西バスのみなさんということになりますけど」

「仲宗根さん、今さらながらの確認で恐縮ですが、参加者の中に、女性は、南西バス側からの一人だけでしたよね？」と刑事が聞いた。

「電話の声は女性だったんですか？」と水田が横から割り込んで聞く。

「いや、そこがどうもはっきりしないんですけどね」と刑事は言った。「あのお店はかなりの人気店で、予約の電話がよくかかってくるし、あの夜は特に、台風でキャンセルしたいという電話も何本も入っていたようで。アルバイトの男の子も『なんとなく、その電話は女の人だったような』という程度の曖昧な記憶なんですが」

「そうですか。でも、男性にしろ女性にしろ、南西バスの人たちはみんな、宴会の場で岩井が店員に確認したときに、初めてアレルギーのことを知ったはずですよ」と仲宗根が言った。

「じゃあ、うちの支社の誰かってこと？　ちょっと、勘弁してよ」と水田は泣きそうな顔になった。

三十分ほど経ったところで、刑事は改めて仲宗根に詫びを言い、捜査に進展があれば逐一、地所側にも情報共有することを約束して、逃げるように去っていった。

「どうしたもんかね」と水田はソファに座り直し、深いため息をついた。

「困りましたね。エグゼや地所全体が世の中の批判を受けるようなことにならないように、もう、祈ることしかできませんけど」と綾野は自分自身を諭すように頷きながら言った。

「じゃあこれから、支社のみんなの携帯を見せてもらいますか？　疑うのは嫌だけど、客観的に考えて、あの店で飲むことも岩井のアレルギーのことも知っているのだから、やっぱりこの支社の誰かだと思うんです」と仲宗根は言った。

「まあ、気持ちはわかるけど」と水田は難色を示す。「支社のみんなを疑うのは、最後の最後にしようよ」

「そうですね」と綾野も唸った。「調べた末に、もしも犯人が支社の誰かであったと判明したら、とんでもない騒ぎになりますし、犯人がいなかったらいなかったで、むやみに疑った私たちとみんなとの関係がぎくしゃくすることになってしまいます。下手をすれば、ハラスメント問題にも発展しかねない。そのあたりは危機管理部と連携を密にしながら、慎重にしたほうがいいと思います」

吉沢は数秒ごとに壁時計に目をやり、いらいらしながら三人の発言が終わるのを待った。そして、もう誰も口を開きそうにない空気になったところで、「すみません、今日もこのあと神谷さんと会う約束をしていまして」と嘘をつき、部屋を飛び出した。

大通りを走って渡ってホテルに戻り、レストランに駆け込んだ。朝食バイキングは十時までで、すでに片づけが始まっていたが、さいわい、潮読みのオバアは残っていた。奥のテーブルで、宿泊客をつかまえて、写真を見せながら大漁自慢を繰り広げている。

「お話し中、すみません」と吉沢は割って入った。

宿泊客は救われたような顔で歓迎し「じゃ、私はそろそろ」と席を立った。

「なにさぁ、せっかくいいところだったんだよお」とオバアは不満げだ。

「すみません。教えてほしいことがあるんです」と吉沢は荒い呼吸のまま言った。「このあいだのひどい台風。あのとき、潮の流れが変わっていたって、おっしゃっていましたよね。おばあさん、あの夜、西平安名崎にどんな潮が流れていたか、わかりませんか？」

「なんだよ、急に」とオバアは舌打ちしながら、腰にぶら下げたポーチから、年季の入った小さな手帳を取り出した。

手帳のカレンダーは、見開きで一か月分になっている。オバアはその日付の下にペンで、方向と長短がまちまちな矢印を書き込んである。どうやら、彼女の漁場の、潮の流れの方向と強弱を記録しているようだ。

「ああ、あの日は、島の南から、西を通って、北だねえ。いつもと逆だよ。そうそう、流れもだいぶ強かったよお」

「その日、西平安名崎でうちの同僚が遺体で見つかった事件、覚えていますか？　その遺体から、岬や上地大橋近辺にはないはずの白いビーチの砂が見つかったんです。星砂も。あの夜、どこか別の場所から流されて、翌朝、岬に流れ着いたとしたら、どこからということになりますか」

オバアは手帳を顔に近づけ、矢印を睨んで、長い時間をかけて唸った。

「どうだろうな。体の重さとか、岸からの距離にもよるから、ぴったり断定するのは難しいけど」と、オバアは言う。「あの日の潮で考えると、前浜あたりかな」

それを聞いて、あっと思い出す。たしかに前浜のビーチは粒の細かい真っ白な砂だったし、星砂もあった。見つけた女子大生たちがはしゃいでいた。

オバアに礼を言い、レストランを飛び出した。

赤嶺の派手なタクシーで前浜に急行した。

プライベートビーチのあるリゾートホテルで、フロントや飲食店の従業員に岩井の人相を伝え、あの台風の夜に見かけなかったかと聞いて回った。しかし、誰の記憶にも残っていなかった。

警備員室で、防犯カメラの映像を見せてくれるように頼みこんだ。さんざん渋られたが、最後は警備員が折れて「見せたこと、内緒だよ」と、当日の夜九時から翌朝までの映像を早回しで見せてくれた。画面は四分割で、駐車場とフロントとプールと幹線道路に面したゲートが撮影されていた。しかし、いくら食い入るように見ても、時代遅れのジャケットを着た岩井の姿はどこにも映っていなかった。

吉沢はビーチハウスで入場料を支払い、とぼとぼとビーチに向かった。今日も大学生らしい観光客が海水浴を楽しんでいる。いかにも場違いなジャケット姿の吉沢に不審そうな視線を向けてくる。吉沢は気づかぬふりで、籐のチェアに腰を下ろした。

足もとの砂を手で握って、顔の前に持ち上げる。焼いたように熱い砂だ。粒は細かくて白い。よく見ると、たしかにいくつか星のような形のものも混じっている。

籐のチェアに寝転がった。さっぱりわからない。

警察による二度目の検視結果と、潮読みオバアの見立てのあいだに矛盾はない。岩井はピーナッツを食べてアレルギーの発作を起こし、このビーチで溺れ、星砂を含む真っ白な砂を海水とともにがぶがぶ飲み込んで死んだ。そしてあの台風の夜の潮の流れに乗って、ひと晩かけて岬まで流された。遺体の状況や自然界の条件から物理的に考えれば、そういうことになる。

けれども矛盾と疑問は残る。

そもそも彼があの夜ここに来るのは不可能だ。陽だまりで飲んでいるときには、すでに橋は封鎖されていたのだから。

ピーナッツも不思議だ。陽だまりでは提供されなかったのに、彼は店を出た後に、どこかで手に入れ、食べたのだろうか。日頃、自分でも気をつけていたらしい彼が、酔っていたとはいえ、そんな凡ミスを犯すだろうか。

そしてあの台風の中、ビーチに来たというのも謎としか言えない。酒を飲んでいるうちに、急に海水浴をしたくなったのか？　まさかそんなわけはあるまい。万が一、そうだったとしても、彼がここを訪れた形跡が確認できない。ホテルの警備員によれば、あの夜はこのあたりの一般の海水浴場はすべて閉鎖されていた。夜間に立ち入ることができたのは、このホテルのプライベートビーチだけだという話だ。しかし防犯カメラに岩井の姿は記録されていなかった。

ため息を吹きかけた空の上を、低空飛行の旅客機の白い腹が通り過ぎていった。

吉沢は跳ね上がるように身を起こした。飛行機だ、と思った。いや、船もある。たしかにあの夜、陸路は遮断されていたが、空と海は繋がっているではないか。

スマホを取り出し、上地島空港事務所の照屋に電話をかけた。あの夜、空港から飛行機が飛び立った記録がないか尋ねた。照屋は、乗り入れている航空各社や管制室に問い合わせてくれた。

「ないねえ」と照屋は申し訳なさそうに言った。「あの日の午後の早い段階から翌朝まで、各社とも欠航で。念のため、訓練機とか、個人所有のセスナとか、ヘリコプターもお調べしましたけど。一つも飛んでいませんでしたよ」

宮古空港に問い合わせても、結果は同じだった。

宮古島漁協と、対岸の上地島漁協にも電話をかけてみた。どちらも、あの日は夕方に組合員総出で、すべての船をロープで固定し、一隻たりとも海には出なかった。

マリンレジャー会社にも手当たり次第に問い合わせたが、ジェットスキーやバナナボートに至るまで、あの夜は陸に引きあげられていた。

ひらめきは空振りだった。

やはり、陽だまりを出た岩井が、あの夜のうちに前浜まで来るのは不可能だ。そもそも彼の携帯の電波は橋の向こうで途絶えている。わざわざ検視をやり直した警察や、熟練のオバアの潮読みを疑ってかかるのも難しいが、それでもやはり、岩井がこちらに渡れなかったという事実に抗うだけの説得力はない。やはり岩井は対岸で海に落ち、たまたま海中に漂っていた星砂を飲み込み、死んだのではないか。

吉沢はタクシーで市街地へ引き返した。後部座席の沈鬱な雰囲気を察知したのか、赤嶺は饒舌さに蓋をして、さりげなくＦＭの音量を上げた。

途中、沿道に市民病院の看板が見えた。吉沢は赤嶺に頼んで、立ち寄ってもらうことにした。

たしかこの病院の医師が最初の検視をしたはずだ。立場上、二度目の検視にも立ち会ったのではないか。話を聞けば、もう少し詳しいことがわかるかもしれない。

東京でも大きい部類に入るような立派な病院だ。受付で名刺を差し出し、岩井を解剖した医師に会わせてくれと頼んだ。「いきなり押しかけられても困るし、そういう頼みには応じられない」と断る受付事務の女性の顔は、警戒感で引きつっていた。もしかすると、最初の検視の誤りに文句を言いに来たのだと思われたのかもしれない。

仕方なくタクシーに戻りかけると、背後から「あの」と呼び止められた。中年の女性だ。白衣の胸のネームプレートには看護師と書かれている。彼女は周囲を気にしながら、吉沢を自販機の陰に呼び込んだ。

「解剖を担当したのは、来たばかりの若い女の非常勤」と女性はいきなり、ひそひそ声で言った。声にはたっぷりと悪意が染み込んでいる。

「その先生のお名前は？」と吉沢は尋ねた。

「吉川《きっかわ》優奈先生」と女性は少し憎らしそうに言った。

思わぬところで優奈の名前を聞き、とっさに言葉が出ない。もちろん彼女がここで週に二度、非常勤で働いていることは知っている。しかし、いかにも片手間のバイトのような口ぶりだった彼女が、まさか検視や解剖のような大事な仕事に関わっているとは。

「検視って、非常勤でもやるんですか」

「まあ、非常勤といっても、ちゃんとした医師だから、やる資格はあるよ。でも、うちの病院は慣習として、これまで非常勤の先生にやらせたことはなかったね」と看護師は眉間にしわを寄せ、顔の前で手をぶんぶん振った。「いつもは院長先生がやるんだよ。けど、あの日は急に優奈先生がやることに」

「急に？　どうして？　院長先生は体調不良？　出張？」

「そんなことないさあ。院長先生はいつもどおりピンピンしてたよお。ただ、優奈先生が急に、自分も勉強してみたいとか何とか言いだして」と看護師はぐっと顔を吉沢に近づけ、近所の噂話でもするように、ねっとりとした声で言った。

「それにしても、警察で検視をやり直したら、全然違う結果になったんでしょう？　まったく、病院のメンツ丸潰れさあ。優奈先生はサーフィンが好きで移住して、仕事なんて小遣い稼ぎに過ぎないから、いい加減にやったに決まってるよ。ちょっと美人だからって、スケベ院長が甘やかし過ぎたんだよお。いつかこういうヘマをやるんじゃないかって、みんな心配してたさあ」

みんなというのは、具体的には誰なのだ、あなた一人ではないのか、と言ってやりたい衝動をなんとか飲み込む。

「警察からは、抗議があったんですか」

「ない、ない。院長にへそを曲げられて今後の検視を断られたら、困るのは警察のほうさあ」と看護師は口をへの字にゆがめた。「でも、本当に、あの優奈先生が来てから、ろくなことがないさあ。今まで何のトラブルもなかった病院の電子カルテシステムが、いきなり不正アクセスを受けたこともあったしね。院長は箝口令《かんこうれい》だって偉そうに言ってるけど、みんな噂してるさあ。ほんと、とんだ疫病神だよお」

「優奈先生は、今日は？」と吉沢はどんな感情も込めない声で聞いた。

「休みさあ」と看護師は吐き捨てる。「ろくに反省もせず、どっかで呑気に波に乗ってるにきまってるよお」

看護師は、吉沢も一緒になって文句を言ってくれるものと期待するような顔をしたが、いっこうに乗ってこないと知ると、なんだ、こいつもたんなるスケベ男かとでも言いたげなため息をつき、その場を去っていった。

吉沢は支社に戻った。自席に座り、ＰＣを立ち上げて、溜まったメールを片っ端から開いていった。しかし、頭の中ではいくつもの疑問が絡み合い、渦巻いて、目の前の画面に表示された文字や数字の羅列がいったい何を意味するのかすらわからない有り様だった。

岩井はどこで死んだのだ。

岩井を殺したのは誰なのだ。

そして、優奈はなぜ検視を担当したことを教えてくれなかったのだ。最初にビストロで会ったときに、岩井の話が出たというのに。

吉沢が動き、調べるほどに、謎が増え、複雑に絡まり合い、動く前よりも多くの謎に、がんじがらめにされていく。まるで蟻地獄《ありじごく》に落ちた憐れな虫のようだ。もがくほどに、ずぶずぶと深みに飲み込まれていく。

解決の糸口はいまだ見えない。解決できないかぎり、神谷は交渉に乗ってくれない。神谷を口説けなければ、エグゼは前に進まない。前に進まないかぎり、戦略本部に戻る望みはない。前に進むためには神谷の力にすがるしかない。

袋小路だった。

13. ビストロ前の待ち伏せ

八月二十八日(月)夜

定時で引きあげ、ホテルでさっとシャワーを浴びてから、優奈のビストロに向かった。

窓から店内をのぞくと、優奈は厨房にいて、カウンターの客と談笑していた。吉沢は店には入らず、横断歩道を渡って、向いにある喫茶店に入った。夜十二時まで営業しているその店は、簡単なつまみとアルコールも提供していて、学生や外国人で賑わっていた。吉沢はちびちびとコーヒーを飲みながら、窓越しにビストロを観察し、優奈の仕事が終わるのを待った。

十一時にビストロの最後の客が帰った。片づけを済ませて優奈が出てきたのは十一時半過ぎだった。吉沢は喫茶店のお勘定を済ませて飛び出した。

「優奈さん」と駆け寄りながら声をかける。

「吉沢さん?」と一瞬、驚きでこわばったような顔をしたあとで、優奈は例の華やいだ笑顔になった。

白いサマーニットの胸が控えめに膨らみ、股上の深いデザインのぴったりとした濃いジーンズは、腰のくびれと脚線の美しさを際立てている。

「びっくり。夕飯食べに来てくれたの？　ごめん、もう閉めちゃった」と、こんな話をしに来たのでなければこちらまでつられて微笑んでしまいたくなる気持ちのいい笑みだ。

「いや、食事じゃなくて。優奈さんを待っていたんです」と向かいの喫茶店を指さした。

優奈は怪訝そうな顔をした。「デートのお誘いなら、また今度で。今日は疲れちゃって」

「そうじゃなくって」と吉沢は言った。「検視のことで話が聞きたくて」

優奈の顔がゆがんだ。作り笑いをしようとしているのに、頬の筋肉が追いつかないといったふうに。

「ああ、その件。かっこわるいよね。やっぱり、私には検視とか解剖なんて無理ですって、かっこつけずに言えばよかったな」と優奈は顔のこわばりをごまかすように、首を何度も大きく横に振った。

「僕が最初にお店にお邪魔したとき、岩井の話もしましたよね。どうしてあのとき、話してくれなかったんですか」

「それは、初めて食事に来たお客さんに遺体解剖の話なんてできないよ。聞きたくもないでしょ？　それにあの日、吉沢さんは日焼けでつらそうだったし」

ビストロの店内照明が落とされ、店長らしい男の影が、スマホで足もとを照らしながら出口に近づいてきた。

優奈はため息まじりに「場所、変えよっか」と言った。

繁華街に行き、前回と同じバーを訪ねてみたが、満席で断られた。他の店も満員か、すでに閉店後だった。仕方なくビストロの通りに戻り、向かいの喫茶店に行ってみたが、そこでも「ごめんなさい、もうラストオーダーが終わってしまって」と言われた。

吉沢は「ダメですね。よかったら、部屋、来ます？　といっても、まだ引っ越し前で、狭いビジネスホテルだけど」と言ってみた。

「どれだけ遊び人なのか知らないけど、さすがにホテルは……」と優奈は苦笑した。

「下心はないです。なんならドアを開けたままにしておいてもいいし、変なことしたらすぐに警察に通報できるように、スマホを握りしめていてくれてもいいです」

優奈はため息をついた。「オッケー。じゃ、うち来る？　散らかってるけど、遊び人の部屋にのこのこ付いていくよりは危なくなさそうだし」

優奈のマンションは、吉沢のホテルとは反対方向に歩いて五分ほどのところにあった。

「ごめん、散らかってるけど」と優奈は部屋の電気を点けながら言った。

部屋は少しも散らかってなどいなかった。きれいだ。というよりも、そもそも散らかるような物がない。今までに見たどの女性の部屋よりも飾り気がない。殺風景と言ってもいい。神谷にしろ優奈にしろ、移住者というのは部屋をシンプルにしたくなるものなのか。

「きれいじゃないですか」と吉沢は言った。

「何もないじゃん、って思っているんでしょ。顔に書いてあるよ」と優奈は、神谷のようなことを言って笑った。

優奈は吉沢にソファを勧め、テレビをつけ、キッチンに行って、湯を沸かし始めた。

ソファはふかふかで、ずぶずぶと尻が沈む。布のカバーとクッションから柔軟剤の甘い香りがした。

白いテレビ台の上に、銀色のふちの写真立てがあった。「見ていいですか」と一応断ってから、返事をもらう前に手に取った。そこには今ほど日に焼けていない優奈と、優奈によく似た女性が並んで写っていた。優奈はあでやかな袴姿で、手に黒い筒を持っている。もう一人の女性はシンプルなグレーのパンツスーツで、少しはにかんだように笑っている。二人の背景には「医学部卒業式」と書かれた大きな看板が写り込んでいる。

「お姉さん?」と、キッチンカウンターの向こうの優奈に問いかける。

「そう。よくわかったね」と、優奈はやかんに落としていた視線を上げた。やかんは、カラカラカラと軽い音を立て、湯気が上がっている。

「似てますもん」と吉沢は言った。

「そう?」

優奈はガスを止め、湯を急須に移し替え、運んできてくれた。

「お待たせ。ようこそわが家へ。吉沢さん、この部屋に来た男性、第一号だよ」

「すみません。どこか、飲み屋が空いていれば良かったんだけど」

優奈は吉沢の右隣に座った。二人掛けのソファは小さく、しかも深く沈むので、吉沢の体の右側が、優奈の体の左側に触れた。サマーニット越しの腕と、スリムなジーンズ越しの太ももは予想していたよりも柔らかい。

優奈は身を乗り出し、ローテーブルに並べた湯呑にお茶を注いでくれた。まだ緑が薄い。

「検視のことだっけ?」と優奈は聞いた。

「はい。すみません。きっとすごく失礼なことを聞いているんだと思います」

「そうね。お前みたいな未熟な医者が出しゃばったせいで、話がややこしくなったじゃないかって、責めに来たのだろうから。でもまあ事実だから、お叱りは甘んじて受けますわ。吉沢さんの会社にも迷惑をかけてしまったんだろうし。だから、どうぞ、聞きたい事を聞いて。忖度不要で」と優奈は苦笑もせずに言った。

「最初の検視のとき、星砂やアナフィラキシーの痕跡には気づけなかったんですか」と吉沢は率直に聞いた。

優奈は「そうね。本当に情けないけど」と言い、リモコンでやかましいテレビを消し、両手で湯呑を持って唇を濡らすように飲んだ。

「二度目の解剖には私も立ち会わされたよ。おしおきみたいなもので、いたたまれなかったけどね。でも院長や那覇の先生たちの腕や見立てはさすがだったよ。だから、最初のミスは明らかに私の力不足だし、関係者の皆さんには心から謝るしかない。ほんとにごめんなさい」

「べつに僕はそのことで優奈さんを責めるつもりはないんです。死因自体は最初に優奈さんが出した結果のとおりでしたし。でも星砂が気になるんです。優奈さん、二度目の解剖で、本当にそんなものが見つかったんですか？　もし本当なら、上地大橋の向こうで海に落ちたということ自体があり得なくなるんです」

「本当だよ。私も確認したし、警察の人も立ち会ったから」

「だったら岩井は橋のこちらで、もっと言えば、粒の小さな真っ白いビーチの砂や星砂のある前浜のビーチで溺れたということになりますよね。そういう理解で間違いないですか？　潮の流れに詳しい海女のおばあさんも、前浜あたりだろうって予想しています」

「二度目の検視結果からすれば、そういうことになるんでしょうね」

「でも、もう一つの事実として、あの夜、橋は通れなかったんです。飛行機も船も片っ端から調べました。でも、あの夜、岩井がこっちに渡る手段は一つもなかった」

「そう。じゃあ、やっぱり、橋のあちら側で海に落ちて亡くなったと考えるのが自然なのかな。星砂は不思議だけど、あの台風の中、自力で前浜まで泳いだと考えるのは無理がありすぎるし。そもそも、そんなに泳げるのなら、溺れないだろうしね」

「アナフィラキシーのことはどうですか」と吉沢は聞いた。

「あれも私の未熟さのせい」と優奈は力なく笑った。「本当に情けないし、申し訳ない」

「それが死因だということはないんですか？」

「ないと思う」と優奈は言った。「それほど大量に摂取したわけではないから、それ自体で死に至ったとは考えづらい。他の先生たちも同じ意見だった。まあ、最初に見逃した私に対するフォローかもしれないけどね」

「あの日、宴会参加者を装って店に電話をして、ピーナッツを出すように頼んだ人がいるんです」と吉沢は言った。そしてスマホでSNSを表示してテーブルに置いた。「岩井が訪れることを事前に書き込んだ人もいる。これを投稿した人が店に電話をしたのか、これを見て、岩井に恨みを持っている人が店に電話をしたのかはまだわかりませんが」

優奈は湯呑を置いて、ゆっくりとスクロールしながら読み「なにこれ。気持ち悪い」と、声に嫌悪感をたっぷりと含ませた。「でも、イニシャルがHというだけで、お店が特定できるのかな」

「気になって調べました」と吉沢は答えた。「上地島で頭文字がHである人気店は、陽だまりしかありませんでした」

「じゃあ、お店の人がその電話に騙されて、ピーナッツを出してしまったの?」

「いえ、幸い、在庫がなくて、出さなかったと」

「そう。じゃあ、誰が?」と優奈が言う。

「わかりません。店を出たあと、岩井がどこに行ったのかすらわからないので。わかっているのは、店の近くの橋近辺で、あいつの携帯の電波が切れていることだけです」

「お店を出て、自分でピーナッツを食べて、海に飛び込んだということ? じゃあ吉沢さんは自殺だと思っているということ？」

「いいえ、自殺はないと思っています。岩井はエグゼを成功させて、本社に引き上げてもらうつもりでいたはずです。交渉で詐欺まがいの危ない橋を渡ったのもそのためだと思います。あの時点では、神谷との交渉が難航して追い詰められていましたが、シャトルバスの運行の件でバス会社と交渉しに行ったくらいですから、自殺するほどではなかったと思います。彼はあの日の出かけ際、僕に対しても『できるだけ急いで戻ってくるから、思い出話はそのとき改めてゆっくり』と言ったんです。それに、遺体に争った形跡があるというのは、最初の検視での優奈さんの結論ですよね？」

「そっか。じゃあ本当に、わけがわからないね。吉沢さんも困るよね。早くこの問題をはっきりさせてエグゼを前に進めなきゃならないんでしょ？　そうしなきゃ、吉沢さんだって本社に戻れないんだものね」

吉沢は驚いて目を見開いた。どうしてそんな話を知っているのだ。

「大日本地所さんの裏掲示板、読んじゃった」と優奈は言った。「常連さんが毎日のように噂をするから、ちょっと興味が出ちゃって」

優奈は湯呑に鼻を近づけ、緑茶の香りを嗅いだ。そしてまったく関係のない話を始めた。

「ねえ、人間の目って、どうして前についていると思う？」

「何ですか、いきなり」と吉沢は少し苛立ちながら聞き返した。

「これね、私が医学部の受験で落ちて凹んでいたとき、お姉ちゃんが言ってくれた言葉なの。ねえ、当ててみて、なんで目が前についているか」

「そのシチュエーションなら、まあ、前を向くためってことですか」

「素直だね」と優奈は笑った。「前を向くために目が前にある。正しい。真っ当」

拗《す》ねながら「で、答えは？」と聞く。

「正解は、その真逆。目が前についているのは、うしろを見るときに、体ごと思いきり振り返るためなんだよって。だから今は思いきり振り返ってくよくよして、自分を責めて泣いちゃいなさい。そして、それに飽きたら、今度は体全体で前を向いて。うしろはさんざん見たんだから、もう振り返らなくていいんだって思えるはずだからって」

「素敵なお姉さんですね」

「うん、自慢のお姉ちゃん。すごく勇気づけられた」

「でも僕の場合は、前を向いたところで、過去のマイナスが帳消しになるわけじゃないからなあ。ネットで言われまくった悪口も一生消えないですから」

「ひどいよね」と優奈は一緒に憤っている表情をしてくれた。「でも吉沢さんはきっと強く、優しくなったんだと思うよ。あの掲示板に出てくる、傲慢で、自分のことしか考えずに、人を蹴落としても平気で、乱痴気好きな人と、いま私の目の前にいる人はまったくの別人にしか思えないから」

「そう言ってもらえるのは嬉しいけど」と吉沢は苦笑した。「そんなかっこいい話じゃないですよ。辞める度胸がなかっただけだし、妥協して、自分を押し殺して、なんとか騙し騙し生きながらえてきただけで」

「本人がそう言うなら、そうなのかもしれないけど、少なくとも私は、吉沢さんと知り合ってよかったと思ってるよ。なぜかこんなふうに自宅でお茶をご馳走するくらいに仲良くなれたし。神谷さんとだって、仕事を抜きにしても、友情を感じているんでしょ?」

「そうですね。たしかにこの島に来る前は、友達なんて一人もいなかった。人間関係は全部、損得勘定だったから。でも島に来て初めてできました。まあ、生きているかぎり、いろいろ嫌な目にも遭うけど、ゼロにはならないってことなのかな」

「そうね」と優奈は吉沢のお茶を注ぎ足した。先ほどよりも緑が濃い。「私たちって、じつはものすごい幸運に恵まれて生きているんだと思う。医者をやっているとなおさらそう思う。ふだんは意識しないけど、生きていること自体、すごく危なっかしい奇跡なんだよ。目を瞑《つむ》って自転車をこいでいるようなもので。転んで初めて、転ばずに済んでいた幸運に気づく。もし事前に不幸の予感みたいなものがあれば、そんな幸運をもう少し大事にできるんだろうけど」

「不幸の予感か」とつぶやき、瞑目する。

たしかにそうだ。もしエース気取りで浮ついていた頃にそんな予感があったのなら、俺はもっとあの日々を丁寧に生き、それによって、あの日々に留まれたのかもしれない。思い起こせば子供の頃から、友人にも恋人にも勉強にも趣味にも、何ひとつしっかりと向き合ったことがなかった気がする。すべては失われるべくして失われたのだろう。皆、俺に期待し、裏切られ、うんざりとため息をつき、去っていったのだ。

まぶたが熱い。目頭を指で押し、目を開ける。優奈の視線を横顔に感じる。

岩井にしても、不幸の予感はなかったのだろう。エグゼの用地買収完遂まであとひと息というところで、まさか台風の海に落ちて絶命するとは、想像すらしなかっただろう。

「生きているかぎり、ゼロにはならない。ほんと、そうね」と優奈が言った。「お姉ちゃんも言ってた。『どんなに苦しくて悲しい状況にあっても、少しでもプラスになるようにと頑張れるのが人間の強味なんだよ』って。ほんとに強くて優しい人だった」

優奈は真っ暗なテレビ画面に向かって、誰かを諭すようなゆっくりとした口調で言った。

「なんで過去形なんですか？　もしかして喧嘩中とか？」と吉沢は苦笑気味に尋ねた。

しかし優奈は少しも笑わなかった。

「亡くなったの」

吉沢は絶句し、もう一度、写真を見た。先ほどは明るい笑みに見えた二人の表情が、少しだけ悲しみの兆しを含んでいるように見えた。

重い沈黙が部屋に充満した。優奈はももの上に肘をつき、両手に顔を載せて目を閉じた。吉沢がつばを飲み込む音だけが大げさに響いた。せめて時計の秒針の音でも聞こえればと部屋を見回したが、真っ白な壁には時計すらなかった。

長い沈黙のあとで、突然、優奈のスマホが鳴った。けたたましいベル音で、吉沢はソファに埋まった尻が浮くほどに驚いた。優奈は「ごめん、病院から」と断ってから出た。

「え？　いつ？」と優奈は立ち上がった。「わかりました。今からご自宅に直接向かいます。住所、聞いていいですか？」

吉沢はバッグから自分の手帳とペンを出し、テーブルに置いてあげた。優奈は目だけでお礼を言い、聞き取った住所を走り書きした。

ペン先を目で追っていた吉沢は、その目をかっと見開かざるを得なかった。それは、島に来て日が浅い吉沢にも見覚えのある番地だった。

電話を切った優奈は青ざめた顔をしていた。スマホを持った手がぶらりと宙に揺れている。

「患者さんが亡くなっちゃった。ご自宅で。死亡確認をしてほしいって」

「その患者さんて」と聞く。もはや声とは呼べないほどにかすれている。

「神谷さん」と優奈は頷いた。「神谷遼さん」

吉沢はもう何も言えず、頷くことすらできなかった。

「聞いていなかった？　彼、ガンだった。一度倒れて病院に運ばれてきたときには、もう手の施しようがなかった。ねえ、一緒に行く？　初めてできたお友達だったんだよね」

吉沢は黙ったまま、ただ小さく頷いた。

14. カーテンの向こうの秘密

八月二十八日(月)深夜

　窓もカーテンも閉めきった神谷の自宅は静かで、蒸し暑かった。電気は点いているのに、薄暗く感じる。神谷は窓際のベッドに横たえられていた。

　Yシャツを腕まくりした刑事は、入ってきた優奈を見て「ああ、先生。すみませんね、こんな遅い時間に。私らで確認したところ、事件性はないですけど、一応、確認してやってもらえますか」と言った。

　優奈は神谷のまぶたを持ち上げて瞳孔をたしかめ、骨ばった手首を握って脈がないことを確認した。

「主病巣の肺から全身に転移したガンが原因だとは思いますが、詳しくは解剖の後で判断します」

「そうですか」と刑事は場違いなほどに快活な声で言い、お手伝いさんの涙目で睨まれ、気まずさをごまかすように「かわいそうにねえ。若いのにさあ」と白々しいため息をついて、短く合掌した。

優奈が吉沢を振り返り、そばに招いてくれた。

神谷の胸にかけられた水色のタオルケットは、どれだけ注意深く見ても、微動だにしなかった。なんでだよ、と吉沢は心の中で神谷を詰った。一緒にお手伝いさんの宮古そばを食べたばかりなのに。友達になったばかりなのに。

神谷はもう動かず、何も語らない。顎の周りや腕は細く、黒ずんでいる。その細さや黒さは、そしてあの咳は、死のサインだった。ジョークのように言ったことは、ジョークなどではなかったのだ。

眉間には彫刻刀で力まかせに彫り込んだような縦じわが四本寄っていた。吉沢は指で触れ、伸ばしてあげた。いったんは伸びた。伸びたぶん、顔を覆っていた苦しみの痕跡が少しだけ薄らいだように見えた。しかし手を離したとたん元に戻ってしまった。もう一度触れようかと思ったが、やめた。そんなことをしても意味がない。ただの贖罪ごっこだ。

背後に立っていたお手伝いさんがズッと鼻をすすり、咳払いをしてから、神谷の最期を教えてくれた。

今日は朝からいつも以上に調子が良さそうだった。昼食はご飯をおかわりした。午後はいつもどおりオフィスで仕事をし、四時過ぎに家の前の海岸に降りて三十分ほど散歩した。

六時過ぎに、夕食の支度ができて内線で呼んだ。神谷は出なかった。仕事に没入して電話に気づかないことは珍しくなかったので、その時点では、お手伝いさんは特に不審に思わなかった。

しかし何度かけても出ないのでオフィスを見に行ったところ、ソファに倒れこむような格好で冷たくなっていた。

「もっと早く気づいていれば、助かったんでしょうか」とお手伝いさんは、優奈に上目遣いに聞いた。

優奈は首を横に振り、お手伝いさんの背中をさすりながら「仕方ないんです。ご自分を責めないで」と慰めた。

お手伝いさんは感情を溢れさせるようにわっと泣いた。

救急車がサイレンを鳴らさずにやってきた。救急隊員たちは「いち、に、さん！」と声を出して息を合わせ、神谷を軽々とストレッチャーに載せた。あまりにも手際が良く、まるで引っ越しの家財でも運び出しているかのようだった。もうちょっと大事に扱ったらどうなんだと文句を言いたい衝動がこみ上げ、吉沢はため息をついて何とかやりすごした。

「吉沢さん、どうする？　私は病院に行かなくちゃいけないけど」と優奈が言った。

「もう少し、ここにいてもいいでしょうか」と吉沢は神谷を見下ろしながら言った。

優奈と刑事とお手伝いさんが、判断を譲り合うように顔を見合わせた。

「えっと、こちらは？」と刑事が、優奈とお手伝いさんに尋ねる。

「大日本地所の吉沢さんです」と優奈は答えた。

腕まくりを元に戻しかけていた刑事は手を止め、怪訝そうな顔で吉沢を見た。

「お友達です、神谷さんの」とお手伝いさんが言い添えてくれた。

刑事は吉沢から目をそらし、また手を動かし始めた。「まあ、かまわんでしょう。我々のほうで調べるべきことはもうないから。あとは、お手伝いさんさえよければ」

刑事は引きあげ、優奈は神谷を載せた救急車に同乗して、病院に向かった。

ドアを閉めてしまうと、沈黙の重さが増したように感じられた。ベッドの白いシーツには、先ほどまで神谷が横たわっていたところに少しだけしわが寄り、枕には丸いくぼみができていた。お手伝いさんが「お茶でも」と、電気ケトルでお湯を沸かしてくれた。コーという音が室内に響き渡った。

ダイニングテーブルに向かい合って座って、しばらく黙ってお茶を飲んだ。

「ご愁傷さまでした」と長い沈黙のあとで、吉沢はお手伝いさんに声をかけた。声はかすれも上ずりもしていなかったが、自分の声ではないようにぼんやりとしていた。

「すみません」とお手伝いさんは頭を下げた。「残っていただいてよかったよお」

壁の丸時計は一時を回っていた。

「ご遺族には？」と吉沢は聞いた。

「静岡のご実家には電話を入れました。お母さんとお姉さんが、明日の朝、静岡を出て、羽田からの便で来られると」

神谷が見せてくれた故郷の写真を思い出す。三方の山とヘドロの海に囲まれた煙突だらけの町。

これほど波乱に満ちた人生を送った彼が、最後はまたあの町に戻らなければならないのだ。できることなら、この島で煙になり、広々とした濃い青の空に昇っていってほしい気がした。

部屋を見回す。すっきりしている。こうなってみると、この日のために、新たな記憶や執着を抱え込むのを拒絶していたかのようだ。

お茶がすっかり冷めた頃、吉沢のスマホが振動した。メールの着信だ。画面をたしかめた吉沢は、目を見開いた。発信者は神谷だった。送信時刻はたった今だ。どういうことだ。恐怖で全身に鳥肌が立った。震える指で、メールの本文を開いた。

〈このメールが君に届いたということは、俺はもう死んでいるのだろうね。でも、君のために俺が謎を解いてやるという約束は果たすよ〉

見守りサービスの自動送信システムだ、と吉沢はようやく理解した。メールには、事務所のPCへのログインパスワードが書かれていた。

お手伝いさんに断って、一階の事務所に降り、PCの電源を入れた。画面が立ち上がるまで、しばらく時間がかかった。その間に、半開きになっていたデスクのひきだしを開けた。奥から、処方薬局の白い紙の袋と、薄い水色の封筒が出てきた。知っていたのかと目だけで尋ねたが、お手伝いさんは怯えるような顔で首を素早く横に振った。

白い袋の中には、まだ何錠かの薬が残っていた。糖衣でつるりとした楕円形の薬だ。神谷が「咳止め。これを飲めばちょっとは楽になるから大丈夫」と微笑んで飲んでいたものだ。同封されていた薬局の説明書を読む。それは咳止めではなく、ガンの緩和ケアのために処方される強い痛み止めだった。

水色の封筒の中には、同じ水色の便箋が入っていた。書かれていたのは美しい女性の字だった。

「遼へ
今までありがとう。

最後、泣いてくれて、嬉しかったたし、悲しかったたし、やっぱり寂しいね。

でもあまり自分を責めないで。私だって悪いところがあったんだろうから。

いつも細かいことばかり文句を言って、きっと窮屈だったよね。ごめんなさい。

いろいろあったけれど、今の私があるのは遼のおかげだと感謝しています。

もっと感謝すればよかったのになと、少し後悔もしています。

でもうしろを向かずに頑張っていくね。だからどうか遼も前を向いて、幸せになって。

まだ若いのだから、これからまた幸せになれるよ。なってほしいです。

どうか体に気をつけて。お酒とタバコはできるだけ控えてね。沙織《さおり》」

手紙をデスクに置き、吉沢は高すぎる天井を見上げて細く長く息を吐いた。

短い手紙だが、温かい人柄がにじみ出るようだ。神谷が最後まであきらめきれなかった人。せめて神谷が亡くなったことを彼女にも伝えてあげたい、と思った。もしも彼女が神谷のために一滴でも涙を落としてくれたら、最後の友人として、初めて友人らしいことができるような気がした。

声を震わせずに言えるのを待ってから、お手伝いさんに「奥さんの連絡先、知りませんか」と尋ねた。お手伝いさんはつらそうに下唇を噛み、首を横に振った。

手紙を封筒に入れ、ひきだしに戻した。

ＰＣが立ち上がった。メールに書かれたパスワードを入れると、ログインに成功し、デスクトップの画面に切り替わった。

「沙織」というフォルダがあった。クリックする。部屋の静寂は、マウスの音さえも大げさに響かせる。

フォルダはさらに二つに分かれていた。「ＰＨＯＴＯ」と「ＭＥＭＯ」。まず「ＭＥＭＯ」を開く。そこにはワード文書が保存されていた。Ａ４に、フォントサイズ10の明朝体の文章が横書きでぎっちりと書かれている。

〈俺は、傷つけるためだけに沙織と出会ったのか〉と彼は書きだしていた。〈彼女のおかげで、あんなにたくさんの幸せをもらったのに、傷つけるだけ傷つけて放り出して、それでも最後まで、許して戻って来てくれることばかり考えていた。これはきっと、愚かな俺への天罰だ。彼女はもうこの世にいない。彼女のために何をしてあげることもできない〉

マウスを握りしめたまま、金縛りにあったように体が固まった。恐怖にも似た寒気が全身に広がる。耳には、何も知らずに神谷に投げつけてしまった自分の残酷な声がよみがえる。「奥さんとは、戻れないんですか？　今からでも遅くないと思いますけど」と。彼は「無理だよ」と言った。アンティークのテーブルを彼が掌で撫でたときにも言った。「よりを戻せばいいのに」と。彼は答えた「戻せないたぐいのものもあるんだよ」と。

瞑目する。荒くなった自分の呼吸しか聞こえない。お手伝いさんがティッシュでそっと頬を拭いてくれた。目を開けた。視界が白っぽく濁っている。

「大丈夫？」とお手伝いさんは、顔をのぞき込まないように聞いてくれた。

返事をしたかったが、声は喉に絡まり、言葉になる前のかすかな音しか出せなかった。

ＰＣ画面に目を戻す。ひたすらに悔恨と懺悔が続いたメモは、八枚目から急に内容が変わった。目に飛び込んできたのは〈大日本地所の岩井〉という文字だった。

一年前に宮古島に移住した神谷は、すぐにＳＮＳを立ち上げ、岩井や大日本地所に関する情報を集めだした。そして、沙織が風評によって廃業に追い込まれ、ノイローゼになり、放火騒ぎまで起こして、最後は近所の鼻つまみのような存在になって自殺したことを知り、発狂しそうなほどに怒り、悲しんだ。

神谷はその風評の発信源が岩井であるという噂にもたどり着いた。その時点で明確な殺意を持った。しかし決定的な証拠を手に入れられずに、苛立ちの日々がしばらく続く。

そんな中で、ＳＮＳに岩井の悪事を告発する書き込みが放り込まれた。神谷は土地売買に応じると嘘をついて、台風の夜に岩井を呼び出し、塗りつぶされたメールの写真を突きつけて、懺悔を迫ることにしたのだった。

　そしてメモは最後の一枚になった。

〈岩井は最後まで罪を認めなかった。もはや殺すしかなかった。沙織の味わった絶望を思えば、当然の罰だ。俺もすぐに死んで償えば十分だろうと思っていた。けれど、思わぬところから最後の光明が差し込んだ。大日本地所の吉沢という男が連絡してきた。エグゼ用地の売買交渉を岩井から引き継ぐつもりらしい。彼はおそらく大学時代の同級生だ。ネットによれば、日本橋の商業ビルプロジェクトで失敗して、左遷に次ぐ左遷らしい。エグゼを成功させて捲土重来を果たしたいのだろう。これは最後の賭けだ。土地売却との交換条件で、彼に社内から証拠を探し出させる。そして沙織の無念を晴らす。とにかくもう少しだ。それまでこの体がもってくれることを祈るだけだ〉

　吉沢はメモを閉じ、長嘆息した。言いたいことが次々に、吐き気のように喉元までこみ上げた。しかしどれも自分の本当の言いたいこととは違うような気がして、結局、何も言わなかった。

　そのまま神谷のPCでネットを開き、SNSを立ち上げた。今まで吉沢自身のスマホで閲覧していたものとは違い、書き込みは何色かに色分けされていた。色分けが何を意味するのかは、吉沢にもすぐにわかった。

　岩井の土地買収に関する不正の証拠を提供したり、あの夜、飲み会が開催されることを事前に書き込んだりしていたBの文字は赤。

岩井を殺した犯人である可能性が高いと神谷が推論を与えたAの書き込みは黄色。

吉沢は腹筋にぐっと力を込めてから、キーボードに指を置いた。そして「さようなら」と打ち込んだ。投稿前の仮登録画面に表示された文字は黄色だった。吉沢は今までの人生でついてきた中で一番深くて長いため息をつき、仮登録した文字を削除した。

吉沢はSNSを閉じ、「PHOTO」のフォルダを開いた。そこには三百枚近い写真が保存されていた。

どこか南の島のホテルのディナー会場で撮影したらしい写真では、神谷と沙織さんらしい女性が顔を寄せ合って笑っていた。神谷はまだ血色がよく、頬もふっくらしている。沙織さんは可憐な花の柄の入った浴衣姿だった。

明るい海を背景に、二人で「自撮り」した写真もあった。さきほどの写真よりも二人の顔がアップになっている。吉沢はマウスにのせた手を止め、画面に向かって乗り出すように顔を近づけた。沙織さんの顔を見るのが初めてではないことにようやく気づいたのだ。それは、つい数時間前に、別の写真で見た顔だった。顔だけではない。胸のあたりにレースがあしらわれた真っ白なワンピースも。

吉沢は目を閉じ、ゆっくりと首を横に振った。

PCの電源を落とした。

お手伝いさんに礼を言い、二階のリビングに戻った。そして、あの夜の、神谷のスケジュールをお手伝いさんに尋ねた。お手伝いさんはキッチンに行き、夕食の献立を記入してあるカレンダーをたしかめてくれた。

「あの日は台風だから、神谷君はどこにも出かけなかったよお。私のことも心配して、早く引きあげろって言ってくれてね。お腹がすいたら宮古そばでも作って食べるから、ジーマーミー豆腐の天ぷらだけ揚げていってって頼まれたよお」とお手伝いさんは懐かしむような口調で言った。

「あの」と吉沢は聞いた。聞かないほうがいいとはわかっていたが、聞かないわけにはいかなかった。「ジーマーミーって、何なんですか？」

「ああ、よそから来た人はわからないよねえ。落花生だよお。ピーナッツ。甘くて、ちょっと香ばしいでしょう。神谷君はあれが好きでねえ。あの子はもともと落花生の風味が嫌いだったみたいけど、『これは全然落花生臭くないし、美味しいよ』って、よく褒めてくれたさあ」と誇らしげな声が返ってきた。

吉沢は作り笑顔で頷いてあげることしかできなかった。

時計の針が二時を回った。お手伝いさんは「私はそろそろ」と言った。吉沢は「今夜だけ、ここに泊めてもらうわけにはいきませんか」とわがままを言った。お手伝いさんは「私が決められるものでも……」と困惑したが、最後は「でも、お友達だものね。神谷さんも喜ぶよね」と鍵を貸してくれた。

神谷が横たえられていたベッドの上に仰向けに寝た。気味の悪さや恐怖感は不思議なほどになかった。真っ白な天井は吉沢のホテルの倍くらい高いところにあったが、重すぎる沈黙のせいで、息苦しさはホテルとたいして変わらなかった。

耐えきれずに寝返りを打った。目の前に観葉植物の鉢があった。この一年、神谷は毎晩、ここで一人、眠っていたんだなと思った。温かい水滴が頰をつたって、神谷の頭の形に凹んだ枕に落ちた。

全部、見ていたんだな、と濃い緑の葉に、心の中で問いかける。

神谷がこの島に来た目的は、当初、沙織さんの最後の日々がどのようなものであったのかを知り、悼むためだったのかもしれない。自身の病状を知ったのがいつで、どの程度死期を意識していたのかはわからないが、もしかしたら沙織さんと同じ場所で最期を迎えたいという思いもあったのかもしれない。しかし彼は岩井がやったことを知った。そして復讐を思い立ち、それをやり遂げたのだ。

動機と結果はわかる。しかし、それを結びつけるディテールがまだ繋がっていない。そこには依然として様々な謎と矛盾が横たわったままだ。

神谷はこの部屋に岩井を呼び寄せ、ジーマーミー豆腐を食べさせ、アナフィラキシーの発作で弱らせて、テラスから真下の荒れ狂う海に放り込んで殺したのだろう。それならば岩井の遺体からこのあたりのビーチの砂が検出されたという二度目の検視結果とも、あの夜の潮の流れからすると殺害現場は前浜あたりだろうという潮読みのオバアの見立てとも合致する。「どうも沖縄料理は苦手でね」と言っていた岩井は、ジーマーミー豆腐にも興味がなかっただろう。それに、お手伝いさんの天ぷらはピーナッツ独特の風味を感じないから、吉沢自身もその正体を聞くまでわからなかったくらいだ。岩井は、まさかあの天ぷらの衣の中に、自分を危機に陥れる危険な食材が隠れているとは思わなかったことだろう。

飲み会の途中に岩井を電話で呼び出したのも、神谷だった可能性が高い。嵐のさなかにも関わらず岩井が上機嫌で宴会を抜け出していったのは、「土地を売る決心がついた」と言って神谷がおびき出したからだ。

しかし神谷はどうやって、岩井にピーナッツ・アレルギーがあることを知ったのだろうか。SNSにはそんな書き込みはなかった。メモにも書かれていない。エグゼは岩井が抱え込んでいたのだから、他の社員が神谷に会ってそんな情報を吹き込んでいたとも考えづらい。けれどもあの夜、神谷はお手伝いさんに頼んでわざわざ用意させた。やはり事前に知っていたのだろう。

だとすれば、山城の店に電話をしてピーナッツを提供させようとしたのも神谷か。いや、それはあるまい、と吉沢は自らの仮説に首を横に振る。自身の手で復讐することだけを考え、その執念だけで生きていた彼が、最後の最後で、他人の手に委ねるはずはない。

まあいい、と吉沢はため息をついた。とにかく「誰か」がアナフィラキシーの情報を神谷に耳打ちし、「誰か」が陽だまりに電話を入れたのだとしよう。それでいい。それが誰であっても、とにかく実際にピーナッツを使って岩井を弱らせ、殺したのは神谷なのだ。

しかし、そんな曖昧さを許容したうえでも、やはり矛盾は残る。

神谷はあの夜、少なくともお手伝いさんが帰宅するまでこの部屋にいた。その時間にはすでに橋が閉鎖されていた。そして岩井は対岸にいた。飛行機もヘリコプターも漁船もバナナボートも動かなかった。荒れ狂う海に隔てられていたはずの二人が、なぜこの部屋で会えたのだ。もはやテレポーテーションとかマジックとか、そんな馬鹿馬鹿しい想像しか浮かんでこない。

息苦しさが増した気がして、吉沢はベッドから立ち上がり、カーテンと窓を開け放った。ひんやりとした風が吹き込む。潮騒も聞こえる。エバーフレッシュの葉が、吉沢の愚鈍さを嘲笑うように細かく揺れる。

ひときわ強い風が吹き、カーテンを大きくめくり上げた。

吉沢は、全身に電流が駆け巡るような激しい衝撃に襲われた。

テラスに飛び出した。

黒い海に突き出した桟橋に、真っ白なクルーザーが係留され、波に揺られていた。

15. ハッキングされた病院

八月二十九日(火)未明

三時すぎにインターホンが鳴った。ドアを開けると、優奈が立っていた。髪はうしろで一つに結っていた。

「やっぱりガンだった。思ったよりも進行が早かった」と、優奈はため息そのもののように疲れきった声で言った。

中に迎え入れ、ダイニングテーブルに向かい合って座った。肘をつき、二人で交互に何度もため息を漏らし合ったあとで、優奈は静かに語った。

「神谷さんが倒れて、初めてうちの病院に運ばれて来たとき、私が担当になった。もちろん、神谷さんのことは知っていたよ。有名人だから。でも、すごく痩せていたから、同姓同名の別人なのかもって思ったくらいだった。CTを撮ったら、ガンはすでに全身に転移して、手の施しようがなかった。それでも主病巣を切除すれば、放射線と抗がん剤で、ある程度は延命ができるかもしれないって伝えた。でも彼は拒んだの。『大丈夫。このままでいい。報いなんです』って。結局、どうしても耐えられないときに飲んでくださいって、こちらから押し付けるように痛み止めの薬だけを処方した」

優奈は何度も小刻みに頷いた。まるで自身に何かを言い聞かせるように。

「神谷から、岩井の話を聞いたことはありましたか」と吉沢は聞いた。

優奈の目に涙がたまったように見えた。優奈はそれをごまかすように首を横に振り「ないよ」と答えた。

「岩井がカフェのオーナーを風評で追い詰めたという話、覚えていますか？　じつはそのオーナーというのが、神谷の別れた奥さんだったんです。神谷が最初から復讐のために島に来たのか、島に来てから噂を耳にして復讐を思い立ったのか、僕にはわからない。でも、いずれにせよ、余命を知って、それが尽きるまでにやり遂げるつもりだったんだと思います」

「そう、そうなんだ」と優奈は口を尖らせて細く息を吐き出した。

「優奈さん、あの夜。どうして急に、検視を担当したいと申し出たんですか」

「それは、たまたま。私もいつまでも腰かけのバイト医師でいるわけにはいかないし、経験を積まなきゃと思って」

「嘘だ」と吉沢は言った。「あなたはあの夜、神谷が岩井を殺すんじゃないかと事前にわかっていた。だから検視を受け持とうと思った。違いますか？」

長い沈黙があった。潮騒と、時折めくれ上がるカーテンと、細い葉を揺らすエバーフレッシュだけが、時間が停まっていないことを辛抱強く主張していた。

「神谷のＰＣを見ました」と吉沢は言った。「そこには彼の奥さんだった女性の写真があった。優奈さん、亡くなった沙織さんは、あなたのお姉さんなんですよね？」

優奈は大きな目を見開き、口をパクパクさせたあと、両手で顔を覆った。そして、長い時間をかけて、声を出さずに肩を震わせた。

何百回かの潮騒のあとで、優奈は顔を上げ、ティッシュをとり、濡れた頰を拭いた。そして震える息を収めてから「そうだよ」と言った。

「お姉ちゃんが中一で、私が小六だった時、両親が車の事故で亡くなった」と優奈は消え入りそうな声で語り始めた。

「私たちは、親戚の叔父さん夫婦に引き取られた。従兄弟のお兄ちゃんも可愛がってくれたし、親の遺したお金もあったから、叔父さんも叔母さんも優しかった。でも、お姉ちゃんが高校に入って、私が中三になった頃から、急に冷たくなった。たぶんお金がなくなったんだと思う。お姉ちゃんは教師になりたがっていた。本当は大学に進学したかったんだと思う。でも叔母さんは嫌な顔をした。ただでさえ自分の子供が私大生でお金がかかるのにって。結局、お姉ちゃんはあきらめて、地元の短大に進んだ。勉強机に突っ伏して泣いていたよ」

声が詰まりかけるたびに、優奈はペットボトルの水を飲み、深呼吸した。吉沢は黙って、徐々に中身が少なくなっていくペットボトルを見つめ続けた。

「お姉ちゃんは短大に入ってすぐにキャバクラでバイトを始めた。叔母さんから『水商売なんて世間体が悪い』って叱られながら。私が高三になって医学部に進みたいと言ったら、案の定、叔母さんは猛反対した。でもお姉ちゃんは三百万も貯めた預金通帳を見せて、お金は何とかするから行かせてあげてって頼んでくれた。私、申し訳ないのとありがたいのとで、お姉ちゃんに抱きついて泣いた。『今は何の恩返しもできないけど、いつか必ず、お姉ちゃんが困ったときには私が助けるからね』って誓いながら。お姉ちゃんは、『そんなこと考えなくていいから、頑張って立派なお医者さんになって、お父さんやお母さんみたいな人の命を救うんだよ』って。私は受験した。でも入試の最中も迷ってた。合格すれば、お姉ちゃんをこの先、六年も犠牲にしちゃうんだって。一番得意だった数学の試験で、一文字も書けなくなった。もちろん不合格だった」

「それで、励ましてくれたんですね、お姉さんが」

優奈は誇らしそうな顔で頷いた。

「お姉ちゃんは昼のコンビニのバイトまで掛け持ちして、浪人時代も、入学したあとの学費も、手伝ってくれた。私自身のバイトと奨学金も合わせて、叔父夫婦に頼らずに卒業できた」

吉沢は目を瞑り、優奈の部屋で見た卒業式の写真を思い浮かべた。沙織は照れくさそうに微笑んでいた。

「私が働き始めて、お姉ちゃんはやっとキャバクラを辞めて就職先を探したの。短大を出て定職に就いていなかったから厳しかったけど、登録した派遣会社経由で、神谷の事務所で働けることになった。一年くらい経って、お姉ちゃんが『優奈に会わせたい人がいる。結婚を考えている』って、レストランに連れてきたのが神谷だった。私は、テレビで見ていた神谷の浮ついた感じが好きではなかったけど、応援しようと思った。だってお姉ちゃんは今まで私のためにすべてを犠牲にしてくれたんだもん。やっと自分の幸せにたどり着けたんだって嬉しかった。私はお姉ちゃんの手を握って『よかったね。幸せになってね』って。ぽろぽろ涙が出て止まらなかった。お姉ちゃんは笑って、ハンカチで拭いてくれた」

優奈はそのときのハンカチの柔らかな感触を再現するように、自分の頬に触れた。

「でも神谷はああいうことになった。お姉ちゃんは短期間でげっそり痩せた。表情もなくなった。自殺しちゃうんじゃないかって本気で心配した。でも、離婚を決意したときにはすっきりした顔になってたよ。『もう誰かにすがって生きるような人生はやめるの』って。それで猛勉強して資格をとって、コツコツ貯めていたお金で、この島で店を開いた。こんな島には縁もゆかりもないけど、たぶん、無責任で心ない誹謗中傷を浴びせる都会の人たちにうんざりして、心機一転という気持ちだったんじゃないかな。お店は順調そうで、すごく充実しているって言ってた。結局はあんなつらい最後になっちゃったんだけど」

優奈は唇を引き結び、膝の上に置いた細い指を一本ずつ数えるように見つめた。

「お姉ちゃんを追い詰めて、殺したのは私なんだと思う」と優奈は言った。

「そんなわけは」と吉沢はべつに笑いたい気分でもないが小さく笑った。「お姉さんのお店を潰したのはコロナと風評だし、お姉さんは自分自身で……」

「SOSはあったの」と優奈は激しく首を横に振った。「何度か私の携帯に着信が残ってた。普段は私の仕事の足を引っ張らないように滅多に連絡をしてこなかったのに。放火騒ぎを起こして自殺してしまう数日前には、メールも届いていた。『つらいよ。もうダメかもしれない』って」

優奈はそこで声を詰まらせたが、咳払いをして、こみ上げる涙を振り払った。

「私は何もしてあげなかった。もちろん、心配だったよ。お姉ちゃんは、そんな弱音を吐いたことのない人だったから。でも私はそのとき、東京の病院でコロナ患者の対応に追われていた。同僚の医師や看護師にも感染者が出て、私は休めないどころか、ほとんど寝る間もなく検査や診察に当たらなきゃならなかった。お姉ちゃんのことは心配だったけど、私から電話ができるのは夜中しかなくて、かえって迷惑をかけるかもしれないと思った。そうしているうちに、お姉ちゃんはメールで『でも頑張らなきゃね。優奈も忙しいのに、くだらない愚痴でごめんね』って書いてきたの。今となっては、私に負担をかけまいという精いっぱいの強がりだったんだと思う。あるいは、自分でも制御できないほどに精神が不安定になっていたのかもしれない。でも私は都合のいい楽観に逃げた。お姉ちゃんならまだ大丈夫だ。私の仕事が落ち着いたら、必ず会いに行くから、それまで待っていてねって、心の中で言い訳ばかりを繰り返しながら。でもお姉ちゃんは、限界だった。報せを受けたとき、本当に目の前が真っ暗になった。お姉ちゃんを殺したのは私なんだって。自分の薄情さが許せなかった。いつか必ず、お姉ちゃんが困ったときには私が助けるからねって誓ったのに。私は助けなかったどころか、最後のSOSを無視したんだから」

優奈は天井を見上げ、震えたため息をついた。

「私がお姉ちゃんの本当の苦しみを知ったのは、お姉ちゃんが亡くなったあとだった。風評とか、放火騒ぎとか、警察の人から聞かされて初めて知った。悔しさと申し訳なさと、誰に向ければいいのかもわからない怒りで、気がおかしくなりそうだった。そして今度こそ誓ったの。せめて、お姉ちゃんを苦しめた犯人に必ず復讐しよう。お姉ちゃんの無念を晴らそうって」

「それで、東京の病院を辞めて、島の病院で非常勤医師に？」と吉沢は聞いた。

「働きながら、犯人を探すために」と優奈は頷いた。「ビストロでバイトを始めたのも、たまま食事に行ったときに、常連のエグゼ地権者たちがいろいろ噂をしているのを耳にしたから。お姉ちゃんを追い詰める風評を広げたのは地所の人たちじゃないかと、彼らは言っていた。だからバイトをして彼らと親しくなって、もっと詳しい話を聞きだして、復讐すべき相手を見つけ出そうと思った」

「神谷とはその頃から連絡を取り合っていたんですか？」と吉沢は尋ねた。

「それはない」と優奈は言った。「あの人は本当に突然、病院に担ぎ込まれてきた。なんであの人がこんなところにいるのか、わけがわからなかった。検査の合間にネットで調べたら、彼は懲りずに会社を立ち上げていた。よりにもよって宮古島で。お姉ちゃんのことなんか忘れて、明るい南の島でのうのうと復活しようとしているんだと思った。病院のベッドで寝ているあいつを見て、首を絞めてやりたくなった。そもそも、お姉ちゃんがこんなことになったのは神谷のせいじゃないかと。もしかしたら、ネットでいい加減な風評を広げたのは、地所の人じゃなくて、神谷なんじゃないかとも疑った。だって、そもそもなぜあの人が宮古島にいるの？　そして彼はネットの専門家だから。きっとお姉ちゃんに離婚を突き付けられたことを逆恨みして、嫌がらせをしたに違いないと思った。だとすれば復讐の相手はこの男なんだと。でもこらえた。殺すのは今じゃない、きちんと証拠を突きつけ、白状させ、謝らせてからだって自分に言い聞かせた。目を覚ましたあいつは、私がお姉ちゃんの妹であることにすら気づかなかった。本当に許せないと思った。お姉ちゃんの人生は永遠に損なわれたのに、こいつの中ではすべて終わったことなんだって」

優奈は蘇るそのときの怒りを必死で抑え込むように肩で息をした。

「診断結果はガンだった。そのまま告知した。ぶざまに取り乱して泣けばいいと思った。でも彼は受け入れて、一切の治療を拒否した。『大事な人を傷つけた罰ですね』って。私は、こみ上げるいろんな感情を押しとどめながら『そんなに大事な人なら、今からでも謝ればいいんじゃないですか？』って言った。そしたら神谷は『もう手遅れです。謝りたくても謝れない』って。驚いたよ。お姉ちゃんが亡くなったとき、彼には何の連絡もしなかった。それなのに、ちゃんと知っていたんだって。そして彼は言った。『でも何もしないわけじゃない。命があるうちに、すべきことがある。その点、余命がはっきりしてよかった。迷わず、やるべきことができる』って」

「今となっては」と吉沢は言った。「それが神谷の犯行声明だったとわかります。優奈さんがあの夜、急に検視を買って出たのも、彼の犯行かもしれないと思い、それをたしかめようとしたのだとも。でも、それはあくまで、今となっては、という話です。どうして事前にわかったんですか、神谷が岩井を殺すのがあの夜だと」

「待って。順番に話すから」と優奈は鼻から弱い苦笑を漏らした。「一か月後の診察のとき、神谷は『この病院には、大日本地所の人も来るんですか』って聞いた。『来ますよ。島には大きい病院が二つしかないし、うちで定期健診もやってますから』って答えた。どうしてそんなことを知りたいのか尋ねたら、彼はしばらく迷ってから教えてくれた。別れた妻をコロナの風評で追い詰めた岩井という男がいる。事実なら詫びさせたい。岩井のことで何か知っているのなら、情報でも連絡先でも何でもいいから教えてほしいって。神谷はあのSNSを私に見せて、必死に訴えた。私は一瞬迷った。私の手もとにはもちろん岩井の情報もあったよ。彼が重度のピーナッツ・アレルギーで、普段からアナフィラキシーの注射器を持ち歩いていることも知っていた。でも私は断った。それを教えれば、神谷が最後に本懐を遂げるだろうということは容易に想像がついたから。そんなことを許すわけにはいかない。お姉ちゃんの無念を晴らすのは私じゃなきゃいけない。さんざんお姉ちゃんを苦しめた神谷が今さら被害者ぶるのも許せなかった。私は言った。『他の患者さんの情報を教えるわけにはいかない』と」

「本当に？」と吉沢は聞いた。「でも現に、神谷はアナフィラキシーのことを知っていたんですよ？　優奈さんが教えたんじゃないんですか？　それで、検視も受け持って、かばおうとしたんじゃないですか？」

「違う」と優奈は首を横に振った。「私が岩井に関する情報提供を断ったその夜、病院のシステムに外部から不正アクセスがあったの。そして電子カルテの情報が抜き取られた」

たしかにそんな事件もあったと、口の軽い看護師が言っていた。たんなる悪口だろうとしか吉沢は思っていなかったが、それは事実だったのか。

「その侵入者が、神谷だと？」と吉沢は聞き、つばを飲み込んだ。

「おそらく」と優奈は頷く。「うちの病院のサーバーのセキュリティは本当にしっかりしているの。前の東京の病院よりもずっと。システム担当者も『これは相当なITスキルのある犯人のしわざだ。そんじょそこらのハッカーでは、絶対にこのセキュリティーは破れないはずだ』って。そして何より、盗み出されたのは、大日本地所の健診結果に関する電子カルテだけだった。病院内では箝口令がしかれた。幸い、抜き取られた情報がどこかに拡散した形跡もなかったから。でも私は焦った。私が地所の健診の話をしたせいで、神谷がこんなことをしたのだということは明らかだし、このままでは神谷が私よりも先に岩井に復讐してしまうって。それからは毎日、暇さえあれば、ずっとSNSを見ていた。そしたら、内部告発らしいメール画像が投げ込まれた。そしてあの夜、岩井が上地島での飲み会に参加する予定であることが暴露された。殺害予告めいた書き込みも。神谷がやろうとしているに違いないと思った。このままでは先を越されてしまう。お姉ちゃんのために何かをできる、私にとっての最後のチャンスなのに。居ても立ってもいられなくて、上地島に行こうとした。でも橋は封鎖されて、どうにも渡りようがなかった」

「もしかして、陽だまりに電話をしたのは……」と吉沢は言った。

優奈は頷いた。「お店の人を巻き込みたくはなかったけれど、もう、そうするしか手がなかった。でもお店にはピーナッツがなかった。その日にかぎって。何とか入手してほしいと頼んだけど、橋が封鎖されて仕入れもできないから無理だって」

優奈は下唇を噛み、そのときの悔しさを再燃させたような顔で、首を横に振った。

「最初の検視で星砂やアナフィラキシーの痕跡を見逃したのは、神谷のしわざだとわかっていたからですか？　彼をかばおうと？」と吉沢は聞いた。

「本当に、それはないの」と言い、優奈は自虐的なため息をついた。「アナフィラキシーの痕跡はわずかで、本当に気づけなかった。もちろん、神谷の犯行を疑ってはいたけど、彼が致死量のピーナッツを無理やり食べさせたのなら、もっとはっきりとした痕跡があるはずだし。もしかしたらその先入観が、私の目を曇らせたのかもしれない」

「星砂のことは？」と吉沢は質問を重ねた。

「残念ながら、まったくわからなかった」と言い、優奈は出会ってから今までの中で、最も深くて長いため息をついた。「つまり私は、最後まで、妹としても、医師としても、お姉ちゃんのために何ひとつしてあげられなかったんだよ」

「もしかして」と吉沢は最後に尋ねた。そんなことを聞いたところで、彼女を傷つけ、さらに追い詰めてしまうだけだとわかっていた。しかし、もしかしたら、それによって、優奈がとらわれている罪悪感をわずかながらでも軽くしてあげられるかもしれないと、祈るように、賭けるように。「この前、お姉さんのワンピースを着て、夜の岸壁に立っていたのって」

優奈はしばらく呆然とした表情になったあと、静かに頷いた。見方によっては、微笑んでいるようでもあり、悲しんでいるようでもある顔で。

「そうだよ。お姉ちゃんを助けられずに死なせてしまった罪を償うには、自分も死んで詫びるしかないと思った」

優奈はそっと目を閉じた。まぶたの下に現れた涙のしずくが、美しい頬をつたい、神谷の部屋の床に音もなく落ちた。

静かだ。時計の針の音も、潮騒も、世の中のすべての音が消えてしまったようだ。

水平線が白み始めた頃、スマホが鳴った。水田からの電話だった。

「寝てた?」と聞かれた。

「はい」と嘘をついた。

「ごめん」と言い、少し間を置いたあとで水田は言った。「今、警察から連絡があった。岩井の件で急展開があったと。真犯人から、自供のメールが時限送付で届いたって。動機も方法も詳細に書かれているらしい。対岸からの移動には、個人所有のクルーザーを使っていた。上地大橋の近くで岩井を船に乗せるときに、通信機器に支障があるからと言って携帯の電源を落とさせたようだよ。だから、あそこで電波が途絶えていたんだな。で、その犯人だけど」

　水田はそこでいったん、吉沢の反応を待つように黙ったが、吉沢が何も言わないので、また話し始めた。

「神谷遼。そんで、その、神谷だけど。ゆうべ亡くなったって。死んだあとにメールが発信されるように仕掛けたんだろうな。ちなみに、自殺じゃなくて、もともとガンだったみたいで」

　吉沢はエバーフレッシュの葉を指先ですり潰しながら「へえ」とだけ答えた。テラス越しに見える前浜の海は、朝日を抱擁し、きらめき始めていた。

　電話を切り、テラスに出た。手すりにもたれ、クルーザーの係留された栈橋の向こうの海の色を数えた。何度数えても七色目は見つからなかった。「どこにあるんだよ」とつぶやいてみた。誰も答えてはくれなかった。

　海はどんどん明るくなっていく。あの水平線の先にグアム島があるのだな、と思った。おせっかいな潮騒が、無遠慮に感傷を刺激するのが疎ましかった。

　宮古島署の刑事四人と、三人の鑑識と、県警本部のサイバー捜査員がやってきた。優奈は二人の刑事に付き添われて黒塗りの警察車両に乗り込んでいった。PCはサイバー捜査員の手でデスクから取り外され、サーバーと一緒に、緩衝材付きの段ボール箱に詰められ、別のワゴン車に載せられた。鑑識は部屋や栈橋に残った指紋や足跡を念入りに採取した。

　八時過ぎにやってきたお手伝いさんに、刑事は、この家にピーナッツは置いてあるかと尋ねた。

今はなくても、あの夜にはなかったかと。お手伝いさんはおそらく質問の意図がわからないまま「ピーナッツはないけど、あの夜は、ジーマーミー豆腐を準備したさあ」と、戸惑いと誇らしさの中間の笑みで答えた。刑事は「そうでしたか」と憐れむような顔で引きあげていった。

お手伝いさんのまぶたは分厚く腫れていた。きっと眠れなかったのだろう。吉沢は泊めてくれた礼を言い、鍵を返した。

「今朝、ご実家のお母さんから電話があったよお」とお手伝いさんは言った。「お葬式は明日、静岡でやるって。お通夜も省いて、家族だけで簡単にって。かわいそうにねえ。寂しいよねえ」

そして、なぜ刑事がピーナッツがどうこうと言っていたのか、ジーマーミー豆腐がどうかしたのかと、心配そうに言った。

「たいした話ではないと思いますよ」と吉沢は体の奥にわずかに残った力を振り絞って、明るく笑った。「最後に、神谷の好物を作ってあげられてよかったですね」

お手伝いさんは充血した目を潤ませ、「ほんとにねえ」と頷いた。

赤嶺運転手のタクシーを呼び、神谷の部屋をあとにした。カーラジオのボリュームを上げてもらった。今日も地元歌手デュオのFM番組が流れていた。彼らの生み出す気まずい沈黙が、今は救いのように感じられた。

神谷のPCからは、「見守りサービス」の機能を使い、死後に三通のメッセージが発信されていた。一通目は警察宛てのメールだった。宮古島署はその日の午後に記者会見を開き、明らかにした。この先は、被疑者死亡のまま、送検されることになるということだった。

二通目は吉沢のスマホ宛てに届いた、神谷のPCのパスワードだ。

そして三通目は吉沢の会社のPC宛てに送られていた。

〈同じものを警察にも送っておきました。君の復活のために、よければ役立ててください〉

メールにはPDFの添付ファイルがあった。岩井と地権者の菊池の署名・捺印のある保証書だ。菊池からもう一度見せろと言われた時のために捨てるわけにはいかず、かといって職場に隠しておいて誰かに見つかったら大問題になるのは必至なので、岩井は自身の鞄に常時しまいこんで持ち歩いていたのだろう。岩井を殺害した後、沙織に関する手がかりを求めて、神谷は鞄をひっくり返し、そこから出てきたに違いない。

メールの末尾には小数点まじりの長い数列が書かれていた。IPアドレスだ。「Bの正体か」と吉沢はその数列に向かってため息をついた。そしてそれを本社の前川に共有し、大サーバーで該当者を探すよう頼んだ。

「ほええ、また面倒なことを言うもんやな。人づかいが荒いにもほどがあるっちゅうねん」と前川は苦笑した。「まあ、ええわ。気の済むまで調べたら。ただ、警察ごっこもほどほどにな。せっかく墓場からよみがえって現場に戻れたのに、また戻ってきちゃ、あかんで。まあ、わかったら連絡するわ」

16. 灰色の雲の故郷

八月三十日(水)午後

神谷の葬式は、故郷の町で営まれた。皆が参列しづらい平日の午前八時半開始にしたのは、少しでもひっそりと済ませたいという家族の希望からだろう。

吉沢は支社に来て初めての有給休暇を取り、前日の最終便で羽田まで行き、翌朝、新幹線で富士山の麓にあるその町に向かった。移動中にスマホでネットを見た。粘着質なネット民たちは、思いつくかぎりの最も汚い言葉で神谷を罵っていた。

駅は工場地帯の真ん中にあった。ホームに降りると、紙の原料のチップの嫌な臭いが鼻をついた。空には今にも雨を降らせそうな灰色の雲が垂れ込めていた。その雲に向かって、無数の煙突から煙が立ちのぼっている。

葬儀会場はさびれた商店街のはずれにある小さなセレモニーホールの、一番小さな部屋だった。正面の祭壇には、IT社長時代のふっくらとした笑顔の神谷の遺影が飾られていた。左右には二つずつ生花が置かれていたが、贈り主の名前を書いた札はない。おそらく、一つもないのではかわいそうだから、あるいは体裁が悪いから、家族が用意したのだろう。フロアにはパイプ椅子が二十脚置かれていたが、座っているのは、お母さんとお姉さん夫婦と姪とわずかな知人だけで、半分も埋まらなかった。

現れた吉沢を見て、皆が不審そうな顔をした。最前列に座っていた義兄が駆け寄り「失礼ですが、どちら様でしょうか。遼とはどういうご関係で？　何か、ご迷惑をおかけしたんでしょうか」と小声で尋ねてきた。仮想通貨の被害者か、どこかで葬式のことを嗅ぎつけた週刊誌の記者かとでも思われたのかもしれない。お母さんも頭を下げながら、痛そうな足を引きずるように近づいてきた。

「友達でした」と吉沢は遺影を見つめながら答えた。「僕にとってはたった一人の」

義兄は安堵顔になり「そうでしたか。ご会葬、ありがとうございます」と言った。

お母さんはハンカチに顔をうずめて、黙ったまま何度も頷いた。小柄で、短い髪はほとんど白くなり、化粧をしていない顔には、何本もの深いしわがある。「母さんには苦労かけたからな」と言う神谷の声を思い出す。「早く成功して、楽をさせてあげなきゃって思ってたんだけどな」

十人足らずの焼香はあっという間に終わった。参列者はマイクロバスで火葬場に移動した。火葬場は小高い丘の上にあった。建物はだいぶ古いが、芝の緑が鮮やかだった。

お母さんとお姉さんが棺に釘を打った。僧侶のお経が高い天井に反響する中、銀色の台車に載せられた棺は炉の中に入っていった。シャッター式の扉がゆっくりと閉じ始めると、お母さんが大声をあげて泣いた。「遼、お疲れさんね。お疲れさんね。ありがとう。ありがとう」と。お姉さんがその背中を撫でていた。

彼が骨になるのを、家族と一緒に控室で待った。テーブルに置かれた仕出し弁当にも、冷めていくお茶にも誰も手をつけなかった。お姉さんと義兄は葬儀業者と費用の精算をし、姪は白いイヤホンを耳にはめてスマホでゲームをしていた。お母さんは抜け殻のような顔で窓の外の芝生の庭を眺めていた。神谷がここにいれば「気にすることはないよ。ただ骨になるのを待つだけの時間なんだから」とでも笑うかもしれないな、と吉沢は思った。

一時間ほどで神谷は白い破片になった。前浜のビーチと同じくらいに白かった。

マイクロバスで丘を下り、別の小高い丘の上にある寺の墓地に向かった。バスを降りると、ぽつりぽつりと雨が落ちてきた。義兄が骨壺を墓に納め、お姉さんは線香の束に火をつけて皆に配った。住職がどことなく早口に聞こえるお経を読み上げ、お母さんから順番に皆が香炉に線香を置き、手を合わせた。

吉沢は最後に線香をあげた。長い時間をかけて瞑目し、手を合わせた。その間ずっと、お姉さんがうしろに立ち、ビニール傘をさしかけていてくれた。傘にぶつかる雨音は徐々に大きくなっていった。何か、神谷に、それらしいことを語りかけてやろうと思ったが、結局、それらしい言葉は思いつかなかった。思いついたところで、神谷はきっと喜んだりしないだろうとも思った。

目を開けて立ち上がり、お姉さんにお礼を言った。「こちらこそ、ありがとうございました」とお姉さんは深々と頭を下げた。喪服の肩がぐっしょりと濡れていた。その肩の向こうに町が見えた。神谷が見せてくれた写真と同じ景色だ。赤と白のボーダーに塗られた大小の煙突が、灰色の雲に向かって煙を吐き出している。「子供の頃、雲は煙突の煙でできてると思ってたんだよ」と彼は言っていた。たしかに、そうかもしれないな、と心の中で彼に語り掛けた。

あまりにもあっさりとした一連の儀式は、すべてが終わっても、まだ十一時前という早さだった。吉沢は新幹線で東京に出て、午後の早い飛行機に乗り、四時には島に戻った。

島は晴れていた。雲は一つもなかった。まるで、神谷の雨の葬式など、嘘か夢かであったように思えるくらいに。

空港から出て、スマホの電源を入れた。フライト中にたまっていたラインのメッセージが届いた。優奈からだった。

〈今から、ちょっと会えるかな〉

〈気づいたら連絡をください〉

〈会って話がしたい〉

一時間ほど前に立て続けに届いていた。どう返事をしたものか考えていると、また次のメッセージが来た。優奈はこの一時間、スマホを握りしめ、既読になるのを待っていたのかもしれない。

〈忙しいところ、ごめんなさい。西平安名崎のバス停で待っています。飛行機の時間がありますが、あと三十分くらいはここにいます。最後に話したいです〉

タクシーに乗り、岬に向かった。

優奈はいた。バス停の、緑色のプラスチックのベンチの左端に座っていた。吉沢は黙ったまま右隣に腰を下した。

「ごめんね」と優奈はこちらを向かず、足もとの地面に向かってつぶやいた。

「いや」とバス停の錆びたポールに向かって吉沢は言った。言ってしまったあとで、もしかしたら優奈が謝った相手は自分ではなかったのかもしれないと思った。

「神谷の葬式に出てきた。寂しい葬式だった」

蝉が飛んできて、バス停のポールにとまった。ゆっくりと上に歩いて、落ち着く場所を決めてからおもむろに鳴き始めた。鳴き声は弱々しい。

「私には、罪がないんだって」と優奈はうつむいたまま、むなしそうにため息をついた。

サイバー捜査員の分析によって、神谷が病院のシステムに侵入し、岩井のアナフィラキシーの情報を盗み出していたことが明らかになった。優奈は、そのきっかけを作ったのは、健診の話をしてしまった自分なのだと刑事に正直に伝えたが、カルテを故意に見せたわけでも、殺害をそそのかしたわけでもないし、罪には問えないと判断されたらしい。

検視の誤りについては、不問に付されたどころか、これを糧に医師としての腕を磨いてくれと、妙な励ましまでされたという。

「二人も殺したようなものなのにね」と優奈は言い、すぐに「三人か」と言い直した。

弱々しかった蝉が突然、思い出したように喧しく鳴き始めた。何かを責め、詰るような声だった。その相手が吉沢なのか、優奈なのか、神谷なのか、岩井なのか、あるいはそのすべてなのかはわからないが。

「贖罪をしたいと思ってた」と優奈は地面から上げた視線を、白い工事用フェンスの向こうの丘に向けた。「私のせいで、お姉ちゃんの人生がめちゃくちゃになったから。神谷もそうだったのかもしれない。でも、もしかしたら、そんなのは全部『贖罪ごっこ』だったのかな。結局、何もできなかったし、誰も救えなかった。せめて罰を受けられればよかったのに。罰からも見放された」

何と答えていいのかわからず、吉沢は下唇をきつく噛みしめた。腹の奥のほうから何か煙の塊のようなものがこみ上げた。それを吐き出すように「ねえ」と吉沢は言った。

「なに?」と優奈がすがるように聞き返す。

左の頬に痛いほどの視線を感じる。うわべの慰めでも、その場しのぎの詭弁でも、軽薄な社交辞令でも、何でもいいから言ってあげるべきなのだろう。しかし、焦れば焦るほど、頭は真っ白になる。しばらくしてようやく思い浮かんだのは、「人の目は……」という沙織さんの言葉だった。しかし、考えれば考えるほど、今ここで優奈にかける言葉として、それはあまりに不適当であるようにも思えた。

「これから、埼玉に帰るよ」と優奈は言った。

「なんで?」と目を上げ、優奈を見た。

「なんでって」と優奈は力なく笑った。「もう島にいる意味ないから。病院は辞めたよ。引き留められもしなかった。当たり前だけど」

クラクションを鳴らし、空港行きのバスが近づいてきた。優奈はふっと息を吐き出し、ゆっくりと腰を浮かせた。吉沢が声をかける猶予を与えるように、とてもゆっくりと。吉沢は首をあげて彼女を見た。眩しい太陽を背にした彼女は黒いシルエットにしか見えない。

胸に冷たさが広がった。それは寂しさなどという生易しいものではなかった。恐怖に近い。まるで、いろんな人が、あるいは世界そのものが、自分を見捨てて去っていこうとしているような気がした。優奈の腕にすがり「置いていかないでくれ」と喚きたかった。しかし、ぼんやりした体はぴくりとも動いてくれなかった。

蝉がひときわ大きな鳴き声をあげて飛び立った。バスが停まり、ドアを開け、アイドリングストップのためにエンジンを切った。耳がおかしくなるような静寂だ。自分の呼吸音だけが鼓膜を揺らしている。

優奈は小さなバッグを肩にかけ「ちょっとそこまで」とでも言いそうな軽い足取りでバスに乗り込んでいった。そしてドアが閉まる寸前で振り返った。

「ねえ」と優奈は言った。「神谷は本当に、私がお姉ちゃんの妹だと気付かなかったのかな。それとも……」

吉沢は何と答えていいのかわからず、ただ黙って下唇を噛んだ。

バスは静かにドアを閉め、走り去っていった。

ベンチに座って、しばらくの間、ぼんやりと丘の上の洋館を眺め続けた。波の音も風の匂いも、何も感じなかった。頭の中には、優奈に言ってあげられたかもしれない言葉や、言うべきだったかもしれない言葉が次々に浮かんだ。

何台かのバスやタクシーが通りかかって、吉沢を見つけてスピードを緩めたが、吉沢が乗らないとわかると、抗議するように乱暴にアクセルをふかして走り去った。

もう夕方だというのに、太陽は相変わらず苛烈だ。Yシャツは肌に貼りつき、汗が首筋をつたう。しかし鞄からハンドタオルを引っ張り出す気力も湧かない。

過ぎ去った時間が何分だったのか、何十分だったのか、わからない。とにかく長い虚無のあとで、スマホが鳴った。

「意外な奴やったなあ」と前川はいきなりもったいぶった感じで言った。「支社の裏切り者、IPアドレスの主がわかったで」

前川は吉沢のスマホ宛てにデータを送ってくれた。そこには塗りつぶしのないあのメールと、IPアドレスの持ち主が明示されていた。

吉沢はすぐに、支社の水田と綾野と仲宗根、本社の佐川と七ツ森と島津の六人に宛ててメールを送った。岩井の事件に関する重大な問題が明らかになったから、どうしても明日、創立記念日の休日に申し訳ないが、支社で相談させてくれ、と。さらに地権者の菊池も、補償のことで大事な話があるからと呼び出した。

17. 悪夢からの覚醒

八月三十一日(木)午前

吉沢は九時半に支社に着いた。一番乗りだろうと思っていたが、すでに水田と綾野は出てきていた。綾野は創立記念日の休業日にもかかわらず、ふだんどおりのパリッとしたジャケットを着ている。水田はラフなポロシャツだ。

綾野は「吉沢さん、どうしたの。そんなに急に相談しなくちゃいけない案件なんですか?」と、いったいこれからどんな話が飛び出すのかという不安と、休日に駆り出された不快さを混ぜ合わせたような顔で言った。

本社組は七時前の第一便に乗り、十時に宮古島に着いた。

島津は開口一番「こんな呼び出しをして、どういう案件なんですか。リモート会議じゃダメなんですか」と文句を言った。

七ツ森は「まあまあ、吉沢君が重大だと言うからには、重大なんだろうから」となだめた。ナマズ顔には余裕とも取れる笑みが浮かんでいる。エグゼに問題があったとなれば、すなわち、佐川を追い詰める材料になるとでも思っているのだろう。

島津はさらに文句を言いたそうな顔をしたが、吉沢が招いた別の新たな客が到着したのを見て、口を引き結んだ。エグゼ予定地の地権者だった菊池だ。菊池は土地売却の契約以来、久しぶりに入ったのであろう支社のオフィスを懐かしげに見回したあと、綾野を見つけ「ああ、どうも、先日は」と明るい声で挨拶した。綾野は「あ、いえ」と気まずそうに会釈を返した。菊池は隅のほうで座っていた仲宗根を見つけると、露骨に目をそらした。そんな様子を眺めていた島津は「社外の人間まで呼ぶとは、いったいどういうことなのか説明しろ」と強いる目を向けてきた。吉沢は無視した。

佐川は七ツ森たちと同じ飛行機で来たはずだが、わざわざ別のタクシーを使って、あとから入ってきた。入口に立ち「吉沢、何だよ、いったい。エグゼ関連で大事な相談があるというから来てやったのに。なんで七ツ森まで来ているんだよ」と不快そのものの声で言った。

「佐川さん、何をそんなにムキになっているの」と七ツ森が分厚い二重顎を肉付きのいい手でさすった。「支社の危機管理は副支社長の職権だし、何より、吉沢君は佐川さんの秘蔵っ子じゃないですか。こんなふうに皆を集めるからには、それなりの狙いがあるんでしょう。それとも佐川さんには、暴かれたくない事実でもおありですか?」

「ないよ、そんなもの」と佐川は唾棄するように言った。「そもそもなんでお前がいるんだって聞いているんだよ。エグゼ企画は俺の管轄だろう」

「たしかにね」と七ツ森は冷笑した。「ただし、そこに危機管理上の問題があれば、危機管理担当役員の俺が指揮をとるに決まってるじゃないか。エグゼには前々から怪しい噂があったから、俺の権限で、吉沢君たちに調べてもらっていたんだよ」

「は？　そんな話は聞いてないぞ」と佐川は聞き分けのない子供のように駄々をこねた。

それをたしなめるように「お聞かせする必要はありません」と冷たい声で言ったのは島津だ。佐川は目を見開いて威嚇したが、島津はひるむことなく「むしろこの際、佐川さんからじっくり話を聞かなければならないのは、こちらですから」と言った。

「これで、お呼びした皆さんが揃われました。では、僕が調べて明らかになったことを、お話しします」と吉沢は言った。

島津と綾野が同時に、不安げな目で七ツ森を見た。エグゼに関する問題を明らかにして佐川を追い詰めたいが、世間から地所が批判を受けるような騒ぎにはしたくないというのが彼らのスタンスだ。部外者の菊池の前で話すつもりかと心配になったのだろう。

「吉沢さん」と七ツ森は、島津と綾野の心の声を察したように苦笑した。「こちらの菊池さんという方がいないと話ができないということかな？」

「そのとおりです」と吉沢は即答した。

「そうなのか。じゃあ仕方がないね」と七ツ森はため息をつき、取って付けたような作り笑顔を菊池に向け「申し訳ないですね。それほど時間はお取りしないようにしますので、ご辛抱ください」と、たいして申し訳ないとは思っていなそうな声で言った。

「菊池さん」と吉沢は呼びかけた。「あなたは岩井から、土地を高額で買い取ると言われていたのに、実際にははるかに安くなった。憤って本社に苦情の電話を入れたが、その後、岩井から、エグゼの収益の中から補償すると説明され、苦情を引っ込めた。一連の経緯は、これで間違いありませんね」

「そうですよ」と返事をする菊池の顔は、こわばってはいるが暗くはない。

「おいおい、ちょっと待てよ」と案の定、七ツ森が割り込んだ。「補償なんていう話は初耳だよ。水田、綾野さん、それは本当なの？」

「すみません、交渉はすべて岩井君に任せていましたので」と水田は小さくなる。

「ちょっと、勘弁してくださいよ」と菊池がツンツンに立たせた短髪を指先でいじる。「岩井さんからはちゃんと約束してもらったんですよ？　地所さんの偉い人もそれでOKしているから安心してくれって」

「そういうお話は、他の地権者にもあったんでしょうか」と綾野が横から聞いた。「私がここ数日で調べたかぎりでは、そういう話は確認できませんでしたけれど」

やはり綾野はあのあたりをうろついて、用地買収の問題点を探っていたのだろう。

「そんなことはわからないですよ」と菊池は口をとがらせた。「みんな、自分の土地がいくらで売れたなんて話はしませんからね。もし相手よりも高かったら、気まずくなるだけだし。俺はたまたま、仲の良い幼馴染連中と話して、みんなも騙されたと怒っているのを知って、苦情を入れたんですよ。そしたら岩井さんが飛んできて、補償の話を。でも、あまり他の人には言わないでくれと頼まれたから、地権者全員に補償を約束したわけじゃないのかもな、とは思いましたけど」

「少なくとも、うちの実家には、そんな話は来なかったですよ」と仲宗根がぼそりとつぶやくように言った。

「じゃあ、岩井君が、苦情によって悪事が露見するのを恐れて、勝手にそんな口約束をしたということか」と佐川は呆れかえったような顔で首を横に振った。

「いえ、口約束ではありません」と吉沢は、机に置いておいたクリアファイルから紙を引っ張り出して、皆に見えるように掲げた。神谷が死後のメールで送ってくれた、岩井と菊池の署名・捺印の入った保証書だ。

「あ、そう、それ」と菊池は紙を指さした。

「はあ、ここまでくると、呆れてものが言えないね」と佐川はまた首を横に振り、白々しいため息をついた。

「いやいや、ちょっと待ってよ。まさか、偽物だなんて言いませんよね」と菊池は泣き出しそうだ。力なくぶらりと垂らした腕には、高そうな銀のオメガが虚しく輝いている。

「拝見したところ」と島津が冷徹な声を出す。「その書面には日付もない。エグゼの収益の中から配当を出すと簡単に書かれてはいるようですが、具体的な期限や金額はどこにもない。これは契約書でも保証書でもなく、ただの作文という感じですね」

「そうですね」と綾野も加勢する。「少なくとも、契約のつもりであれば、同じものを二通用意して、割り印を押したうえで、双方保管するのが当然です。でもこれには割り印すらない。はっきり申し上げて、法律的にはまったくの無意味だと思いますね」

「まあまあ」と佐川が、二人の鋭すぎる舌鋒をおさめさせる。「法律的にはそうかもしれないけど、騙したのは岩井のほうで、菊池さんは騙された側なんだから」

「じゃあ、有効だと認めてくれるんですか?」と菊池は佐川にすがりつくような顔になる。

「まあ、株主でもない菊池さんに、今後のエグゼの収益から配当をお支払いし続けるというのは現実的ではないですが」と佐川は幼子に諭すような口調になる。「ご迷惑をおかけしたお詫びとして、菊池さんとお仲間には、当初、岩井が口約束していた程度の金額になるように、不足分を追加でお支払いするということでどうでしょうかね。地元の皆さんから、地所が詐欺集団であるかのように思われては困りますし。七ツ森さん、それで菊池さんが納得してくれるなら、我々役員で決められる特別予算で対応するのがいいんじゃないかね」

「たしかに世間様からの信頼を失うことだけは避けなきゃならないからね」と七ツ森も渋々といった感じで頷いた。「では、菊池さんはここまでということでいいかな」

「いいえ、このまま、聞いてもらいましょう」と吉沢は言った。

「何を言ってるの」と綾野がヒステリックな声で言う。「そんなことをしたら世間に……」

「菊池さんが広めるまでもなく、すでに神谷がすべてを警察に明かしているんです」と吉沢は言った。「マスコミが嗅ぎつけ、これまで疑惑でしかなかったSNS上の噂が事実であることがバレるのも時間の問題です。もやは隠し通すのは不可能です。地所が生き残るために残された道は、事実を認め、菊池さんのような方に、誠実に向き合うことしかないでしょう」

七ツ森はたるんだ頬をふくらませ、不快そのもののため息をついた。「しかし、岩井という男も、どこまで迷惑をかければ気が済むのか。死者に鞭打つようなことは言いたくないけど」

「彼のような人の問題を見抜けず、エグゼの仕事を任せていた支社にも問題があると思っております」と綾野が、本来なら水田が言うべきセリフを言った。そして、何も言わずにうつむいたままの水田をものすごい目つきで睨んだ。「水田さん、どういう経緯で彼に企画を任せることになり、どうしてここまで一人で勝手なことをさせてしまったんですか」

「それは……」と水田は消え入りそうな声で言った。「彼にはチャンスを与えたかったから。四十代半ばで、これまで目立つ仕事にも恵まれず、地方を転々としてきたんですよ。ここでひと花咲かせてあげなきゃ、今後も平社員として、延々と地方巡りをすることになる。でも彼は幸運にも、エグゼの最前線にやってきた。この支社に誰を送り込むかは佐川さんが決めていて、若手はみんな優秀な子ばかりだったから、その中に鳴かず飛ばずの岩井が紛れ込んでいたのを最初は不思議に思いましたよ。でもこれはきっと佐川さんの優しさなんだなとも考えた。佐川さんも岩井の不遇に同情して、チャンスを与えてくれたんだ。だったら僕は、彼が最大限の成果を挙げられるように、最も評価されるエグゼの用地買収を任せようと思ったんですよ」

「じゃあ、今回の事件の遠因として、佐川さんへの過剰な忖度があったと」と七ツ森はわざとらしく唸った。

「勝手にそんな解釈をされても困るよ」と佐川は鼻で笑った。「第一、俺はそんなつもりで岩井を支社に送り込んだわけじゃない。支社のメンバーの年代構成とか、キャラクターとか、そういうのを総合的に判断して、人事部が決めたことでしょう。もちろん、社運を賭けたエグゼの最前線にできるだけ優秀な社員を送り込みたいと思うのは、この事業の担当役員として当然ですよ。でも、だからと言って、こう言っちゃなんだが、末端の社員一人ひとりの人事にまで口を出したことはない。岩井に関しては、今までろくに関わったこともなければ、どの程度の実力があるかも知らない。言いがかりはやめてほしいな」

吉沢は岩井の机に目をやった。木のフレームの写真の中で、岩井は家族とともに満面の笑みだ。そしてあの机のひきだしの中には、佐川からの手紙が大切にしまわれている。家族との幸せな生活への切符か、お守りのような気持ちだったのだろう。それを書いた張本人がこの程度にしか考えていなかったというのに。

「それにしても」と水田がぽつりと言った。「本当にこんな大それたことを、岩井君一人の思いつきでやったんでしょうかね」

「上司も了解しているって、岩井さんは言ってましたよ」と菊池も言う。

「そんなのはハッタリですよ」と佐川は斬り捨てた。

「菊池さんには本当に申し訳ありませんし、大変お恥ずかしいお話ですけれども」と綾野はべったりとした口調で言い、深々と頭を下げた。「私どもは、まさか岩井がこのような嘘をついていたとは、まったく気づいておりませんでした。心からお詫び申し上げます」

「いえ、間違いなく上司が了解していました」と吉沢は岩井の写真から目を戻しながら言った。

綾野は下げていた頭を勢いよく上げ、吉沢を睨んだ。

吉沢はスマホでSNSを開き、かつてそこに投稿された、黒く塗りつぶされたメールの写真を表示して、顔の前に掲げ、皆に見せた。

「これは岩井を殺した神谷も見ていたサイトです。ここにはこのように、社内で交わされたとみられるメールが投げ込まれていました。誰かが岩井に、地権者を騙し討ちにするような交渉を指南していたんです。ありもしない配当の話を思いついたのも、その誰かです」

「送受信者が塗りつぶされているじゃないですか」と島津が言った。「そんなの、いくらでも捏造できる」

「じゃあ、塗りつぶされていないものをお見せしましょうか」

吉沢はそう言い、その場に集まった皆を素早く見回した。皆一様に驚いた顔はしているが、中でも特にこわばっていたのは、予想通りの二人だった。

吉沢はスマホをスクロールし、前川から送ってもらったメールの画像を次々と表示した。

「交渉の難航を訴えるメールが、岩井から佐川さんに。書面なしの口約束で、畑を潰させ整地までさせたところで実際の金額を示せという指南は佐川さんから岩井。それから、菊池さんから苦情が来ていることを知った佐川さんが、配当金を渡すと言って黙らせろと岩井に命じたメールもあった」

「ほんとかよ！」と七ツ森は太ったナマズのような腹から、地響きのするような声を出した。

「佐川さん、あなた、この件を知っていたどころか、裏で操っていたんじゃないか。これが事実なら、あなたの責任を問わなくてはいけなくなるよ」

「そんなのは知らんよ」と佐川は即答する。「そもそも岩井のＰＣは警察に押収されたままのはずじゃないか。吉沢、君はもしかして、まだ日本橋プロジェクトでのことで俺を逆恨みして、わざわざこんな捏造メールまで作って嫌がらせをするのか？　そもそも日本橋は君自身の……」

「吉沢さん、そのメールの入手先を教えてください」と綾野が突き放したような口調で割り込んだ。

「サーバーです」と吉沢は言った。「社内のメールや外部ページへのアクセス記録が全部サーバーに保存されていることは、皆さん、もちろんご存知ですよね」

「でもサーバーには、そんなメールは残っていなかったよね」と水田は言う。

「それは支所内のサーバーです。僕が言っているのは本社総合情報室の大サーバーです。社員のメールやアクセスログがすべてあちらでも保存されているのをお忘れですか？」

「ああ、なるほど」と綾野はしょぼくれた感じの声で返事をした。

「佐川さん、これはもう言い逃れできないね」と七ツ森が据わった目で佐川を睨んだ。「この件は持ち帰って、改めて、社長の御前で査問をさせてもらうことになりますよ」

佐川はうなだれ、七ツ森は勝ち誇ったようなため息をつき、島津もこれで一件落着とでも言いたげな冷めた顔をした。

「島津さん、まだ終わりではないですよ」と吉沢は言った。「総合情報室に集約されたクレーム情報は、必ず危機管理部にも共有されています。ログを調べてもらったところ、菊池さんからの苦情の詳細は、あなたのPCにももちろん飛んでいた。あなたは開封し、添付書類まで何分も時間をかけて読んでいる。宮古島支社で怪しい契約活動が行われているという疑惑を、あなたはずっと前から把握していたわけです。だから、岩井が亡くなって最初にここに乗り込んできたときにも、そのクレームについて言及できた。つまりは、この件をずっと気に留めていた。言いかえれば、佐川さんを追い詰めたい七ツ森さんから求められれば、いつでもその話を提供しようと温めていたんでしょう。それほど大事な情報なんですから、その苦情がぴたりと止んだ不自然さにも気づいていたはずだ。どうして調べようとしなかったんですか」

「いや、それは……」と島津は言葉に詰まり、すがりつくような視線を佐川に向けた。しかし佐川はうなだれたままで、その視線に気づくこともなかった。

七ツ森は分厚いまぶたの奥の濁った目で島津を見据えた。

「すみません」と島津は消え入りそうな声になる。「エグゼの件は、佐川役員の管轄事業ですし、苦情が止まったのは、佐川さんが適切な処置をなさったからだろうと……」

「最初に苦情が来たときに、あなたから佐川さんにこっそりと報告し、それを受けて佐川さんが岩井に火消しを命じた。その証拠もすべてサーバーに残っているんですよ」と吉沢はうんざりとした声で言った。「先日、僕が前川さんに頼んでサーバーを調べてもらおうとしたとき、あなたがムキになって邪魔したのは、そのことがバレないようにしたかったんじゃないですか？」

「まったく、どいつもこいつも」と七ツ森がぶっきらぼうに吐き捨てる。せっかく宿敵の佐川を追い詰められたというのに、子飼いの島津の思わぬ無節操ぶりで、すっかり興ざめさせられたというところか。

「そして、もう一つ問題が残っています。あの塗りつぶしのメールを、いったい誰が神谷のSNSに投げ込んだのか」と言い、吉沢は皆のうしろで小さくなっている男に視線を投げかけた。水田だ。

「ええ？　まさか、支社長が？」と白々しい悲鳴のような声をあげたのは綾野だ。

「そんな馬鹿な。あれほど、定年まで何事もなく平和に過ごしたいって言ってたのに」と仲宗根は言ったが、そのあとで、はっと思い出したように目を見開いた。「じゃあ、もしかして、支社のサーバーからメールが見つからなかったのって……」

「あのメールさえサーバーから消してしまえば、自分の関与がバレることはないと考えたんでしょう」と吉沢は言った。「けれども水田さん、大サーバーがあるかぎり、どうしようもないんですよ。大サーバーには、あなたが支社のサーバーにログインして、岩井のメールの送受信を検索し、何通もUSBにコピーしたことがちゃんと記録されていました。そしてあなたは、岩井が死んだあと、改めて支社のサーバーに入り、前に自分がコピーした岩井のメールをすべて削除した。その日のことを、僕はよく覚えています」

「何、なんのことだよ」と言う水田の声は、情けないほどに震えている。

「あの日、僕はサーバールームにある契約書類を確認したいと申し出た。あなたはそれを拒みましたよね。あなたにしては珍しく、高圧的な物言いで。僕はてっきり、あなたが何か怪しい契約書類を隠しているのではないかと勘繰りました。でもあなたが隠したかったのは紙の書類ではなく、サーバーのほうだった。ついこのあいだまで総合情報室にいてサーバーを扱うことに慣れている僕に探索されれば、岩井のメールが見つかってしまう。データコピーの記録を調べれば、あなたが投稿者であることも露見してしまう。だから僕の入室を拒み、その夜、密かに削除した。次の日に七ツ森さんたちがやってきてサーバーを確認しようということになったとき、あなたが前日ほどには拒まなかったことも、岩井のメールが見つからなかったことに人一倍安堵の表情を見せていたことも、大サーバーに記録されていた情報と合わせて考えれば、すべて腑に落ちます。それから、あなたのPCのIPアドレスは、神谷が僕に教えてくれたSNS投稿者のそれと一致しました」

「ねえ、水田さん、どうして?」と綾野は水田に近づき、老人でもいたわるような手つきで肩に手を置いた。水田はそっとその手を払い、冷ややかな笑いを鼻から漏らした。綾野はぎょっとした顔で、数歩、後ずさった。

「同期の佐川や七ツ森に比べれば、俺はうだつの上がらない男だった。自分でも認める。でも真面目にやってきたつもりだよ。一応は本社の課長にまでしてもらえた。でもほどなく、妻が交通事故で下半身不随になって、仕事だけに時間を費やせなくなった。それでも手を抜くつもりはなかったし、妻も、家のことは頑張るから、あなたは今までどおり仕事を頑張ってと言ってくれた。だから上司にもそう伝えた。そうだよな、七ツ森」

七ツ森は気まずそうに目をそらした。

「けれど七ツ森にはわかってもらえなかった。俺からポストを取り上げ、地方に飛ばした」

「飛ばしたなんて言うなよ。君や奥さんのことを考えて、良かれと思って、配慮しただけだよ」と七ツ森は、慮りを曲解されたことが不満だと言いたげな顔で言った。「地方といっても、山口は君の奥さんの田舎だろ。その後に行った北海道には君自身の実家もある。奥さんを大事にしながら働きやすい環境を整えてきたはずだよ」

「だったらどうして、妻が亡くなった後も、ずっと地方回りだったんだ。お前の言い訳なんて、この際どうでもいい」と水田は目を合わさずに言った。「佐川は、俺の悔しさを理解してくれているように見えた。わざわざ妻の葬式に来てくれた佐川は言った。『お前のような才能は、本流ど真ん中で偉くならなくちゃダメだ。今までは色んな不幸が重なったけど、ここからだぞ。機会を見て、俺がもとの出世コースに戻してやる。俺は君には特に期待しているんだから』と。そして実際に、飛び級でここの支社長に抜擢してくれた。本当に嬉しかったし、エグゼの用地買収が難航していることも知っていたから、何とか完遂して御恩に報いたいと思った」

水田は束の間、いまの立場を忘れ、蘇る当時の興奮に頬を紅潮させた。佐川は佐川で、理想の同期であり上司であると褒められた誇らしさのようなものを表情に浮かべていた。

「それで、岩井を使って、荒っぽい交渉をさせたと？」と吉沢は聞いた。

水田はふてくされたような笑いを鼻から漏らした。「実際には佐川が直接岩井に指示を出していたから、俺は追認していたにすぎないけどね。でもだいたい何をやっていたのかは察しがついた」

「定期的にサーバールームに忍び込んで、佐川さんと岩井のやり取りをチェックしていたからですね」と吉沢は、前川が教えてくれた情報をもとに言った。

水田は観念したように頷いた。「佐川が裏で指示している以上、俺は何も言えなかった。俺にできるのは、せめて他の社員がエグゼの用地買収に関わらないようにすることくらいだった」

「あんた、ほんとに、ふざけんなよ」と仲宗根が叫んだ。

「どいつもこいつも自分のことばかりで」と菊池もたまりかねた顔で言った。「どうなってるんだ、この会社は。こんな奴らのせいで、先祖代々の土地を騙し取られて。俺ら、まるでアホじゃないか」

「水田さん」と吉沢が言う。「不都合なことが世間に知られぬまま支社長の任期を全うすれば、穏やかに定年退職の日を迎えられたはずです。それなのになぜ、あんな投稿をして、自らその平穏な道を台無しにするようなことをしたんですか？」

「そうだ、お前が神谷という男を焚き付けたりしなければ」と佐川も吠えた。

水田は目を閉じ、何度か小刻みに頷いてから、ゆっくりと目を開けた。

「佐川の本心がわかったから」と、かつて佐川を信じていた愚かな自身を嘲笑するように言った。

「佐川との約束では、支社長として二年勤めたら、最後は本社の部長に引き上げてもらえることになっていた。定年の花道としてね。わざわざ直筆の手紙まで書いて約束してくれた。でもその年の異動名簿に俺の名前はなかった。佐川からは、コロナや日本橋のことで社内がゴタゴタして人事が思ったように動かないから、一年だけ待ってくれと言われた。そのわりには綾野さんをこっちに来させる異動はできたんだから、何を言っているんだとは思ったけれどね。俺の立場では、とにかく待つしか手がなかった。一年が過ぎ、コロナがすっかり過去の話のようになっても、佐川は呼んでくれなかった。そのうちに話が変わって『定年後は子会社の社長のポストを用意するから』ということになった。まあそれでもありがたい話だと俺は思ったよ。でも佐川は交換条件のように新しいミッションを追加した。吉沢君を引き取れと」

「日本橋の件で、僕が今さら佐川さんの責任論を持ち出して騒がないように見張れとでも？」と吉沢は虚しさをこらえながら言った。

水田は憐れむような目でかすかに頷いた。

「吉沢君を総合情報室に置いておけば、いつかエグゼの悪事を嗅ぎつけるかもしれないと恐れたのか、あるいは岩井がもう限界だと見切って、次の手先にしようと目論んだのか。どちらにせよ、俺もようやく、佐川に騙されていたんだなって悟った」

「騙してなんかないよ」と佐川はひきつった笑みで言い訳した。

「もういいよ」と水田は鼻で笑った。「第一、子会社の社長の椅子なんて、空きがないじゃないか。どこも最近入れ替わったばかりだし、順番待ちの長蛇の列だよ。この先、空きが出ても、それはどうせ、俺なんかよりずっと位が上の奴らに割り当てられるんだろ？　俺になんか回ってくるはずがないと、誰が見てもわかる。妻の墓前に良い報告をしてやりたいと思って我慢してきたけど、それがプツンと切れた感じがしたよ。佐川には最初からそんなつもりはなかったんだと」

「そんなことはないよ」と佐川は水田のご機嫌を取るように猫なで声になる。「僕は、君には特に期待して……」

「うるさい！」と水田はつばを飛ばして叫んだ。佐川はかっと目を見開き、固まった。

「あのな、佐川。俺だってお前と同じ年月、この会社で働いているんだよ。本社にも気心の知れた同僚がたくさんいる。お前がずっと『妻の介護を抱えた男に要職は無理だ』『支社長だって出来過ぎだ』と言っていることは、残念ながら俺の耳にも届いていたんだよ」

「だからといって、あんなメールを流出させるなんていう暴挙が許されるわけじゃないですよね」と島津が、一段と厳しい口調で言った。七ツ森の手前、なんとか先ほどの失点を帳消しにしようと必死の顔だ。「これは会社に対するテロですよ。そもそもあなたは、佐川さんや岩井さんと一緒になって悪事を働いた、糾弾されるべき側の人です。出世できなかった逆恨みで、大恩ある会社を世間の批判にさらすなんて、あんた、ほんとにクズですよ」

「ああ、そうだね」と水田は、それがどうしたとでも言いたげな、ふてぶてしい顔で、少しだけ笑った。

「まあ、いい。とにかくこれですべてが明らかになったわけだ。あとはこちらで引き取って、しかるべき処分を考える。追って沙汰するというところだね」と七ツ森は言い、呆れ半分の苦笑を漏らした。島津と綾野も慌てて追従の作り笑顔を浮かべた。そして嫌悪と恐れを混ぜ込んだような湿った視線を吉沢に投げかけてきた。お前も笑えと強要するように。

吉沢はそれを無視した。そしてここにいる皆の顔をゆっくりと睨んだ。この連中の見た悪い夢のせいで、傷ついたり、命まで失う羽目になったりした人たちのことを考えながら。笑いたいときには笑えばいいし、笑いたくないときには笑わなければいいのだ、と言う神谷の声が、狂おしいほどに懐かしかった。

エピローグ　まだ得ぬものの夢

　エバーフレッシュの葉が少し色あせたように見えだした頃、地所はエグゼの用地買収における不正な交渉を認めて謝罪した。プロジェクトは白紙撤回し、地権者たちには慰謝料を払った。岩井が当初、口約束でちらつかせた金額を遥かに上回る慰謝料を払い、しかも一棟の別荘も建たないという悲惨な結末になった。残された土地はそのまま、宮古島でのリゾート開発に出遅れていたライバルの中央不動産に、驚くべき安さで買いたたかれた。

　佐川は査問会の審判を待つことなく、自ら役員の職を返上したが、しぶとく子会社の社長に就任した。それについては七ツ森も特段文句を言わずにいる。「みんな、性根が腐っとるわ。結局、吉沢ちゃんだけが一人で阿呆のように踊りまわってただけみたいな話やな」と前川は怒りつつ笑っていた。

　水田は表向きには体調不良を理由に、定年の日を待たずに退職した。

　綾野は予定どおり支社長に格上げされたが、七ツ森の指揮のもとで、これまでの支社の問題を清算し、最後は支社を畳むことがミッションなのだから、本人も浮かない顔をしている。

神谷に対するネット上の誹謗中傷はまだ続いている。吉沢はふと、空飛ぶタクシーの話はどうなるのか心配になり、新空港の照屋に連絡してみた。照屋は「そんな話、まったく初耳ですよ」と、きょとんとしていた。

吉沢には、総合情報室への出戻りを命じる不定期異動の辞令が下りた。一連の事件の報告書をまとめるために支社にやってきた島津は、まるで戦友に再会したような顔で吉沢の「栄転」を祝った。「七ツ森さんは、今回の吉沢さんの活躍にとても感心していましたよ。ただ、菊池さんの前でかっこつけたのは、ちょっとやりすぎでしたね。あれさえなければ、戻り先は戦略本部だったかもしれませんけど。でもまあ、総合情報室は、僕らの危機管理部同様、地所の信頼の最後の砦であり、七ツ森さんの懐刀ですから。戻られたらぜひ一緒に頑張りましょう」と。

とにかくすべてが終わった。宮古島にいたのはほんの一か月ほどだった。段ボールから出したばかりの荷物を、ふたたび段ボール箱に詰め込んでいく。吉沢は時折手を休め、窓の外のエバーフレッシュの葉を眺めて考えた。俺はここでいったい何を得て、何を失ったのだろうと。

未練がましくとっておいた新人時代からの資料はすべて捨てることにした。もしもこの先必要になれば、また一から作り直せばいいのだと思った。まだ人生は折り返したばかりなのだ。時間はいくらでもある。なくしたものの夢ばかり見るのはまだ早い。

そう強がってみても、むなしさは波のように押し寄せてくる。そのたびに吉沢は目を閉じ、まぶたの裏の暗闇の中で、手触りのある希望を求め続けた。まだ得ぬものの夢を。

思い浮かんだのは優奈の笑顔だった。次に優奈に会ったら、思いをきちんと伝えよう。それだけが、いまの自分に残された唯一の希望であるようにも思える。けれどもそんな機会が訪れるかどうかはわからない。訪れない可能性のほうが高いかもしれない。優奈は以前勤めていた東京の病院に再び迎え入れてもらうことにしたと、たった一通のラインで報せてきた。それ以来、吉沢は暇さえあればスマホを手に取って新たな着信を待っているが、画面をいくら睨んでも、新着メッセージの赤い丸はつかない。

優奈には優奈の考えがあるのだ、と吉沢は思った。きっと彼女も、吉沢と同じように、この悪夢のような現実を心の奥深いところで受け止め、消化し、やがてその夢から本当の意味で解放されるのには、それなりの時間を要するのだろう。彼女の見た悪夢の長さと深さからすれば、その時間は、吉沢よりもはるかに長いものになるのかもしれない。

まあいいさ、と吉沢は心の中で言った。どれだけ時間がかかっても、常緑樹は枯れないのだ。生きるために必要なのは、それを一人で眺め続ける辛抱強さだけだ。

吉沢の感傷を嘲笑うように、窓の外の緑は軽やかに揺れていた。ため息をつき、段ボール箱を持ち上げた。

その瞬間、胸のポケットで着信音が鳴った。何となく、温かい感じのする音が。

（了）

本作品はフィクションであり、登場人物・団体名等は全て架空のものです。実在する人物・団体とは一切関係ありません。

◎論創ノベルスの刊行に際して

本シリーズは、弊社の創業五〇周年を記念して公募した「論創ミステリ大賞」を発火点として刊行を開始するものである。

公募したのは広義の長編ミステリであった。実際に応募して下さった数は私たち選考委員会の予想を超え、内容も広範なジャンルに及んだ。数多くの作品群に囲まれながら、力ある書き手はまだまだ多いと改めて実感した。

私たちは物語の力を信じる者である。物語こそ人間の苦悩と歓喜を描き出し、人間の再生を肯定する力があるのではないか。世界的なパンデミックや政情不安に覆われている時代だからこそ、物語を通して人間の尊厳に立ち返る必要があるのではないか。

「論創ノベルス」と命名したのは、狭義のミステリだけではなく、広義の小説世界を受け入れる私たちの覚悟である。人間の物語に耽溺する喜びを再確認し、次なるステージに立つ覚悟である。作品の刊行に際しては野心的であること、面白いこと、感動できることを虚心に追い求めたい。

読者諸兄には新しい時代の新しい才能を共有していただきたいと切望し、刊行の辞に代える次第である。

二〇二二年一一月

小里 巧（こざと・たくみ）

静岡県生まれ。早稲田大学卒業。仕事のかたわら、2010年頃から小説を書き始め、文学賞に投稿して作風を模索。2023年、満を持して本作を執筆し、第2回論創ミステリ大賞を受賞する。

悪夢《あくむ》たちの楽園《らくえん》　〔**論創ノベルス009**〕

2024年1月20日　初版第1刷発行

著者　小里 巧
発行者　森下紀夫
発行所　論創社
〒101-0051　東京都千代田区神田神保町2-23　北井ビル
tel. 03（3264）5254　fax. 03（3264）5232　https://ronso.co.jp
振替口座　00160-1-155266

装釘　宗利淳一
組版　桃青社
印刷・製本　中央精版印刷

ISBN978-4-8460-2354-6